웹소설의 신

이낙준 (한산이가) 지음

웹소설의 신

1판 6쇄 펴냄 2024년 9월 10일

지은이 이낙준 (한산이가)
펴낸이 한석준
교정·교열 서우연
디자인 Opulence
편집인 김제노비아

㈜비단숲
주소 서울특별시 중구 동호로 195-15, 110빌딩 4층
전화 02-4156-0050

© 2022. 이낙준 All rights reserved.
ISBN 979-11-88028-32-0 (13800)

THE GOD

웹소설의 신

이낙준 (한산이가) 지음

WEBNOVEL

추천의 글

글짓기를 설명하는 걸 작법서라고 합니다.

당연하게도 작법서는 딱딱한 설명이 기본이 되기 마련인데.

이 책은 좀 달랐습니다.

예시를 들면 이해가 쉬워지는 건 당연합니다.

그리고 한산이가 작가님이 쓴 작법서는 자신이 아는 노하우를 이야기로 풀어냈습니다.

웹소설 작법서에 이보다 더 어울리는 방식이 있을까요?

단순한 이야기만 있는 게 아니라 그 안에 담긴 작법의 노하우에서 전 두 무릎을 탁 치며 감탄했습니다.

웹소설을 업으로 삼고자 하는 분들, 또는 이 일에 관심 있는 분들 모두에게 이해하기 쉬운 책이 나왔구나, 라는 생각이 들었습니다.

스낵컬쳐라 불리는 글짓기 방식을 이야기로 풀어낸 작법서, 그렇다고 그 안에 담긴 메시지가 마냥 가벼운 건 아닙니다.

여러분, 읽으세요. 재미도 있고 노하우도 얻어갈 수 있는 작법서가 나왔습니다.

—소울풍

전혀 특별하지 않은데 자신만 특별하다고 믿는 식상한 이야기를 강요하는 초보 작가들의 실수를 통렬하게 꼬집고, 한편으로는 나아갈 길을 제시하는 이 책. 작법서가 아니라 처방전이네요. 아픈 구석을 무자비하게 꼬집고 진단을 내리고, 처방까지 일사천리로 내리는 게. 혼자 끙끙 앓다가 주사 한방 맞고 시원하게 완치되는 듯한 느낌입니다.

—노쓰우드

___

간만에 '웹소설 작법서'다운 작법서를 만났네요. 현역의 인사이트를 배울 수 있어 좋았습니다.

—비츄

___

이 시대의 대작가 한산이가 작가님의 작법서!
알찬 에피소드와 흥미진진한 전개로 펼치는 친절한 길잡이.
강력 추천합니다!

—유인

___

첫 장을 보고 두 종류의 사람이 떠올랐습니다. 누가 날 지켜보고 있나? 하고 공감하는 지망생. 그리고 난 아닌데? 라고 콧방귀 뀌는 또 다른 지망생.

이 작법서는 웹소설을 쓰면서 스스로 깨지며 익혔을 내용으로 채워져 있습니다.

노하우는 왕창 깨지면서 배우거나, 아니면 제대로 된 사람한테 배워야 합니다. 이상한 사람한테 배우면 이상한 길로 가게 됩니다.

그런 점에서 이 작법서는 제대로 갈 수 있는 길을 보여줍니다. 물론, 보인다고 해서 그 길을 다 따라갈 수 있는 건 아니지만, 최소한 제대로 된 경험을 보여주려 한다는 점에서 가치가 있습니다. 콧방귀를 뀌는 대신 공감하며 읽으면 얻는 것이 있을 듯 합니다.

—이블라인

가볍게 훑어보려다가 몰입해서 끝까지 쭉 읽었네요. 웹소설에 대한 막연한 지식과 경험들을 명확하게 정리해주는 책. 작법서라는 말에서 오는 딱딱한 느낌을 소설 형식으로 편안하게 풀어주어 더 좋았습니다.

—정유나

작법서는 대개 재미없기 마련이다. 웹소설 작법서의 경우도 마찬가지다. 그러나 한산이가 작가의 작법서는 첫 장부터 피식 웃음이 나온다. 이 지극히 웹소설스러운 구성… 그래, '웹소설 작법서'란 이래야지, 라는 마음에 절로 고개가 끄덕여진다.

유익하면서도 흥미로운 작법서란 환상의 동물 같은 것이다.

그 동물이 여기 있으니, 웹소설 작법을 즐겁게 배우고 싶다면 꼭 한 번 읽어보시라.

—황제펭귄

들어가며

불과 몇 년 전까지만 해도 웹소설이 뭔지도 모르는 사람들 투성이었습니다. 저도 아무것도 모르고, 그냥 나도 한번 소설을 써 보고 싶단 생각 하나로 뛰어들었죠. 그때가 2016년입니다. 5년 전이네요.

당시 웹소설 시장의 일 년간 총 결제액은 400억이 채 못 되었습니다. 4년이 지난 2020년의 총 결제액은 6천억을 돌파 했습니다. 무서운 건 아직 성장세가 전혀 꺾이지 않았다는 점입니다.

글 쓰라는 책 서두에 너무 돈 얘기만 하는 것 같아 불편하실 수도 있겠지만, 자본주의 사회에서 돈이 몰린다는 건 결국 인재가 몰린다는 것과 같은 의미라 반드시 짚고 넘어가야 할 문제라 생각합니다. 웹소설이 돈이 된다는 기사와 함께 수많은 지망생이 뛰어들고 있습니다. 그중에는 원래도 웹소설을 보던 사람도 있지만 그렇지 않은 사람도 많습니다. 오래전부터 떠돌던 풍문인, 웹소설은 문턱이 낮다는 말 또한 용기를 줍니다.

유념해두셔야 할 것이 있습니다. 지난 5년간 웹소설 시장은 그저 매출액만 성장한 것이 아니라 질적인 성장도 이루었습니다. 쉽게 말해 2016년이었다면 쉽게 데뷔했을 작가도 이제는 어렵습니다. 잘 쓰는 사람이 너무 많아서 그렇고, 또 독자들의 눈이 너무 높아져서 그렇습니다. 때문에 평생 웹소설이라고는 한 번도 안 읽어 본 사람이 돈 때문에 뛰어들기엔 꽤 험난한 시장이 되었습니다.

방금 저런 말을 해놓은 마당이라 좀 민망하지만, 저는 별명이 웹소설 전도사입니다. 친한 사람마다 자꾸 웹소설을 쓰라고 말해서 그렇습니다. 다만 저변에 깔린 생각은 좀 다릅니다. 저는 사람에게는 누구에게나 자신만의 이야기를 어떤 식으로든 표현하고픈 욕구가 있다고 확신합니다. 그러면서 돈까지 벌 수 있는 방법은, 지금껏 평범한 삶을 살아온 대다수에게는 웹소설이 유일하다고 생각합니다. 그래서 자꾸 권유합니다.

그런 저도 강하게 권유하기 전에 몇 가지를 확인하긴 합니다. 여러분에게도 묻겠습니다.

하나는 우선 기존의 독자였는지 여부입니다. 원래도 웹소설을 재밌게 봤던 사람이라면 웃어도 좋습니다. 당신은 웹소설 작가가 되는 데 있어 아주 유리한 고지에 서 있습니다. 하지만 아직은 너무 크게 웃으면 안 됩니다. 그 전에 재밌게 보았던 소설 명단을 확인합시다. 소설 명단이 인기작 순위와 일치한다면 축하합니다. 계속 웃으세요. 당신은 취향과 상업 소설이 지향하는 지점이 일치하는 사람입니다. 심지어 여태껏 독자로 있었으니 다양한 이야기의 조각들이 여기저기 산재해 있겠죠. 남은 건 그 이야기 조각을 모으고, 자신만의 색채를 더해 연재하는 것뿐입니다. 이런 사람은 재밌으면서 동시에 잘 팔리는 소설을 쓰기에 유리합니다.

만약 명단이 인기작 순위와 전혀 안 맞고, 하나 같이 마이너한 소설만 좋아했다면 조금 긴장하시는 것이 좋습니다. 우선 유리했던 고지가 점점 낮아지고 있습니다. 취향과 상업 소설이 지향하는 지점이 달라서 그렇습니다. 이런 사람이라고 해서 인기작을 못 쓴다는 건 아닙니다만, 아무래도 노력이 필요합니다.

독자가 아니었나요? 그렇다면 아직 작가를 꿈꿀 단계가 아닙니다. 이 책도 그리 도움이 되지 않을 겁니다. 먼저 인기작 열 개 정도를 쭉 읽어 보세요. 보면서 와 재밌다는 생각이 든다면, 축하합니다. 당신은 가능성이 있습니다.

인기작을 보는데 이런 걸 사람이 왜 보나 싶다면 사실 가능성이 굉장히 희박합니다. 뼈를 깎는 노력이 있다면 가능할 수도 있는데, 저는 아직까지 실제로는 여기서 출발한 작가를 만나보지 못했습니다.

두 번째는 엉덩이입니다. 아무리 많은 소설을 봤고 재미를 느끼고 있고, 또 머릿속에 든 이야기가 있다고 해도 쓰지 않으면 그건 소설이 아니라 그저 공상에 지나지 않습니다. 우리는 흔히 작가라고 하면 영감이 떠오를 때까지 몇 날 며칠을, 심지어는 몇 달도 고뇌하며 방황하다가 영감이 뇌리를 스치면 써내는 사람을 떠올립니다.

웹소설 작가는 그보다는 매일 정해진 시간에 출근하고 매일 정해진 분량을 써내야 하는 회사원에 훨씬 가깝습니다. 매일 5천 자 이상의 분량을 써내고 연재해야 합니다. 이러면 좋다가 아니라 필수 요소입니다. 이게 중요합니다.

두 가지 조건을 충분히 고민해 보셨나요? 그래도 해 보고 싶다면, 좋습니다. 지금부터는 제 얘기를 좀 해 보겠습니다.

세상에는 분명 천재라 불릴만한 사람들이 있습니다. 웹소설 계에도 마찬가지입니다. 그러한 작가들은 첫 작품부터 돌풍을 일으킵니다. 단순히 인기작을 쓰는 게 아니라, 새로운 트렌드를 만들기도 합니다. 어떤 작가는 단 한 소절만으로 팬을 만들어 버리기도 합니다. 자신의 필명을 강제로 독자의 머릿속에 박아 버리는 작가들이 있습니다.

저는 그렇지 못했습니다. 제가 처음 쓴 소설 《군의관, 이계 가다》는 간신히 유료화에 성공한 것으로 만족해야 할 소설입니다. 지금이라면 아마 데뷔가 어려웠을 겁니다. 그나마 2016년은 느슨한 시절이었기에 가능했던 것이죠. 그만큼 구멍이 숭숭 뚫린 소설입니다.

두 번째 소설 《열혈 닥터, 명의를 향해!》는 처음보단 나았습니다. 첫 번째 소설을 쓰면서 제가 그나마 어떤 걸 잘 쓰는지를 다행히 배워서, 거기에 좀 더 집중한 덕입니다. 하지만 지금 보면 소설이라기보다는 다큐멘터리에 더 가까운 소설입니다. 현실성을 강조하다가 잡아 먹힌 꼴이랄까요?

세 번째 소설 《의술의 탑》은 제게 처음으로 어느 정도 경제적 성과를 안겨준 소설입니다. 이 소설로 저는 공모전에서 상도 탔습니다. 현실성을 조금 뭉개고 재미를 추구한 덕입니다. 하지만 단점도 즐비해서 어느 정도 이상의 성공은 거두지 못했습니다. 현대 판타지인데 현실성을 너무 뭉개다 보니 개연성이 무너진 탓도 있고, 또 소재에 이야기 전체가 잡아 먹혀서 그렇습니다. 무엇보다 이 소설의 주인공은 캐릭터 성이 너무 희미했습니다.

네 번째 소설《닥터, 조선 가다》에서는 캐릭터 성을 부여하려고 노력했습니다. 주변 인물들과의 티키타카도 보여주려고 노력했죠. 어느 정도는 성공했으나, 어떤 캐릭터 성은 불호가 될 수도 있다는 걸 몰랐습니다. 말하자면 절반의 성공이라 할 수 있겠습니다.

여섯 번째 소설《중증외상센터 : 골든아워》에 이르러서야 사람들이 좋아하고 응원할만한 캐릭터를 어느 정도 조형할 수 있었습니다. 이 소설은 그동안 쌓인 노하우와 제가 잘하는 것만 쓰자는 생각으로 시작했는데, 3년 동안 워낙 많은 소설을 써서 그런지 다행히 어느 정도 성공했습니다. 당연히 저는 천재가 아니어서 단점은 여전히 존재했습니다. 조연들이 조금 흐릿하다는 점입니다. 주인공에게 몰아주다 보니 그렇게 된 것인데, 작품이 길어질수록 약점으로 작용했습니다.

일곱 번째 소설《A. I. 닥터》에서는 조연에도 신경을 많이 썼습니다. 장편으로 이어질 때 조연의 역할이 대단히 중요해진다는 것을 전작을 통해 배운 덕입니다.

보시면 아시겠지만 제 작가 인생은 결국, 시행착오의 연속입니다. 그럼에도 계속 썼습니다. 제 안에 저도 몰랐던 창작에 대한 열망이 있어서입니다. 그렇다고 고생스럽지 않았던 것은 아닙니다. 힘들었어요.

이 책을 읽는다고 해서 바로 인기작을 쓸 수 있진 않을 겁니다. 당장 저뿐만 아니라 수많은 기성 작가들도 다음 작을 어떻게 할까를 생각하면 머리가 하얘지거든요. 다만 시행착오를 줄이는 데에는 도움이 될 거라 생각합니다. 지금껏 3,500화가 넘는 소설을 쓰면서 겪었던 시행착오에 대해, 그리고 그 시행착오를 겪으면서 배웠던 것에 대해 쓴 책입니다. 모쪼록 저보다는 덜 고생하시기를 바라며, 이 글을 소개합니다.

차례

PART 1

★

기초편

01

제목부터 글렀어

제국력 916년. 캄푸스 대륙은 혼란의 시대를 맞이했다. 대륙의 절반을 호령하던 게이시르 제국이 다른 왕국을 침략하기 시작했기 때문이다. 그러나, 전쟁의 여파는 절대 전쟁터에서만 끝나지 않았다. 결국, 피해를 보는 건 민간인들이었다. 도처에 부모 잃은 고아들이 서성였고, 그나마 살아남은 어른은 도적이 되어 또 다른 고아를 양산했다. 바야흐로 난세였다.

나는 얼마 전 공모전에 맞춰 올렸던 내가 쓴 소설 《캄푸스 전기》의 1화를 다시금 읽어 보았다. 뿌듯해서는 아니었다. 1화 조회수가 121인데 그중 20은 내가 찍은 조회수였다. 이미 유료화를 꿈꾸기에는 턱없이 적은 조회수인데, 심지어 2화 조회수는 50으로 추락했다.

'왜 안 보지? 조금만 참고 보면 진짜…… 진짜 재밌어질 텐데.'

그저 그런 소설이 아니다. 무려 5년도 넘게 구상한 설정을 녹여 낸 대작이다. 대작이니만큼 머릿속에 있던 스토리를 다 풀어내려면 시간이 필요했다. 굳이 회차로 생각하자면…… 그래, 10화쯤 되면 슬슬 재밌어지기 시작할 거다. 그때부터 주인공이 본격적으로 등장하니까.

'이런 보는 눈 없는 사람들 같으니라고….'

형편없는 조회수에 악플만도 못한 무플의 향연인 내 소설란을 보고 있으려니 짜증이 솟구쳤다. 그래, 얼마나 대단한 작품들이 투베에 올랐는지 보자는 심정으로 베스트 버튼을 눌러 보았다. 그러자 1위부터 105위의 작품이 죽 하고 화면에 떴다.

딸깍—

그중 눈에 띄는 제목을 하나 눌러서 들어갔다. 마음에 들었다는 얘기는 아니다. 세상에, 제목이 뭐 이래. 《SSS급 망나니 왕자가 되었다》라니. 이게 대체 뭔 놈의 제목이란 말인가. 신인이라 절박해서 그랬나 했더니만 기성이었다. 나도 알 만한 필명이니 제법 먹고 살 만할 텐데 이런 제목을 써?

"후."

한숨이 절로 나왔다.

'그래도 잘 썼으니까…. 3위 안에 드는 거겠지.'

그래도 내용은 다르겠지, 달라야지 하는 기대를 갖고 1화를 눌렀다.

그런데 웬걸, 시작하자마자 배경 설명도 없이 갑자기 망나니였던 왕자에 주인공이 빙의했다. 대체 왜? 라는 질문은 의미가 없었다. 그냥 했다.

'이게 말이 돼?'

개연성이고 나발이고 전부 개나 준 느낌이었다. 이런 걸 진짜 사람들이 본다고? 의문이 들었지만 일단 계속 보기로 했다.

보다 보니 술술 읽히긴 했다. 클리셰 범벅이라는 느낌이 드는 게 단점이긴 했지만, 뒤를 궁금하게 하는 무언가가 있었다. 이 비밀만 알면, 나도 성공할 수 있을 텐데. 내 머릿속에 가득한, 세상에서 가장 흥미진진한 이야기를 보다 많은 사람들이 읽을 수 있게 할 수 있을 텐데.

"하아."

기분이 나빠진 나는 일단 들고 있던 핸드폰을 침대 위로 던졌다. 사실 방이 너무 좁아서 던졌다는 말은 어울리지 않았다. 마음먹고 던지려고 하면 팔이 벽에 부딪힐 테니. 내가 사는 이곳은 그야말로 고시원 중에서도 제일 좁은 곳이라는 뜻이다.

1년.

내가 웹소설로 성공하겠노라 큰소리를 치고 집을 나온 후 흐른 시간이다. 얼마간 벌어 두었던 돈은 이미 다 까먹은 지 오래. 아무리 아껴 쓴다고 해도 앞으로 석 달이면 끝이다. 그 안에 어떻게든 승부를 봐야만 했다. 지금 같아선 글먹만 할 수 있다면 뭐든 할 수 있을 것 같았다.

"악마한테 영혼을 팔아서라도……."

요새 하도 잘나가는 웹소설 분석한답시고 이것저것 초반부를 읽었더니 일상생활에서조차 이런 대사가 나왔다. 정말 이렇게까지 노력했는데 안 된다고?

"재능이 없나……."

한참 그렇게 넋두리하고 있으려는데, 돌연 방이 흔들리기 시작했다. 지진이구나 싶었다. 과연 이 건물이 내진 설계가 되어 있을까? 턱도 없는 생각이었다. 망치로 두들겨도 무너지게 생긴 건물 아닌가. 괜히 웹소설 쓴다고 깝치다 집 나와서 객사하는구나. 이게 내 마지막 생각이었다.

"아닌가?"

한참을 죽었다 생각하고 엎드려 있으려니, 생각보다 몸이 멀쩡하단 느낌을 받았다. 해서 고개를 들어 보니 낯선 누군가가 방 안에 서 있었다.

"뭐야, 시발!"

"악마한테 영혼을 팔아서라도, 그 뒷말이 뭐지?"

후광 때문에 얼굴을 확인할 수 없는 누군가는 대뜸 질문부터 던졌다. 제대로 된 인간이라면 이놈이 질문을 하건 말건 욕설이 나가거나 해야 할 텐데, 그럴 수가 없었다. 목소리를 듣는 순간, 저 말을 들어야겠다는 생각만 들었다.

진짜 악마의 유혹이라도 되는 걸까?

"웹소설로…… 성공하고 싶다. 이거예요."

"진심이었어, 그렇지?"

"네? 네. 진심입니다."

"좋아, 그 정도라면 영혼까지도 필요 없지."

때문에 나는 이러면 안 되는데, 하면서도 대화를 이어나가고 있었다. 상대는 내 말에 씨익 웃고는 손을 내밀었다. 여상한 태도였으나 여기서 영혼이라도 달라고 하면, 그대로 영혼을 뺏길 것 같은 느낌이었다.

"지금 얼마나 있지?"

"네?"

"얼마 있냐고. 거짓말은 안 돼. 뒤져서 나오면 100원당 한 대야."

"어, 어. 지갑에는 만오천 원 있습니다."

"그래? 그거면 얼추 되겠군. 줘 봐. 그럼 네 소원을 이루어 주지."

"어……."

여기서 영혼이 아니라 돈을 달라고 한다고? 그것도 만오천 원? 이거 그냥 작법서 가격 아닌가? 그런 생각만 하고 있는 줄 알았는데, 정신을 차려 보니 어느새 지갑에서 돈을 꺼내 상대의 손에 쥐어 준 후였다.

"오늘부터 매일 이 시각 여기서 나를 만나게 될 거야. 3개월 안에 성공하게 해 주지."

"어…… 정말요? 누, 누구신데요?"

"내가 누군가가 중요한가, 아니면 성공하는 게 중요한가."

"서, 성공……."

"그럼 쓸데없는 질문은 하지 마. 성공하고 싶으면 잠자코 내 말에 따라. 알았나?"

"아, 네."

상대는 정신없이 고개를 끄덕이고 있는 나를 보며, 정확히는 내가 컴퓨터에 띄워 둔 내 원고를 보며 웃었다. 명백한 비웃음이었는데 어쩐지 화를 내기가 좀 그랬다. 다른 때 같았으면 감히 내 자식 같은 원고를 보고 웃어? 라고 했을 텐데. 후광을 지녀서 그런가 뭔가 묘한 권위 같은 것이 느껴졌다.

"그 소설, 제목이 뭐지?"

"캄푸스 전기입니다."

"제목이 자랑스럽나 보군. 대답에 망설임이 없어."

"네? 아, 네. 제가 심혈을 기울여 지은 제목이니까요. 캄푸스가 라틴어로 대륙이라는……."

"닥쳐."

"앗, 네."

"독자는 라틴어고 나발이고 관심이 없어. 눈에 들어오는 제목이냐 아니냐가 제일 중요하지. 그런 면에서 네 소설은 제목부터 글렀어."

★★★
한산이가의 기초 TIP

웹툰, 드라마, 영화뿐 아니라 웹소설에서도 제목은 참 중요한 요소입니다. 그림이나 영상 등으로 독자를 유인할 수 없는 웹소설은 더더욱 제목이 중요하겠죠. 특히 작가가 신인이라면 더더욱 그렇습니다. 제목 외에 독자를 유인할 수 있는 요소가 없기 때문입니다.

제목에서 제일 중요한 것은 역시 관심 끌기입니다. 웹소설 업계에서는 주로 어그로라고 표현합니다. 아무리 여러 은유를 품고 있는 제목이라 해도, 눈에 들어오지 않는다면 적어도 웹소설의 세계에서는 좋은 제목이라 할 수 없습니다.

반드시 눈에 들어오는 제목이어야 합니다. 이런 제목을 짓는 법은 생각보다 어렵습니다만, 역시 팁이 있습니다. 우선 내가 쓰고자 하는 장르의 1위부터 10위까지의 소설을 훑어보세요. 그리고 거기서 자주 쓰이는 단어를 골라 조합하시면 됩니다.

EX. 회귀, 빙의, 환생, 빌런, 천재, 막내 등등.

02

한 문장으로 말해 봐

"웹소설 제목은 말이야…… 모름지기 쪽팔려야 제맛이지!"

"쪼, 쪽팔려야 된다고요?"

제목이 쪽팔려야 된다고? 대체 이게 뭔 소리란 말인가. 도무지 영문을 모르겠다는 얼굴로 자신을 웹소설의 신이라 밝힌 이를 바라보고 있으려니, 신이 말했다. 더없이 환하게 웃으면서였다.

"그래! 너에게는 세상 유치 뽕짝인 제목이지만 그게 바로 어그로가 되는 거야! 차마 지인에게는 말할 수 없을 만큼 부끄러운 제목! 거기서부터 출발해야지."

"아……."

그 말을 딱 들은 순간 무언가 뇌리에 꽂히는 제목이 있었다. 현재 투데이 베스트 3위에 랭크되어 있던, 이름만 대면 누구나 알 법한 기성 작가의 작품 《SSS급 망나니 왕자가 되었다》.

'유치 뽕짝이지만 어그로가 된다…….'

입을 헤벌리고 있으려니 신이 말을 이었다. 어쩐지 징그럽게 느껴지는 미소를 지으면서였다.

"기성 작가들도 그렇게 하는데, 네가 뭐라고 멋있어 보이는 제목을 쓰지?"

마치 내 속을 꿰뚫어 보는 듯한 언사였다. 솔직히 부끄러웠다.

'그래, 유료화 한번 해 보지 못한 주제에 내가 뭐라고…….'

《SSS급 망나니 왕자가 되었다》의 작가는 전작도 유료 전환 1만을 이룬 기성 중의 기성이지 않나. 구태여 말을 보태자면 감히 스타 작가라 칭해도 좋을 정도였다. 잠시 충격받은 얼굴로 서 있자, 신이 비웃었다. 어지간하면 비웃는다는 표현을 쓰고 싶지 않았는데 너무 노골적이라 다른 단어로 대체할 수가 없었다.

"벌써 충격받은 얼굴이면 어떡해. 너 설마…… 그냥 유치찬란한 제목으로 바꾸기만 하면 된다고 생각하는 건 아니지?"

"네? 아니, 그럼 어떤 제목을…….."

"넌 지금 소설 제목을 바꾸면 어떻게 바꾸려고 했는데?"

"SSS급 캄푸스 전기?"

"미친놈."

신은 내가 말을 끝맺음과 거의 동시에 욕설을 내뱉었다. 마침 비웃음을 당하기도 했고, 욕설도 면전에서 듣는 건 군대 갔다 온 이후로 처음이기도 해서 할 말을 잃었다. 의도했던 바였는지 신은 그대로 말을 이어 나갔다.

"웹소설에서 제목이 가장 중요하다는 말은 들어 봤겠지?"

---

* 플랫폼에 따른 차이가 있습니다만 여기서는 문피아를 기준으로 설명하고 있습니다. 문피아에서 유료 전환 후에 일일 조회수 1만을 기록하면 만따리라고 이야기하는데, 대박의 기준 중에 하나입니다.

"아…… 그건 네, 뭐."

"그럼 왜 중요한지도 아나?"

"어그로 끌려고요."

"아주 틀린 말은 아닌데……."

신은 설마, 하는 얼굴로 나를 바라보았다.

"그게 전부라고 생각해?"

"네? 그렇죠. 제목은 그냥 클릭만 하게 하면 되는 거 아니에요? 어떻게든 눈에 띄게…… 억?"

그러다 뒤통수를 후려갈겼다.

어찌나 찰지게 때렸는지 순간 정신이 오락가락했다.

"으어."

머리통을 부여잡고 있으려니, 신은 지가 때린 주제에 슬픈 얼굴을 하고선 중얼거렸다.

"웹소설 작가가 되겠다는 놈이…… 웹소설을 이렇게 무시하고 있다니."

신이라서 그런지 아니면 뒤에서 빛이 새어 나와서 그런지는 알 수 없지만, 하여간 이자의 말은 단 하나라도 허투루 여길 수가 없었다. 마치 문장 하나하나가 내 폐부를 찢고 들어오는 느낌이랄까? 감정도 예외는 아니었는지 나는 순식간에 슬픈 기분이 들었다. 돌이켜 생각해 보면 그냥 뒤통수가 아파서였을 수도 있겠다 싶기는 하지만.

"네? 무슨 소리예요? 다들 그렇게 말하던데."

"이봐, 지망생."

"어…… 네."

순식간에 작가에서 지망생으로 격하됐지만 그런 걸 지적하기엔 분위기가 엄했다. 해서 잠자코 있으려니, 신이 바로 말을 이었다.

"소설의 제목은 일종의 간판이야. 간판."

"간판……?"

"작가인 네가 이제부터 이런 글을 여러분께 보여 주겠다고 알려 주는 간판이라고. 그 말은 곧 제목만 봐도 '아, 이게 어떤 내용이겠구나'라는 생각이 들어야 한다고."

"아……."

솔직히 뭔 말인지 딱 귀에 들어오지는 않았다. 하지만 모르겠다고 하면 너무 멍청해 보일까 봐 대충 아는 척하고 넘기려 했는데, 과연 신은 신이었다.

"아예 감이 없구나, 그치?"

"아……."

"일단 너 소설 쓰는 사이트 들어가 봐. 들어가서 베스트란에 있는 소설들 제목 쫙 읽어 봐."

"아, 네."

알아듣는 건 어려워도 시키는 거 하는 건 쉬운 일 아닌가. 나는 순식간에 사이트를 띄우고 제목들을 읊어 댔다.

"악당은 살고 싶다, 천재 타자가 강속구를 숨김, 한의사는 연금술을 씁니다, 전생이 천재였다."

"그 제목들 공통점이 뭐냐?"

"어……. 마침표만 없지 문장인데요?"

"다들 이름만 대면 모르는 사람이 없는 기성들인데 괜히 그렇게 했을까? 아니겠지? 지망생, 너보다는 작품에 대한 고민을 훨씬 더 많이 했을 거 아냐."

"작품이 이러이러하다는 걸 보여 주기 위해서?"

내가 답을 하자, 신은 지금까지 보여 주었던 표정 중 제일 밝은 얼굴이 되어 무릎을 팍하고 때렸다. '옳거니!'라고 외치면서였다.

"그래, 바로 그거야. 악당은 살고 싶다, 뭔 내용이겠어?"

"어떻게든 살아남는 악당 이야기?"

"그래. 그럼 천재 타자가 강속구를 숨김은?"

"천재 타자가 타자가 아니라 강속구를 던지나……?"

"좋아. 바로 그거야. 물론 모든 제목이 문장인 건 아냐. 하지만 잘 보면 결국, 제목은 해당 작품의 주요 소재나 주제 또는 내용을 내포하고 있다고. 근데 네 글은 뭐야."

"그……."

말을 듣고 보니 《캠퍼스 전기》는 그야말로 밍숭맹숭한 제목일뿐더러 성의도 없는 제목이었다. 《SSS급 캠퍼스 전기》도 마찬가지였다. 아니, 오히려 이쪽이 더 성의가 없어 보였다. 그렇다면 무슨 제목을 써야 할까 고민하고 있으려니 신이 물었다.

"그럼 네 작품의 제목은 어떻게 해야 할 것 같아."

"그게, 안 그래도 지금 생각하고 있는데……."

제대로 된 답을 못하고 우물쭈물하고 있자, 신은 흐뭇한 미소를 지우고 다시 한심하다는 듯 한숨을 쉬었다. 아니, 이번에는 정말로 실망한 눈치였다. 이 양반이 왜 그러나 싶었다. 지망생인 거 알면서 나타난 거 아닌가? 약간 원망스럽기까지 했다. 다음 질문을, 그러니까 오늘의 마지막 질문을 듣기 전까지는 확실히 그랬다.

"그럼 질문을 바꿔 보지."

"어떻게요?"

“네 소설 내용을 한 문장으로 말해 봐.”

“어, 그러니까. 이게…….”

“아니다, 그냥 내용을 말해 봐.”

“그…… 그러니까요, 캄푸스라는 대륙이 있어요. 그 대륙에 아캄이라는 주인공이 있는데, 주인공 아빠가…….”

“작가를 꿈꾼다는 놈이 자기가 쓸 소설 내용도 요약을 못 해? 안 되겠어, 너. 네가 쓸 소설 장르가 도대체 뭐냐?”

한산이가의 기초 TIP

제목이 쪽팔려야 된다는 말에 너무 집중하시면 안 됩니다. 그만큼 어그로가 중요하다는 뜻일 뿐, 쪽팔리기만 하면 안 됩니다. 제목은 이를테면 식당의 이름 또는 메뉴판이기에 그렇습니다.

돈가스 집이라고 해서 들어갔는데 생선구이가 나오면 당황스럽겠죠. 제목과 글의 내용이 달라도 마찬가지입니다. 즉, 제목은 내 소설의 중심 주제 또는 서사를 한 문장으로 나타낸 것이어야 합니다.

만약 지금 소설을 쓰고 있는데 이게 잘 안 된다면 문제가 있는 겁니다. 작가인 나조차 내 소설의 중심 서사를 일목요연하게 설명하지 못한다는 뜻이거든요. 이런 소설이 잘 되기는 어려운 일입니다. 계속 회차를 쌓기보다는 잔가지를 정리해서 독자들이 작가님의 메인 요리에 집중할 수 있도록 도와주세요.

03

너는 네가 쓸 소설 장르도 모르냐?

신은 한심하기 그지없다는 눈으로 나를 바라보았다. 평소라면 참 억울하다는 생각이 들었을 텐데, 지금은 그러기도 좀 애매했다. 그럴 수밖에 없었다. 명색이 작가라는 놈이 자기 소설을 한 줄로 요약도 못 할 줄이야.

"야, 장르가 뭐냐고."

그래도 장르를 묻는 건 좀 선 넘는다 싶었다. 설마하니 내가 내 소설 장르도 모를까.

"판타지죠."

해서 자신 있게 답했음에도 신은 여전히 한심하다는 눈을 하고 있었다. 이 양반이 헷갈려서 표정을 못 바꾸고 있나 싶어서 말을 덧붙이려 했으나, 그건 불발로 끝났다. 신이 한발 빨랐다.

"근거는?"

"근거요?"

"그래, 네가 생각하는 근거를 대봐. 네 소설의 장르가 판타지라는."

"어…… 일단 배경이 중세고요."

"중세면 대체 역사물이 되는 거 아냐?"

"아니, 현실에 없었던 중세죠. 그러니까 판타지에요."

"대체 역사는 현실에 있었던 중세야?"

"어."

그렇게 문답을 주고받다 보니 좀 헷갈렸다. 내가 쓰려고 했던 장르가 판타지가 아닌가 하는 생각까지 들었다. 내가 잠시 멍하니 서 있는 사이, 신은 내가 쓴 글을 쭉 읽어 내려갔다.

"아니, 잠깐만. 그건 왜 봐요."

"어차피 남들 보여 주려고 쓴 글인데 왜 부끄러워해?"

"그, 그게."

"보니까 마법도 나오네. 어렴풋이 인상만 남긴 느낌이지만…… 현실에 이런 마법이라도 존재해?"

"아뇨."

"그럼 판타지지."

"뭐에요, 역시 판타지 맞네."

"그럼 정통 판타지야? 아니면 양산형이야, 아님 퓨전이야, 뭐야."

"어…… 그러니까. 잠만요. 이건 답할 수 있어요."

지금까지 어버버 거린 주제에 이건 다르다고 하면 설득력이 떨어지기야 하겠지만, 진심이기는 했다. 애초에 기존에 있던 것들과는 뭔가 다른 걸 보여 주려고 쓴 글이니까.

"똑딱똑딱."

"아아."

좀 더 멋지게 답을 해 보려고 뜸을 들이고 있으려니 신이 초침 소리를 냈다. 딱 듣기만 했는데도 소름이 돋았다. 초조해지는 소리라고 해야 할까? 누군가 글 쓰는데 이런 소리를 내고 있으면 절로 글이 빨리 써질 거 같았다.

좋은 건가?

아니, 그럴 리가 없다.

"그만해요."

"그럼 말해."

"알았어요. 우선 제 거는 양산형은 아니에요."

"아까 보니까 소드 마스터니 익스퍼트니 다 나오던데."

"개연성이 있어요."

"양산형은 없어?"

신은 내 눈을 똑바로 바라보며 물었다. 양산형 판타지를 유독 좋아하는 건가 싶을 정도로 강한 적개심마저 느껴졌다. 그렇다 보니 나도 좀 둘러대는 수밖에 없었다. 누구라도 뒤통수에서 빛을 뿜는 사람이 이렇게 나오면 이럴 터였다.

"그게…… 정통 느낌이 더 강할 거예요."

"뭔가 착각하는 거 같은데……."

"뭘요."

"설마 정통 판타지가 양산형 판타지에 비해 지루하다고 이해하는 건 아니지?"

"무슨, 그런!"

"왜 소리를 질러? 소리 지르고 싶은 사람은 난데. 읽어 보고 계약할걸. 이거 문제가 한두 군데가 아냐. 15,000원이 아니라 10만 원은 받았어야 했어.”

‘저기, 그 돈이나 그 돈이나 ‘신’이라는 작자가 입에 올리기에는 약소합니다’라는 말이 입 안에서 맴돌았다. 차마 입 밖에 내지 못한 건 여전히 신이 날 노려보고 있어서였다. 어째 보지 말라던 내 소설을 읽고 나서 더 화가 난 듯 보였다.

“뭐, 어차피 오늘 하루만 하고 말 건 아니니까…….”

하지만 괜히 신을 자처하는 건 아닌지 한숨 한 번에 표정이 사뭇 인자해졌다.

“하여간 내가 볼 때도 네 소설 장르는 애매해.”

“새로운 거라서 그렇게 느껴지는 거 아닐까요?”

“아니, 너도 네 장르가 뭔지 몰라서 그래. 게다가 제목도 개판이지. 이러면 어떻게 되는 줄 알아?”

“음.”

“뭘 음이야, 네 게시판을 봐라.”

신은 내 말에 다시 성질을 내면서 모니터를 가리켰다. 1화 조회수도 낮지만, 그에 비해서도 형편없이 낮은 최신화 조회수가 처연한 얼굴로 떠 있었다.

“처연한 건 네 얼굴이고.”

“어떻게…….”

“나 신이야. 아무튼, 보면 알겠지만… 제목이 후지지? 아직 작연도 아니니, 자리도 후진데 간판도 후진 셈이야. 찾아오는 사람이 적어. 근데 심지어 제목은 정판 느낌이 나는데 1화에서 벌써 소드 익스퍼트니 뭐니 한단 말이지. 마치 한정식 먹으러 왔는데 로제 떡볶이가…… 그것도 더럽게 맛없는 게 나온 느낌이야.”

"그렇게까지 말할 건…….."

"아니, 엄청나게 순화한 거야. 아무튼, 이러니 누가 버텨 이걸. 마지막 화 조회수는 네가 자꾸 눌러 대서 생긴 거 같은데."

"그…….."

자꾸 뼈를 때리니까 너무 아팠다. 아마 몇 달 전의 나 아니, 며칠 전의 나였다면 맞는 말이라 해도 자존심이 상해서 나가 버렸을 터였다. 하지만 지금은 자존심이고 나발이고 다 내려놔야 했다. 이 작디작은 고시원 방에서라도 버티고 살려면 그 수밖에 없었다.

"그럼 어쩌죠."

"태도는 마음에 드네. 계속 그렇게만 하라고. 내가 너 반드시 유료 작가로 만들어 줄 테니까."

"저야 될 수만 있다면 좋죠."

"좋아. 그럼 다음 주에 내가 다시 올 때까지 이 쪽지를 채워 봐. 오늘 내가 얘기한 걸 잘 생각해서 적어. 제목은 간판이고, 장르는 메뉴야. 소개 글은 메뉴를 좀 더 자세히 적은 것뿐이고. 중요한 건 간판을 잘 써야 한다는 거고, 장르는 그 간판과 일치해야 한다는 거야. 알아들어?"

"네."

나는 대답과 동시에 신이 건넨 쪽지를 받아 들었다. 쪽지는 아주 간단했다.

장르

제목

소개

신은 숙제를 남겨 주고는 스르륵 사라져 버렸다. 원체 후광이 밝았던 탓도 있고, 고시원이 워낙 어두웠던 탓도 있다 보니 순식간에 암흑이 찾아온 기분이 들었다.

막막하기만 하지는 않았다. 손에 쥔 쪽지가 어쩐지 한 줄기 빛이 되어 줄 것 같기도 해서였다.

'그래, 어쩌면…… 나도 이제…….'

나도 모르게 성공한 작가들, 그러니까 싱숑, 한중월야, 노쓰우드, 비츄 그리고 한산이가 등과 어깨를 나란히 하는 환상을 본 듯했다.

★

한산이가의 기초 TIP

제목이 식당의 간판이나 메뉴라고 한다면, 장르는 한식, 양식, 중식 등 과 같은 분류법이라 할 수 있습니다. 옳게 된 소설이라면 장르와 제목 그리고 소개 글이 일맥상통해야 하겠죠.

때문에 작가는 소설을 쓰기 전에 내가 쓸 소설이 과연 어떤 장르에 속해 있는지부터 명확히 확인해 주어야 합니다. 그렇지 않으면, 소설이 산으로 가 버리는 수가 생겨요. 심지어 기성 작가 중에서도 중간에 장르가 바뀌면서 연독률이 뚝 떨어지는 것을 경험하기도 합니다.

또 장르를 정하고 쓰게 되면, 해당 장르를 좋아하는 독자들을 자동적으로 타깃으로 삼을 수 있습니다. 즉 내 소설을 주로 읽을 사람들이 어떤 것을 좋아할지 분석하고 시작할 수 있다는 거죠.

장르의 분류.

판타지 : 정통 판타지, 중세 판타지, 퓨전 판타지, 기사물, 영지물, 마법

사물, 아카데미물 등등

무협 : 정통 무협, 신 무협, 퓨전 무협 등등

현대 판타지 : 헌터물, 게임 판타지, 직업물, 재벌물, 연예물 등등.

04

큰 줄거리는 단순하게 가

신과의 조우는 역시 상대가 범상치 않은 존재라서일까? 짧은 순간이었음에도 무척이나 인상적이었다.

한마디로 진이 쪽 빠지는 기분이었다.

'누워 있을까.'

정신을 차려 보니 나도 모르게 좁디좁은 고시원 침대에 몸을 던진 후였다. 아주 조금만 몸을 뒤척여도 낡은 나무 침대는 삐걱삐걱 비명을 질러 댔다. 정말이지 열악한 곳이었다. 상황만 허락한다면 당장 내일이라도 아니, 오늘이라도 나가고 싶어지는 곳이랄까.

'그러려면…… 지금 일어나서 글을 써야 해.'

어제와 같은 하루를 보내고 더 나은 내일을 꿈꾸는 건 망상이라는 말도 있지 않던가.

해서 몸을 억지로 일으킨 후, 아까의 만남이 내 상상 따위는 아니라는 걸

증명해 주는 한 장의 쪽지를 집어 들었다.

```
장르
제목
소개
```

신이 사라지기 전 역정을 내면서 책상 위에 올려 둔 것인데 별 내용이 적혀
있진 않았다. 아마 대화를 나누기 전의 나였다면 그대로 구겨서 던져 버렸을
터였다. 하지만 이젠 그럴 수 없었다.

왜인지는 모르겠으나, 그와의 대화를 통해서 뭔가 희망을 본 탓이었다. 이
제야 비로소 가능성이 있는 상태에서 벗어나, 정말로 작가가 되기 위해 움직
이기 시작한 기분이었다.

'장르? 내 소설의 장르가 뭐지?'

나는 쪽지를 손에 가만히 쥔 채 첫 번째 숙제에 대해 골몰했다. 장르라. 내
가 쓰는 소설의 장르라······.

장르에 대한 고민이 아예 없었던 건 아니었다. 분명 쓰기 전에는 이런저런
생각이 많았다. 기존에 널리고 널린 양산형 판타지에서 벗어난 판타지를 쓰
고 싶었다. 그렇다고 정통 판타지냐고 하면 그건 또 아니었다. 내가 쓰고자
하는 소설에도 상태창이 나오니까.

'신은 내 소설 장르가······ 지루하게 쓴 양산형 판타지라고 했지.'

진짜 상대가 사람이었으면 한 대 후려치고 말았을 터였다. 하지만 신을 어
떻게 때린단 말인가. 아니, 신이 아니라 해도 마찬가지긴 했다. 상대는 나보

다 머리 하나가 더 컸고, 체격 차이는 그보다 더 절망적이었으니까.

"그럼 일단."

나는 한참 고민하다가 일단 양산형 판타지라고 적어 넣었다. 애초에 글을 쓰기 시작한 계기가 '양산형에서 벗어난 판타지를 쓰자'였지만 어쩌겠는가. 냉정하게 돌이켜 보면 어떻게 봐도 내 소설은 양산형 판타지였다.

지금껏 습관처럼 떠올렸던, 내 소설이 외면당하는 건 정통 판타지를 독자들이 찾지 않아서라는 핑계를 내 손으로 부정하게 된 셈이었다. 어쩌면 정말 신이 말했던 것처럼 내 소설은 단순히 지루하기만 한 소설일지도 모르겠단 생각마저 들었다. 가슴 한쪽이 쓰려 왔지만, 또 한편으로는 후련하기도 했다.

'실패는 성공의 어머니…….'

좀 나아질 거란 생각이 들어서였다. 장르를 썼으니, 다음은 제목이었다. 하지만 제목부터 쓸 수는 없었다. 결국, 제목이란 내 소설의 내용을 간결하게 정리한 일종의 간판이라는 걸 배우지 않았나. 먼저 해결해야 할 숙제는 역시나 한 문장으로 요약하기였다.

'하아.'

어처구니없을 정도로 어려웠다. 명색이 작가인데 내 소설을 한 줄로 요약하는 일이 이토록 어려울 줄이야.

'그러니까…… 음. 결국은, 주인공이 영웅이 되는 얘기잖아. 원하지 않던 사건에 휘말리면서…… 상태창이란 유산을 받고, 지금 왕의 비밀을 캐고, 부활하는 마왕을 막고, 알고 보니 흑막이었던 신도 죽이고…… 드래곤을 구원하고…… 아, 이걸 어떻게 한 문장으로 하냐고. 내 소설은 완전 대서사시인데.'

일단 메인이 되는 줄거리만 해도 벌써 네 개였다.

'쉼표도 인정하나. 그럼 네 문장을 하나로……. 아니지, 아냐. 그런 제목은 없어.'

아무리 고민을 해 봐도 한 줄로는 도저히 축약이 불가했다. 그러니까 여기서 막혀 버렸단 얘기였다. 다음 주에 온다고 했는데, 벌써 막혀? 이러다 나가리 나는 거 아닌가 싶어서 한숨이 절로 나왔다.

"시발놈이."

한숨을 쉬는 동시에 신이 나타났다. 한바탕 욕설을 해 가면서였다.

"어?"

"어? 뭐가 어? 야. 야 이게 뭐가 어렵다고 그러고 있어."

"가신 거 아니에요?"

"좀 불안해서 모습만 숨기고 있었지."

"아니, 근데…… 제 소설은 이게 안 된단 말이에요."

"들어 보니까 그렇더라. 미친놈이 별의별 내용을 한 소설 안에 다 집어넣었네."

"다른 소설들도 그러잖아요."

"뭔 소설이 그래. 대체 뭔 소설이."

"반지의 제왕도 그렇고…… 억."

나는 느닷없이 느껴진 뒤통수를 매만졌다. 믿기지 않았다. 신이라는 놈이, 심지어 글 쓰는 신이라는 놈이 사람을 때려?

"반지의 제왕 같은 소리 하고 있네."

"물론 요즘 독자들은 그런 진중한 소설은 안…… 억?"

"너 주제에 반지의 제왕을 건드려? 야, 반지의 제왕은 문체가 다른 거지 결국은 주제가 하나라고. 그거 한 문장으로 딱 요약되잖아."

"어떻게요?"

"오직 나만이 절대 반지를 부술 수 있다."

"오……."

확실히 신이 짬바가 있어서 그런가 그럴싸한 제목이 덜커덕 나왔다. 듣고 보니 맞는 말 같기도 했다. 동시에 요즘 소설 제목 같아 보였다. 기대감이 있다고 해야 할까? 간판만 봐도 군침이 싹 도는 그런 느낌이었다.

"반지의 제왕도 한 문장으로 되는데 네 글은 안 돼. 그럼 뭐가 문제야."

"아무래도 제 소설 쪽이…… 문제가 있겠죠?"

두 대를 물리적으로 맞기도 했거니와 방금 신의 위엄도 본 탓에 말이 조심스럽고 겸손하게 나갔다. 그게 주효했는지 신은 꽤 좋아했다.

"그래. 네 소설이 문제야."

"음, 어떤……"

"한두 가지가 아닌데. 일단 내용이 너무 많잖아. 이러면 독자가 지금 내가 먹고 있는 게 뭔 맛인지 모르게 된다고. 부대찌개처럼 잘 버무릴 수 있는 것도 아니고 그냥 따로 놀잖아. 여기서 도저히 포기 못 할 것 같은 서사 빼고는 다 빼 버려."

"어…… 그건. 이건 진짜 제……."

"너의 소중한 아이디어라 이거지? 근데 그거 아냐."

"뭘요."

"하나도 안 소중해 이거. 일기처럼 쓸 거면 그대로 가고, 남들이 읽는 글 쓰고 싶으면 내 말대로 해."

"아…… 알겠어요. 그럼. 음."

대체 뭘 포기해야 할까. 도저히 모르겠어서 머리를 벅벅 긁고 있자니, 신이
입을 열었다. 마치 내가 이렇게 나올 줄 알았다는 듯한 얼굴을 하고서였다.

"부활하는 마왕을 막는 걸로 해. 그나마 이게 왕도고 정석이야."

"그런 좀 뻔한데."

"뻔한 게 잘 먹혀."

"너무 많잖아요?"

"왜 많겠어? 여전히 잘 팔리니까 많지."

"아."

★ 한산이가의 기초 TIP

　첫 번째 소설이 갖는 특징은 여러 가지가 있는데, 그중 하나가 바로 작가가 제일 오래 구상해 온 글이라는 점입니다. 그렇다 보니 설정이나 구성이 다소 복잡한 경우가 많습니다. 이것도 작가의 글솜씨가 따라가지 못한다면 독자들에게 걸림돌이 될 텐데, 그것보다 더 방해되는 게 있습니다.

　작가가 하고 싶은 얘기가 너무 많아서 그걸 첫 번째 글에 다 욱여넣는 경우입니다. 이렇게 되면 작가는 반전이라고 넣은 장면이 독자에게는 뜬금없는 장면이 되고, 또 다른 요소라고 넣은 장면을 독자는 늘여 쓰기의 방편으로 인식하게 됩니다.

　무엇보다 독자가 대체 이 소설은 무엇을 말하고자 하는가에 대한 의문을 품게 만들어 버립니다. 그 의문이 생기는 순간 연독은 끝이라고 보면 됩니다.

　부디 메인 서사는 한 줄기로 가져가시기를 바랍니다. 그것만으로도 충분히 재밌고, 풍성한 이야기가 나올 수 있습니다.

05

주인공이 누구야?

신은 그 후로도 한바탕 성질이나 부리다가 사라졌다. 물론 내가 이렇게 말하는 걸 듣는다면 더 성질을 부릴 게 뻔했다. 가슴에 손을 얹고 생각해 보면, 성질만 부리고 간 건 결코 아니니 말이다.

'그래……. 도움이 되는 말을 많이 해 주긴 했어.'

일단 스토리 라인을 단순화시켜 줬다. 그리고 그 작업이 절대로 글 자체가 단순해지는 건 아니라는 것 또한 이해시켜 줬다. 오히려 메인 주제가 명확해짐으로써, 그보다 작은 이야기들이 훨씬 풍성해질 수 있다고 했다.

'음…….'

아까 들을 땐 딱 이해가 되는 거 같았는데 돌이켜 생각해 보니, 완전히 와 닿지는 않는 느낌이었다. 다행인 것은 신도 이건 좀 더 글을 써 보고 그걸 보면서 설명해 줘야 할 거라고 얘기를 했다는 점이었다. 이를테면 아직 배우지 않은 개념이랄까?

'그걸 벌써 어렴풋이나마 이해하고 있다는 게 내 재능의 증거 아닐까?'

아직 단 한 번도 유료화는커녕 투베 말석에 진입도 못한 놈이 재능 운운하는 게 좀 이상해 보이긴 하겠지만. 재능이 없는 놈에게 신이 나타나? 이건 말도 안 되는 일이었다. 게다가 다른 증거도 있었다.

장르 : 퓨전 판타지

제목 : 오직 나만이 막을 수 있다.

한 줄 요약 : 회귀와 동시에 상태창을 얻게 된 라시드, 오직 그만이 앞으로 닥칠 재앙을 막을 수 있다.

조금 도움을 받기는 했어도 1주 차 숙제를 벌써 마치지 않았나. 벌써 원래 쓰고자 했던 글에서 많이 벗어난 느낌이 들기는 하지만. 확실히 이렇게 정리를 하고 보니까 작가인 나도 뭘 써야 할지 명확해진 기분이다.

'그래, 전에는…… 작가라는 놈도 당장 다음 화에 뭔 내용을 써야 할지 몰랐던데……. 대체 독자들이 뭘 기대했겠냐고.'

누구보다 작품에 대해 잘 알아야 할 작가가 갈팡질팡하고 있었으니 망하는 것도 당연했다. 바로 아까까지만 해도 내 글을 안 읽어주는 독자들의 보는 눈을 탓했던 주제에 너무 빨리 반성하는 것 같아 우습다는 생각이 들기는 하는데, 뭐 어쩌겠는가. 실상이 그러한 것을. 하여간 이제라도 정리가 됐으니 다행이었다. 마치 한 줄기 빛이 비치는 기분이었다.

'좋아. 그럼 이대로 써 볼까.'

마침 굳게 닫힌 고시원 문틈 사이로 노란 불빛이 새어 들어오기 시작했다. 이렇게 말하면 낭만적으로 보일지도 모르겠는데, 사실은 그냥 지을 때 엉망으로 지어서 문틈이 필요 이상으로 벌어졌을 뿐이었다. 어서 빨리 여기서 벗어나야겠다는 바람이 더 간절해졌다는 점에서는 도움이 됐다.

제국력

나는 그렇게 키보드를 치다가 습관적으로 제국력을 치는 나를 발견하고는 나지막이 욕설을 내뱉었다.

"에구머니, 시발."

"좀 조용히 합시다."

"아, 죄송합니다."

정말 나지막이 내뱉었지만 방음이 개판이라 그런가 바로 옆방에서 항의가 들어왔다. 사과하면서 동시에 제국력을 지웠다. 1주 차 숙제를 도와준 김에 2주 차에 얘기해 주려고 했던 내용을 듣지 않았나. 몇 가지 인상적이었던 말들이 있었는데, 그중 하나가 이거였다.

'독자들한테 처음부터 설정 처먹일 생각하지 말라고. 일단 사건으로 시작해. 눈을 못 떼게 만들어야지, 제국력 이 지랄 하고 있으면 대체 누가 봐. 1~3화 내에 뭔가 사건이 진행돼야 한다고.'

사건이라. 사건.

생각해 보니, 나보다 못 쓴 거 같지만 상위권에 올라가 있는 글들 거의 전부가 사건으로 시작하고 있었다. 갑자기 누군가 죽거나, 쫓기거나, 그것도 아니면 죽었다 살아나거나 하여간 뭔가 정신없이 사건이 벌어졌다는 얘기였다.

'사건 진행의 장점은 네가 말이 되게만 써도 독자들이 일단 처음 벌어진 사건의 결말 정도는 봐준다는 거야. 그렇다고 무한정 봐주는 건 아니니까 갑자기 눈알 빛내지는 말고. 예전엔 5화 정도는 참았어. 요새는 길어야 3화지. 너 같은 무명 작가는 1화도 괜찮아. 근데 1화에 사건 끝내는 건 오히려 더 어려울 수 있으니 3화로 잡아.'

5화를 보던 시절이었다면 더 좋았겠지만 3화라고 실망할 필요는 없었다. 뭐가 되었든 내 글에 독자들이 3화 동안이나 머물러 준다는 얘기니까. 다시 말하면 그만큼의 시간과 노력을 매몰했다는 말이 된다.

'이 매몰 비용이 커지면 커질수록 독자는 글에 허점이 조금씩 보여도 참아줄 가능성이 높아진다고 했지.'

물론 잘 쓰는 작가는 그냥 1화부터 분위기로 독자를 속여서 가상의 세계에 강한 개연성을 부여할 수도 있다고 들었다.

'너는 그런 작가가 절대 아니니까 안심하고 내 방법을 써라.'

그 말 뒤에 신이 덧붙였던 말을 떠올리자 기분이 나빠졌다. 하지만 그렇게 쓸 자신이 없는 것도 사실이긴 해서 일단 참기로 했다. 대신 사건 진행만 떠올렸다.

정말로 신의 관심을 끌 수 있을 만큼의 재능이 있어서일까? 한참을 골몰했더니 머릿속을 스쳐 지나가는 아이디어가 있었다.

우선 지루하겠지만 살짝 설명을 하자면 소설의 설정상 이 세계의 귀족들은 진짜 '로열 블러드'이기에 성년이 되는 날 이능을 발현한다. 주인공의 이능은 상태창인데, 주변의 모든 귀족들이 처음 보는 것은 물론 문헌에도 없을 정도로 희귀한 이능인 데다가 이름이 그들에게는 직관적이지 않다 보니 저평가를 받게 된다. 하지만 회귀자인 주인공은 이 이능을 가진 또 다른 자를 알고 있다. 그가 바로 마왕이다.

'사실 제일 뽕 차는 장면이 주인공만 이 사실을 알고 있다는 걸…… 독자들이 알게 만드는 장면일 거야. 이걸 유료화 지점으로 미루고, 초반 시작을 살짝 비틀자. 아무리 그래도 다 클리셰를 따라가는 건 좀…… 너무 흔하잖아?'

먼저 주인공의 큰형의 이능이 발현되는 장면으로 시작하는 거다. 큰형도 조력자로 성장시켜야 하는 만큼 꽤 강한 이능인 불을 지니고 있으니, 충분히 매력적인 사건이 되지 않을까? 이것이 내 생각이었다.

"음……."

말한 대로 1주 후에 나타난 신은 그 생각을 발전시켜서 쓴 글을 퇴고하고 또 퇴고해서 만들어낸 결과물을 고개를 갸웃거리며 읽었다. 듣는 사람 불안하게 자꾸 음, 소리를 내고 있기는 했지만, 적어도 전에 내가 썼던 소설보다는 나은 모양이었다.

'그땐 나한테 쌍욕을 했지.'

욕만 한 게 아니라 때리려고도 했다.

'명색이 신이라는 양반이……. 어휴.'

한숨과 함께 고개를 젓고 있으려니 신이 모니터에서 눈을 뗀 후, 나를 응시

했다. 묘한 표정을 지으면서였는데 하여간 칭찬하려는 게 아니라는 건 단박에 알 수 있었다.

"야, 여기서 주인공이 누구라고?"

"라시드요."

"알시온은 형인 거지? 조연?"

"네. 조연."

"근데 알시온을 왜 이렇게 부각시켰어?"

"그다음에 라시드가 더 뛰어나다는 걸 보여 주면…… 뽕이 차지 않을까 해서요."

"뽕? 나는 분노가 차오르는데?"

뽕이 아니라 분노라고? 나는 영문을 모르겠다는 얼굴로 신을 바라보았다. 조금은 불퉁한 표정도 지었다.

"왜요?"

"아니, 내가 전에 장르, 제목, 소개 글 잘 쓰라고 한 이유가 뭐야? 독자들 헷갈리지 않게 하라는 거 아냐. 처음에 주인공이 딱 부각되면서 나와야 독자들이 아, 얘가 주인공이구나 하고 공감하려는 노력이라도 하지. 아오, 이 새끼 이거. 너 솔직히 말해 봐. 지난 6개월 동안 게임만 했지?"

"아니, 왜. 게임 얘기는 왜 해요."

"안 하게 생겼어? 기본적인 걸 하나도 모르잖아!"

"그거 알려 주려고 온 거…… 억."

한산이가의 기초 TIP

주인공이 뭘까요? 여러 정의가 있겠지만, 크게 어떤 이야기의 중심을 잡아 주는 캐릭터라고 말할 수 있을 겁니다. 그리고 사실 이 주인공이 반드시 한 명일 필요는 없습니다. 작가가 그로 인해 발생하는 단점을 모두 극복할 수 있다면요.

우선 주인공이 여러 명이 되면 시선이 분산됩니다. 그나마 웹툰이라면 그림으로라도 각자 캐릭터가 눈에 들어와 명확하게 인식될 수 있겠지만 글은 어지간히 잘 쓰지 않는 이상 그럴 수가 없죠. 초보 작가에게 이걸 바라는 건 너무 가혹한 일입니다.

결론부터 말하면 초보 작가에게 주인공은 반드시 한 명이어야 합니다. 또 어지간하면 서사의 앵글에서 주인공이 벗어나는 일이 없어야 합니다. 특히 극의 초반에서는 더더욱 그렇습니다.

누가 봐도 '주인공이 얘구나.' 싶은 글이 쓰기도 쉽고, 읽히기도 쉬운 글입니다.

06

첫 사건이 제일 중요해

신은 잠시 '내가 미쳤지, 내가 왜 15,000원에 이런 새끼를…….' 등등을 중얼거리더니 이내 머리통을 탁탁 치고는 조금이나마 차분해진 얼굴로 나를 돌아보았다. 말이 그렇다는 얘기지 여전히 내가 느끼기에는 노려보는 것 같기는 했다. 하도 화를 내니까 약간 미안해지기도 했지만, 나로서도 억울한 마음이 아예 없는 건 아니었다.

'아니, 누가 가르쳐 달랬…….'

그걸 입 밖에 내기는 뭐해서 속으로 구시렁거리고 있으려니, 신의 얼굴에 노기가 일었다. '와, 이런 것이 바로 신의 분노로구나.' 싶을 정도로 극적인 변화였다. 그제야 나는 떠올렸다. 눈앞의 신이 내 생각을 읽을 수 있다는 사실을. 그리고 딱히 신이 아니라 그냥 사람이라고 해도 나를 접었다 폈다 할 수 있을 정도로 좋은 피지컬의 소유자라는 걸 상기했다.

다시 말하면 좆됐다는 얘기였다. 이럴 땐 뭐가 됐건 납작 엎드리는 게 좋았다.

"이 새꺄, 잘 쓰게 해 주면 영혼도 팔겠다며!"

"아, 네. 제가 그랬습니다."

"그런 놈이 그따위 생각을 해?"

"죄송합니다. 제가 잘못했습니다."

"사과는 또 잘하네?"

"잘못했으니까요."

"휴."

진짜 나쁜 놈은 사과를 마치 때려도 된다는 허락으로 이해하고는 두들겨 패기도 하지만 보통은 이렇게 정수리를 보여 주면 넘어가는 법이었다. 신도 그런 면에 있어서는 '보통'인지 한숨을 담배 연기 내뿜듯 여러 번 쉬더니 이내 말을 이었다.

"하여간…… 주인공이 보여야 한다고. 3화까지 사건만 전개하는 게 아니야. 사건에 목적이 있어야지."

"어떤 목적이요?"

"너 질문 잠깐만 멈춰 볼래? 나 자꾸 열이 뻗쳐서."

"아, 네. 죄송합니다."

"그래. 알아서 잘하자?"

"네."

그렇다고 화가 완전히 풀린 건 아닌지 조그만 일에도 예민하게 굴었다. 언제는 모르면 물어보라고 했으면서 화를 내? 좀생이란 생각이 들었지만 이번에는 상대가 생각을 읽는 존재라는 걸 인식하고 있었기 때문에 빨리 다른 생각을 떠올렸다.

"아까 어디까지⋯⋯. 아, 그래. 사건 진행하라고 했다고 해서 무턱대고 아무 사건이나 진행하라는 게 아니야."

나 역시 아무 사건이나 진행한 게 아니라 포석을 깐 거긴 했지만 잠자코 있었다. 비록 지난 6개월간 두문불출 글만 쓰면서 감을 좀 잃기는 했지만 생존 본능은 남아 있었으니까. 신이든 사람이든 저런 표정을 짓고 있을 땐 함부로 끼어들면 안 된다. 까딱 잘못하면 뒈질 수도 있었다.

"웹소설에서 모든 전개는 목적이 있어야 해. 그리고 그 목적은 결국, 주인공에게 집중되어 있어야 해."

신은 여기까지 말한 후 나를 돌아보았다. 나는 가만히 있으라는 말을 기억했기에 잠자코 있었다.

"듣고 있어? 추임새는 넣어야지."

"아, 네네."

"융통성이 없네. 하여간 집중되어 있어야 한다는 게 정확히 무슨 말이냐면 주인공에게 영향을 미쳐야 한다는 거야. 그중에서도 첫 사건이 미치는 영향이 가장 중요해. 여기서 독자들은 이 주인공이 어떤 형식의 주인공인지 알게 된다고. 그래, 그렇게 표정만 짓고 있지 말고 이제 물어봐. 나도 화 좀 풀렸다."

"아, 네."

허락이 떨어지자마자 일단 숨부터 쉬었다. 여간 갑갑한 게 아닌 탓이었다.

"어떤 형식이라는 게 뭔 소린지 모르겠어서요."

"그건 모를 만도 해. 너 글 써놓은 거 보면 알지."

"음."

"판타지 무협물에서 주인공은 크게 두 가지로 나뉘어. 완성형 먼치킨, 성장형 먼치킨. 그 외에도 정말 드물게 있기는 한데 일단 지금은 잊어. 너 수준에서 먼치킨 주인공이 아닌 걸 쓴다? 필패야."

"아, 네."

필패라. 반드시 패한다는 말인데, 사회생활 하다 보면 '반드시'라는 말은 함부로 쓰면 안 된다는 걸 배우지 않나? 그 정도로 확신하나? 뭐 이런 생각이 들었다. 물론 표정은 진지함을 가장하고 있었다. 실제로 진지하기도 했다. 하여간 난 더 잘 쓰고 싶으니까.

"아까 첫 사건에서 주인공의 형식이 갈린다고 했지. 다시 말하면 독자들이 바로 이 첫 사건에서 아, 얘는 완성형 먼치킨이구나 아니면 성장형 먼치킨이구나, 하고 느껴야 한다고."

"아…."

"이해한 척하지 마."

"네, 죄송합니다."

"예를 들어 설명해 줄게. 너 한산이가 알아?"

"알죠. 글 쓰는 거에 비해 소재가 좋아서……. 왜 그렇게 노려보세요? 아니, 왜 그러시는지는 모르겠지만 제가 잘못했습니다."

한산이가라는 작가랑 친한가. 나는 영문도 모른 채 사과했다. 다행히 신은 그 사과를 받아들였다.

"후, 그래. 아무튼, 안다는 거지?"

"네."

"그 작가 글 중에 《중증외상센터 : 골든아워》라고 있어. 거기 주인공이 백강혁인데, 대표적인 완성형 먼치킨이야. 이 소설 첫 사건을 보자고."

"네."

"어때?"

"다른 의사들이 못 찾은 원인을 단박에 찾네요. 이게 말이…… 아니, 개연성은 나중에 생각하라고 하셨죠. 그 후에 수술까지 완벽하게 하고……. 그러네요. 이것만 봐도 완성형 먼치킨인 걸 알겠어요."

잘 썼거나 못 썼거나를 떠나서 하여간 독자로 하여금 백강혁이 이미 완성된 먼치킨 의사라는 건 알게 했다는 얘기였다. 신의 가르침에 따르면 이 소설은 첫 사건을 아주 효과적으로 썼다고 볼 수 있었다.

"그럼 그 작가 글 중에 《A. I. 닥터》 첫 사건을 봐."

"네."

"어때?"

"아……. 이건 평범한 의사 머리에 인공 지능 칩이 심어지는 거네요. 아무래도 인공 지능 칩이 있으면 남들보다 압도적으로 유리해지기는 하지만 지금은 아무것도 아닌 레지던트 1년 차니까……. 성장형 먼치킨이겠네요."

"그래, 그거야. 두 소설 모두 첫 사건에서 이 주인공이 어떤 형식의 주인공인지 보여 줬어. 그렇지?"

"네."

아무래도 더 할 말이 있어 보여서 나는 고개를 끄덕이고는 신을 응시했다. 신치고는 예상대로 움직이는 존재여서 그런가 정말로 강의를 이어 나갔다.

"이럼 《중증외상센터 : 골든아워》를 읽은 독자는 '아, 이 먼치킨 주인공이 주변에 멍청한 의사들을 박살 내는 스토리가 나오겠구나.'라는 기대를 하게 될 거야. 또 《A. I. 닥터》를 읽은 독자는 '아, 이놈이 지금은 별거 아니지만 빠른 성장을 하면서 주변의 인정을 받고 승승장구하겠구나.'라는 기대를 하게 되겠지."

"아……."

"네가 지금까지 한 번도 하지 못했던, 독자들이 기대하게 만드는 일을 이 작가는 첫 사건에서부터 해낸 거라고. 이제 첫 사건이 얼마나 중요한지 알겠냐?"

"네, 알겠어요."

"그럼 너 소설에서는 어떻게 해야 해? 아니, 너 주인공은 어떤 주인공이야?"

"굳이 따지면 성장형 먼치킨이요. 아, 그럼 저는 첫 사건에서 주인공이 성장형 먼치킨이라는 걸 확실히 보여 줘야겠네요?"

"그래, 그렇지!"

한산이가의 기초 TIP

    웹소설은 배경 묘사나 시대 묘사보다는 우선 사건으로 시작하라는 말은 많이들 들어 보셨을 겁니다. 우리는 종종, 이 '사건으로 시작하라'는 말에만 너무 집착한 나머지 어떤 사건으로 시작해야 좋을지에 대해서는 금방 잊어버리고 맙니다.

    전편에서 말씀드렸듯, 웹소설에서는 주인공이 참 중요합니다. 주인공의 성격이나 능력 그리고 그에 기반한 행동에 소설의 성패가 달려 있다고 해도 과언이 아닙니다. 따라서 첫 사건은 주인공이 어떤 사람인지 잘 보여 줄 수 있는 방향으로 진행하는 것이 좋습니다.

    즉 첫 사건에서 주인공이 어떤 성격인지, 어떤 능력을 가지고 있는지, 앞으로 어떻게 행동할 거 같은지를 보여 주어야 한다는 얘기입니다.

07

캐릭터도 중요해

신은 나한테 '다음 주에 보자.'라고 말하며 사라지는 대신, 내 뒤로 가서 섰다. 팔짱을 끼고서였는데 굉장히 마음이 불편해졌다. 딱히 딴짓할 생각이 있는 건 아니었다. 하지만 사람 마음이란 게 원래 그렇지 않나? 괜히 누가 보고 있으면 될 일도 안 되는 법이었다. 하물며 그 존재가 신이라면 어떨까?

"저기요?"

"글이나 써, 인마."

"글 쓰려고 부르는 건데……."

"대필해 달라고? 그런 건 안 하는데."

"아니, 그게 아니라…… 너무 신경 쓰여서요."

"신경? 아, 이거? 꺼 줄게."

신은 알겠단 표정과 함께 후광을 껐다. 일단 저게 켰다 껐다 할 수 있는 능력이라는 거부터 황당했지만, 그보다 더 나를 황당하게 만드는 건 신의 저

무표정한 얼굴이었다.

"아니, 보고 있는 게 신경 쓰이는데."

"아, 그래?"

"네."

"참어."

그래도 대화가 통하나 싶었으나 돌아오는 답은 나를 환장하게 하기에 충분했다. 과연 신은 신이었다. 잠깐 사이에 인간 하나를 황당하게 만들었다가 환장하게 만들고. 하지만 신이 참으라고 한 이상 참을 수밖에 없다. 다행인 점은 그나마 고시원에서 오래 살며 다른 일에 신경 끄는 법을 조금이나마 배웠다는 점이었다.

'제일 임팩트 있는 장면을 넣으라고 했지. 하, 이거 유료화 때 넣으려고 했는데…….'

좀 지나자 벌써 글 생각으로 머릿속이 가득 찼다. 이것도 퍽 오랜만의 일이라 할 수 있었다. 그동안은 잡생각 때문에 오히려 글 말고 다른 것들에 대한 고민이 너무 많았으니까.

'유료화 때 쓸 거리는 유료화가 가능해지고 해도 늦지 않는다고 했지.'

나는 신이 해 준 말을 떠올리다가 나도 모르게 입을 샐쭉거렸다. 맞는 말이긴 하지만 원래 맞는 말일수록 조심해서 꺼내야 하는 거 아닌가?

"충분히 조심하고 있다. 이 유리 멘탈 망생아."

"아, 넵."

"글 써."

"네."

"맞는 말이 아니라 주먹에 맞을 수도 있어."

"넵."

또다시 잡생각이 들 무렵 신이 기가 막히게 개입했다. 주먹에 맞는다니. 저런 주먹에 맞았다간 최소 사망이었다. 하여간 덕분인지 뭔지는 몰라도 웬만큼 글을 쓸 수 있었다.

브리너는 마른침을 삼켰다. 사실 로열 블러드로써 영능을 받는 건 전생까지 해서 이번이 두 번째임에도 떨리는 건 매한가지였다.

'아니, 더 떨리는 것 같기도 하고……'

미래를 알고 있지 않나. 브리너가 전생에 본 미래는 희망과는 거리가 멀었다. 브리너가 속한 바덴 영지를 비롯한 여러 영지에서 이전 세대에 비해 유독 강한 영능을 받은 이들이 차고 넘쳤음에도 마왕을 어찌하진 못했다. 녀석은 괴물이었다.

"브리너, 뭘 그렇게 떨고만 있느냐. 어서…… 달빛 아래 서거라."
"아, 네. 아버지."
"어떻게 이런 날까지 우물쭈물한단 말이냐. 네 형을 좀 보고 배우거라."
"죄송합니다, 아버지."

전생을 떠올리느라 머뭇거리고 있으려니, 이번 생에도 그리 참을성을 기르지 못하신 아버지가 채근했다. 나쁜 사람은 아니었다. 그저 성격이 급할 뿐.

하여간 나는 달빛 아래 섰다. 달 시계를 내려다보면서였다. 이제 달과 꼬챙이의 그림자가 하나가 되면, 나는 성년이 된다. 성년이 되면…….

「브리너, 그대에게 주어진 영능은 '상태창'이니라.」

상태창을…….

'응? 상태창? 이게…… 이게 정말인가!'

마왕. 정말 마왕이라는 말로밖에는 달리 부른 말이 없던 존재의 영능과 똑같은 영능을 내가 받게 됐다고? 지금 이 기분을 대체 무슨 말로 표현해야 할지 모르겠다.

"상태창이라……. 할리스, 기록에 있는 영능인가?"
"제 기억에는 없습니다만……. 찾아보겠습니다."
"별 볼 일 없는 영능이겠구나."
"아뢰옵기 황송하오나……."
"되었다, 네 잘못이 아니니."

그래, 날아갈 거 같다고 해야 할까? 어차피 마왕에게 죽을 삶, 또 살아 뭐 하나 했던 내게 이건 희망 그 이상의 의미가 있었다.
하나, 내 성년식을 함께하기 위해 같이 밤을 새우고 있는 가족들과 문관 그리고 기사들의 표정은 그리 밝지 못했다. 처음 보는 영능이니 그럴 수밖에 없었다. 게다가 이름마저 상태창이지 않은가. 전혀 뭐 하는 데 쓰이는 영능인지 알 수가 없었다. 심지어 나도 이게 뭐 하는 영능인지 몰랐다. 다만 마왕의 영능이라는 것만 알 뿐이었다. -

"음."

한참 내 글을 읽어 내려가던 신이 음 하는 소리를 냈다. 애매한 소리 같지만 나는 확신할 수 있었다.

"전보다 낫죠? 저도 쓰면서……."

"응, 낫긴 한데…… 역시 이게 쉽지가 않구먼."

"네? 어디가요? 첫 사건 기가 막히게 넣은 거 같은데."

"거기도 기가 막히진 않은데…… 뭐가 문제야."

"뭐?"

"너, 이 주인공…… 성격이 어떤 성격이냐?"

확실히 낫기는 한지 화를 내진 않았다. 하지만 그렇다고 만족한 얼굴은 또 아니어서 나는 좀 불안해졌다. 해서 성격이 뭐냐는 말에도 진지하게 나섰다.

"신중한 성격이에요. 전생에는 유약했지만, 지금은 신중하고…… 지를 땐 지르고 또."

"신중한데 지를 땐 질러? 일 친다고?"

"그렇게 표현하면 좀 그렇긴 한데……. 네, 뭐 저지를 때도 있죠."

"한마디로 중구난방이라는 소리 아냐?"

"아니, 그게 아니라…… 우리 성격도 그렇잖아요. 어떻게 신중하다고 해서 맨날 신중해요?"

"너 다큐 쓰니? 소설 쓰는 거 아냐?"

"어……."

신은 이제 확연히 한심스럽단 얼굴을 하고 있었다. 그걸 보면서 괜히 또 저런단 생각이 들지는 않았다. 하여간 저 신이라는 작자의 조언이 도움이 되는 거 같긴 하지 않나. 그러니 내가 뭔가 실수라도 저지른 모양이라고 보는 게 옳았다.

"뭐…. 흔히들 저지르는 실수야. 캐릭터 시트 써 보라고 하면 생각보다 사람들이 키나 얼굴 생김새, 머리색 등의 외양은 엄청나게 고민하는데 성격은 그냥 '진중함', '불같음' 이따위로 쓴다고."

"그럼 어떻게 해야 해요?"

"네가 원숙해지면 괜찮아, 그렇게 해도. 하지만 초보 작가는 그렇게 하면 캐릭터가 중구난방이 돼. 독자들이 볼 때 '이 새끼는 대체 뭐 하는 놈이지?'라는 생각이 든다고."

"그럼 어떻게 해야 되냐고 두 번 물었습니…… 억."

"가령 나는 헛소리를 들으면 때린다고 하지. 아, 가르치는 거니까 오해 말고. 어차피 어디 찔러도 나는 여기 사람이 아니라 신고도 안 돼."

"때려……?"

"그래, 이런 식으로 행동 지침을 정하라고. 주인공은 상대가 칼을 꺼내 들면 무조건 죽여. 하지만 상대가 먼저 사과하면 무조건 봐줘. 이런 식의 행동 지침을 정해. 성격보다는 이편이 훨씬 일관되지."

"아……."

"이렇게 되면 가타부타 설명 없이 주인공이 칼을 뽑아도 독자들이 아, 원래 이 새끼는 이래 라고 넘어가."

"아하."

"그러다 딱 한 번 주인공이 봐주는 경우가 나오면 어떻게 될까?"

"모르겠는데요?"

"상대를 주목하게 되겠지? 예외를 둔 거니까. 주요 캐릭터 등장 시에 써도 좋아."

"아……."

★★★

한산이가의 기초 TIP

캐릭터가 중요하다. 최근 들어 많은 작가들이 하는 말입니다. 심지어 플랫폼이나 매니지먼트 분들도 이런 말을 하죠. 그래서 우리도 다 압니다.

캐릭터성을 잘 부여해야 작품이 성공한다는 걸 모르는 작가는 없다는 얘기죠. 하지만 대체 캐릭터성을 어떻게 부여해야 하는지에 대해서는 잘 알지 못합니다. 이건 기성 작가들에게도 쉬운 일이 아니니, 너무 부끄러 워할 일은 아닙니다. 다만 그저 꾸준히 배우면 될 일입니다.

필자도 아직 주인공은 대범한 성격, 조연은 소심한 성격이라고 글로 묘사해 놓고는 캐릭터성을 부여하지 못합니다. 그보다는 앞서 말한 대로 행동 지침을 정해 주는 것이 훨씬 쉽고, 일관성까지 가져갈 수 있는 방법 이지요.

처음부터 모든 행동을 다 정해 둘 필요는 없습니다. 우선은 첫 사건이 진행되는 동안에만 어떻게 행동하게 만들지, 이것부터 일관성 있게 설정 해 보세요. 그러면 그다음 에피소드부터는 알아서 움직이는 캐릭터가 될 겁니다.

08

그럼 주인공 캐릭터는 어떻게 하지?

행동 지침을 정한다. 인정하기는 싫지만 이건 정말 꿀팁 같아 보였다. 확실히 내가 쓴 글을 보면, 그리 길지 않은 회차였음에도 불구하고 주인공이 뭔가 중구난방으로 행동한다는 느낌이 있어서 더 그랬다.

"생각만 하지 말고 찬양하라."

신은 한동안 입을 벌린 채 말도 못 하는 나를 보고는 후후 웃었다. 신만 아니었으면 아니, 체격만 건장하지 않았으면 한 대 치고 싶다는 생각이 들 만큼 얄미운 웃음이었다. 물론 나는 지금 꽤 감사해하고 있던 참이었기에 그런 일은 벌어지지 않았다.

"네, 감사합니다."

"그래, 그래. 고작해야 15,000원에 이만한 팁을 내려 주고 있으니 이 얼마나 은혜로운가."

"그……."

"왜."

"언제 가시나 해서요."

"아, 가라고? 그래. 가야지. 나도 바쁜 몸이야."

말로만 바쁘다고 하는 게 아니라 우왕좌왕하는 꼴이 진짜로 좀 바빠 보였다. 어쩌면 15,000원짜리 알바가 여기저기 많은 거 아닐까 하는 생각이 들었다.

'그렇다면 이 신도 참 기구한 삶을 살고 있구나.'

쯧쯧 혀를 차고 있으려니, 신이 쪽지 하나를 내밀었다. 쪽지에는 저번처럼 과제가 쓰여 있었다.

> 3화까지 주인공 캐릭터를 명확하게 보여 줄 것.

그때와 차이가 있다면 굳이 이렇게 줄 필요가 있었나 싶다는 점이었다. 그냥 말로 해도 되는 거 아닌가?

"억."

"다음 주에 보자."

신은 속으로 구시렁대던 내 뒤통수를 살짝 후리고는 사라졌다. 이번에는 그렇게까지 텅 빈 느낌이 들지는 않았다. 아까부터 후광 기능을 끄고 있어서일 터였다. 신이 있던 자리건 그렇지 않던 자리건 간에 그냥 어두침침했다.

'그래. 이번 거 무조건 띄워서…… 내가 여기 벗어난다.'

보다 어릴 땐 어디가 되었든 이 한 몸 누일 수 있는 곳이라면 되었단 생각도 했더랬다. 당시엔 부모님 집에서 편안히 지냈음에도 그랬다. 지금 생각해 보면 참 철이 없던 시절인데, 막상 지내보니 공간은 생각한 것보다 훨씬 내게 커다란 영향을 끼치고 있었다.

'갑갑한데……. 좀 나가서 쓸까. 충전도 됐으니.'

사방 어디를 둘러봐도 거리가 1미터 이상이 되기는커녕 50cm 이하로만 보이는 방. 창도 없어서 하루 종일 어둑했는데, 그래서 그런가 여기 와서 눈도 더 나빠진 기분이 들었다. 아니, 기분이 아니라 실제로도 그랬다.

'그래……. 성공해서 건강 잃으면 그게 무슨 소용이야. 나가자, 나가.'

해서 나는 고시원에서 빠져나와 골목 앞에 위치한 편의점으로 향했다. 나름대로 파라솔도 있고 해서 좋게 생각하면 노천카페 같은 곳이었다. 보이는 풍광이 살풍경이라는 것만 제외하면 그렇다는 얘기였다.

> 3화까지 주인공 캐릭터를 명확하게 보여 줄 것.

그 자리에 앉아 다시금 신이 내준 과제를 떠올렸다. 주인공의 캐릭터. 이를테면 주인공이 어떤 사람인지 보여 주라는 얘기 아닌가. 중요성은 따로 언급할 필요도 없을 터였다. 비록 아직까지 유료화 한 번 하지 못하고 허송세월한 나도 이건 알고 있었다. 특히 소설들이 점점 길어지면서 더더욱 캐릭터는 중요해지고 있었다. 한산이가였나, 소설 두 개 뜬 거 영원히 안 끝낼 것처럼 쓰고 있는 작가도 그랬다. 결국, 소설을 일정 분량 이상 끌고 나가려면 서사도 중요하지만 독자들이 주인공과 주변 인물에 공감하고, 또 좋아하고 더 나아가 응원하게 만들어야 한다고.

'말은 쉬운데…….'

솔직히 한산이가가 그렇게까지 글발이 좋은 작가는 아니라고 생각하지만 캐릭터 하나는 기깔나게 짜지 않았나. 특히 중증외상센터의 백강혁은 적어도 의료물에서는 찾아보기 어려운 캐릭터였다. 나도 성공하려면 적어도 그 정도 캐릭터는 짜야 할 거 같았다. 그러자면 지금까지 내가 짠 캐릭터를 떠올릴 수밖에 없는데, 자연히 내가 받았던 댓글들이 떠올랐다.

┗● 주인공이 존나 호구네…….
┗● 아니, 어제 그렇게 끝냈으면 여기서 사이다가 나와야지. 주인공이 제일 찐따인 듯?
┗● 이건 착한 게 아니라 병신인 거잖아요, 작가님. 전 이만 하차합니다. 작가님도 상하차하시죠.

우선 이전 작품에 달린 댓글은 이랬다. 숫자도 얼마 안 되는데 죄다 악플만 기억났다. 하여간 이때 나름 악플도 피드백이란 생각에 다음 작품에 얼마간 의견을 수용해서 썼었다.

┗● 주인공이 미친놈이네. 눈 마주쳤다고 죽여?
┗● 작가 놈아, 우리는 사이다를 원하는 거지 싸이코를 원하는 게 아니야…….
┗● 작가 놈이 미친놈인 듯.

그때도 악플이 달린 건 다름없었다. 하나 차이가 있다면 이번엔 악플의 방향이 정반대라는 점이었다.

'착하게 나갔더니 호구라고 하고 그래서 좀 나쁘게 나갔더니 사이코패스라고 하고.'

대체 어느 장단에 춤을 추라는 걸까? 아니, 아니지. 중간을 가라는 건가?

'흐음……. 독자님들이 무조건 답이라는 말이 있기는 하지…….'

이 말도 사실 내가 떠올린 말은 아니고, 한산이가가 했던 말을 주워 들은 것이었다. 가끔 라이브 방송에서 이런저런 팁을 늘어놓는 편이었다. 아직 그럴 급이 아니라 생각했기에 주제 넘는다 싶었지만 그냥 라디오 삼아 듣기엔 좋았다. 근데 이렇게 딱딱 기억에 남을 줄이야?

'그래, 중도를 지키자!'

그렇게 결심을 내린 나는 고시원보다 월등히 밝은 햇빛의 도움을 받아 쭉쭉 써 내려갔다. 이후에도 퇴고에 퇴고를 거듭했다. 하도 노력을 기울이다 보니, 종래에는 '이 정도면 그냥 올려도 되지 않나?' 싶은 생각도 들었다. 하지만 참기는 했다. 일단 신에게 도움을 받고 있는 이상 그에게 보여 주는 게 예의라 생각했으니까.

"음."

"으음."

"으으음."

그러나, 잔뜩 기대했던 것과는 달리 신의 반응은 뜨뜻미지근했다.

"뜨뜻미지근하네."

"네?"

하필 그 말을 해서 뜨끔했다. 신은 그런 나를 보며 말을 이었다. 심드렁한 얼굴이었다.

"주인공이 어중간하잖아."

"아니, 그게. 이번에는 정말 할 말이 있어요."

"뭔데? 해 봐."

"이거 보세요. 제가 받은 댓글이 이래요."

"아…… 넌 진짜 초보구나. 하긴 장르도 몰랐지."

"그…… 말을 또 왜 그렇게 하세요……."

"주인공 캐릭터에 대해서 얘기해 줄게. 잘 들어라. 허리 꼿꼿이 펴고 귀 기울여."

"네, 네."

안 그러면 때리겠다는 말은 하지 않았으나, 무조건 때릴 거 같았다. 안 그래도 열심히 들을 작정이었던지라 나는 최대한 집중했다.

"일단 호구는 안 돼. 호구는 절대 안 된다고."

"네."

"근데 호구가 뭔지는 알아?"

"그…… 막 퍼 주는?"

"퍼 주면 다 호구야?"

"어?"

한산이가의 기초 TIP

캐빨물이라는 말을 아시나요? 서사는 별론데, 캐릭터빨로 밀어붙이는 소설을 통칭하는 말이었습니다. 소위 매력적인 주인공 하나 또는 조연 몇만 가지고 연독률을 유지하는 소설이죠. 당연히 대세는 아니었고, 비주류와 주류 사이의 어딘가에 위치해 있었습니다.

여기서 우리가 간과했던 점은 캐릭터빨도 있는데 서사까지 좋은 소설도 얼마든지 가능하다는 것이었죠. 실제로 두 마리 토끼를 다 잡은 작품들이 나오기 시작하면서 웹소설 시장이 급변하기 시작합니다.

단지 서사만 대단한 소설은 그 서사가 끝에 다다르는 순간 종결이 나야 합니다. 또 서사 전개가 느려지면 연독이 떨어지죠. 그런데 등장인물들이 매력 있는 소설은 서사가 느려져도 재미있습니다. 티키타카만으로 1화를 때운 거 같은데, 100원의 가치는 한 느낌이 든달까요?

지금까지도 그랬지만, 앞으로도 더 매력적인 캐릭터의 조형은 중요해질 겁니다.

09

호구가 아니라고 느껴지려면

'퍼 주면 다 호구 아닌가?'라는 생각이 들었지만 나도 학습 능력이 있는 인간이지 않나. 지금까지 패턴으로 미루어 보건데, 아닌 게 정답일 터였다.

"끙."

머리로는 알겠는데 가슴이 동의하지 않았다. 그런 느낌 알지 않나. 롤 할 때도 들어가면 죽을 걸 알지만 이미 들어가고 있는.

"뭔 끙이야."

물론 이건 게임 승부가 아니라 내 인생이 걸린 일이었다. 모험을 할 수는 없었다.

"잘 모르겠어서요."

다행한 건 지금 내 앞엔 신을 자처하는 스승이 있다는 점이었다. 모를 땐 물어봐야 하지 않나. 괜히 혼자 끙해서 묵혀 뒀다간 사고를 치기 마련이었다. 웹소설 같은 경우, 그 사고의 대가는 오로지 내가 다 감당해야 하기에 더

웹소설의 신

조심해야 했다. 지금껏 혼자 날려 먹은 시간이 대체 얼마란 말인가.

"아오, 이걸."

신은 고민하는 기색도 없이 모르겠다고 한 날 노려보다가 이내 말을 이었다. 하여간 15,000원이라도 받아먹지 않았나. 돈 받은 값을 해야 할 터였다. 물론 신에게는 그리 큰돈이 아닐 수도 있겠지만 나는 그렇게 믿었다.

"자, 예를 들어 볼게."

"네."

"아포칼립스 세계관이야. 대충 세상이 망했다고 치자고. 이런 거 익숙하지? 읽어 봤을 거 아냐."

"많이 봤죠."

아포칼립스. 얼마나 매력적인가. 망한 세상이라니. 나도 실력만 있다면 써 보고 싶었다. 하여간 보기는 많이 봤단 얘기였다. 신은 내 눈을 스치고 지나간 자신감을 엿봤는지 뭔지 어깨를 으쓱하고는 말했다.

"거기에 다치고 왜소해 보이는 사람이 있어. 지금 당장 대가로 줄 수 있는 것도 없어. 그 사람을 돕기 위해 주인공이 죽을 위험까지는 아니지만, 꽤 다칠 수 있는 위험을 감수했어. 자…. 호군가?"

"호구죠? 아니에요?"

"그럼 그냥 지나칠까? 나빠 보이잖아. 사이다 주인공이라서 괜찮을까?"

"음, 그게……."

"사람이 착해 보여. 어떻게 알았냐면…. 눈이 착해. 그리고 말도 착하게 해서 주인공은 물론이고 독자들의 마음도 상하게 하지 않았어."

"아, 이럼 애매해지는데요? 그냥 넘어가면… 독자들이 이탈할 수도 있을 거 같은데."

"그래도 여전히 그냥 도우면 호구야. 일단 대가 없이 돕는 건 호구 짓이지."

"그렇죠."

나는 고개를 끄덕이면서 신을 바라보았다. 지금 하고 있는 대화가 의미가 있기는 한 건가 싶어서였다. 신은 그런 내 눈빛이 고까웠는지 딱밤을 한 대 먹였다.

"아."

"그럼 호구 짓을 한다고 다 호구가 되는 걸까?"

"그게, 음."

뭐라 항의를 하려 했으나 타이밍 좋게 질문을 던지는 바람에 불발로 끝났다. 하여간 요령이 좋은 인간 아니, 신이었다.

"너 소설도 그렇지만 요새 회귀 많이 하잖아."

"네."

"자, 주인공이 회귀자야. 지금 도우려는 인간이 지금은 개뿔도 아닌데, 사실 뭔가 아는 게 있어. 아니면 주인공한테 거의 필수인 스킬을 각성해. 그리고 은혜를 아는 놈이야. 자, 그럼 호구 짓을 해서 구해 준 주인공은 호구야?"

"아, 아뇨."

"그럼 이 사실이 사이다패스로 욕을 먹을 짓인가?"

"아니죠. 꿍꿍이가 있었어도 누굴 구한 건 맞잖아요. 아, 그럼……."

"그래, 이렇게 하면 독자 이탈 구간을 막았을뿐더러 기대감도 불러일으키지. 이게 초보 작가가 회귀물을 쓰기 좋은 이유야."

"아하."

무언가 깨달은 느낌이었다. 아니, 느낌이 아니라 실제로 깨달았다.

"아냐."

"네?"

"아니라고, 아직 아냐. 넌 멀었어."

"왜요?"

"내 설명이 아직 다 안 끝났거든. 세상에 키워드가 회귀물만 있냐? 다른 것도 있을 거 아냐."

"아."

신은 급발진하는 내 정신을 붙잡아 두고는 설명을 이어 나갔다. 이럴 때면 늘 진중한 얼굴을 하는 데다가, 슬며시 후광도 켜고 있어서 더 집중이 잘됐다.

"자, 같은 상황이야. 근데 주인공은 회귀자가 아냐. 저 사람에 대한 정보는 없어."

"그럼 호구."

"더 들어 인마."

"네."

"근데 주인공이 가진 특성이 곤경에 처한 사람을 구할 때마다 포인트나 스킬을 얻을 수 있어. 그럼 호구야?"

"아니네요."

"그렇다고 사이다패스로 느껴지나?"

"아뇨."

"그래, 방법은 여러 가지야. 선행을 하는데 이게 호구 짓이 아니라고 느끼게 할 수 있다고. 이걸 진짜 잘 쓰는 작가가 있는데……. 잘 들어라. 글발은 없는데 기술로 먹고사는 사람이니까."

"오."

솔직히 글발은 자신 있지 않나. 어휘력도 그렇고 조사의 적절한 사용도 그렇고. 내가 아마 어지간한 기성 작가들보단 나을 터였다. 굳이 부족한 것을 꼽자면 이런 기술들 아닐까?

"그건 아니니까 더 정진하고."

"넵."

신은 주먹으로 내 근거 없는 자만을 억누르고는 소설 하나를 띄웠다. 아는 작가 이름이 보였다.

"한산이가?"

"그래, 벌써 7질이나 쓴 양반인데……. 그중에서 제일 호구 짓 하는 주인공이 누구지?"

"제가 다 봤을 거라고 생각하시네요?"

"안 봤어?"

"왜인지는 모르겠는데, 다 봤네요."

"그럼 누구야."

"음……. 이 양반 소설 중에 호구 주인공이 있나……? 전혀 모르겠는데."

정말 모르겠다는 얼굴로 두 눈을 끔뻑이고 있으려니 신이 그럴 줄 알았단 표정과 함께 껄껄 웃었다. 되게 기분이 좋아 보였다. 지가 쓴 것도 아니면서.

"《중증외상센터 : 골든아워》의 백강혁이 제일 호구야."

"네? 깡패 아니에요?"

"생각해 봐. 그 실력에, 그 외모에 외상 외과 전공해서 생판 모르는 사람 도우면서 살잖아. 그나마 1부에서는 센터장이지? 2부, 3부에서는 봉사자야. 돈도 거의 안 받아."

"어……."

"게다가 지 피로 다른 사람 살리다가 뒤질 뻔하기도 하고."

"오."

듣고 보니 호구도 이런 호구가 없었다. 근데 왜 독자들은 대표적인 사이다 주인공이라고 인식하게 된 걸까? 나를 포함해서 말이다.

"눈빛 좋아, 지금. 진짜 배우려는 의지가 느껴진다."

"그래요? 감사합니다."

"딱히 칭찬은 아닌데. 당연하잖아? 배우려고 돈 냈는데 의지가 있어야지."

"아, 네."

"하여간 백강혁은 호구야. 호구 짓도 하고. 근데 그 호구 짓의 목적을 독자들에게 납득시키는 데 성공했어."

"그러면 되는 거예요?"

"되겠니?"

"아뇨."

"하."

신은 한심하다는 얼굴로 나를 바라보다가 현실에 강림한 백강혁과 같은 모습으로 말했다.

"그 목적을 위해, 그러니까 호구 짓을 위해 하는 다른 모든 일은 사이다를 주면서 하잖아. 솔직히 백강혁 에피소드 하나만 뚝 떼어 놓고 보면 완전 사이코패스야. 근데 독자들이 그렇게 생각해?"

"아뇨. 훌륭한 사람이죠. 현실에 있으면 좋을 것 같은."

"그래. 작가가 두 가지 장치를 동시에 쓴 거야. 호구 짓이 호구 짓으로 느껴지지 않게 그 목적을 납득시켰어. 그리고 그 목적에 닿는 여정은 사이다로 점철했어. 그 결과, 좋은데 나쁜 새끼인 백강혁이라는 이상한 캐릭터가 탄생한 거야. 이런 아이러니에서 매력이 나오는 거거든? 그래서 주야장천 쓸 수 있는 거야. 사람들이 백강혁을 좋아하니까. 아마 완결 안 낼걸? 지금도 쓰지? 징하다 진짜."

"저도 징하게 쓰고 싶은데요."

"그럼 배워. 따라 해."

"넵."

한산이가의 기초 TIP

　이제 캐릭터성이 중요하다는 건 아셨을 겁니다. 그럼 대체 어떻게 매력을 부여할 것인가에 대한 고민이 남을 거예요. 그중에서도 어떻게 하면 사이다를 주는 캐릭터를 만들 것인가에 대한 고민이 드실 겁니다. 이제는 비단 웹소설뿐 아니라 웹툰은 물론이거니와 예능과 드라마에서도 사이다라는 말이 보편적으로 쓰이는 세상이 왔으니까요.

　그렇다고 너무 사이다에 매몰되었다가는 사이다패스가 될 수 있습니다. 그렇다고 사이다를 무시하면 호구가 되죠. 어찌해야 할까요?

　사실 사이다를 주는 것보다도 더 중요한 것은 바로 독자들이 내 주인공을 좋아하게 만들고, 응원하게 만드는 것입니다. 이것만 성공하면 반은 끝입니다. 그러기 위해서는 주인공에게 목적과 욕망을 부여할 때만큼은 사회에서 보편적으로 통용되는 가치를 꼭 생각해야 합니다. 이는 주인공의 상황과 밀접하게 연관이 되어 있습니다. 현대 판타지에서 예를 들자면 다음과 같아요.

　　의사 : 생명 존중

　　법관 : 사법 정의의 실현

　　경영자 : 부의 축적

　　헌터 : 세계 멸망 방지

여기서 이 틀을 벗어나게 되면 응원받기는 좀 힘듭니다. 대신 저 가치를 실행하기 위한 방법은 다소 거칠어도 되겠죠.

10

조연들도 중요하지

나도 징하게 쓰고 싶다. 이건 진심이었다. 작품 하나 띄워서 주야장천 쓰는 것. 이건 일종의 로망 아닌가. 솔직히 두 번, 세 번 뜨는 걸 기대하는 건 욕심일 수도 있으니까.

"후후."

이미 머릿속으론 내가 쓴 소설이 1,000화를 넘어간 지 오래였다. 그렇게 변태 같은 미소를 지은 지 몇 분이나 됐을까. 나는 그제야 비로소 누군가, 그러니까 신이 나를 똑바로 바라보고 있다는 걸 깨달을 수 있었다.

"사람을 어떻게 그런 눈으로 봅니까."

"너도 지금 너 얼굴 보면 이런 표정만 나올걸."

"상상만 해도 좋잖아요."

"김칫국을 사발이 아니라 대야째로 먹던데……."

"주인공 캐릭터에 대해 감이 딱 잡혀서요."

"네 소설에는 주인공만 나오냐, 설마? 내가 주인공이 중요하다고 했다고 해서 그것만 생각하고 있는 건 아니겠지."

"음."

정곡을 찔린 기분이었다. 지금 이 순간 나는 주인공만 머릿속에 욱여넣고 있었으니까. 하지만 방금 신이 말한 것처럼, 소설은 1인극이 아니지 않나. 아무리 모든 스포트라이트가 주인공을 향하고 있어야 하는 웹소설이라 해도 조연은 필요한 법이었다.

"그…… 그렇네요."

"자, 그럼 주인공을 디자인했다고 치자. 백강혁 같은 놈을 하나 만들었다고 치자고."

"왜 자꾸 치자고 해요? 진짜 만들 건데."

"난 결과물이 있어야 믿거든. 말로만 하는 건 누가 못하냐. 당장 네가 일일 연재를 할 수 있을지 없을지도 모르겠는데."

"패, 팩트로 그만 때리시고."

"그래, 이따 때릴게."

아예 때리지 말라는 뜻이었는데 신은 귓구멍이 막혔는지 어쨌는지 영 이상한 말을 하고는 이내 내 눈을 마주했다. 뒤로는 후광이 쫙 뻗어나가고 있었기에 이렇게 되면 집중하게 될 수밖에 없었다.

"자, 그럼 주인공 말고 다음은 누굴 만들고 싶냐. 징하게 쓰려면 원맨으로는 안 되거든."

"음…….'

신은 그저 내 생각이 궁금하다는 얼굴을 하고 있었지만 나도 이제 이 패턴이 익숙해진 지 오래였다.

'이래 놓고 정답이 있을 거야.'

오답을 말하면 그 순간부터 이때다 하고 또 뭐라고 할 게 뻔하다 이 말씀이었다. 해서 나는 꽤 신중하게 고민을 하다가, 이내 오래도록 품어 왔던 생각을 털어놓았다.

"역시 악역이죠."

"악역?"

"숙적이요. 《파이널판타지7》의 세피로스 같은."

"아…… 그러시구나."

그리고 신이 '그러시구나'라고 하는 순간 오답을 말했다는 걸 알아차렸다. 이상한 일이었다. 악역이 아니면 대체 뭐지? 하고 있으려니 신이 입을 열었다.

"네가 좀 더 잘 쓰게 되면…… 그러니까 작품이 그득 쌓인 기성이 되면 악역부터 생각해도 돼. 인상적인 악역은 실제로 작품에 생기를 불어넣어 주거든."

"초보는 그러면 안 돼요?"

"초보는 보통 주인공이 악역에 먹혀. 게다가 단점이 하나 더 있지."

"뭔데요?"

"악역이 너무 초반에 나오면, 그 악역을 어떻게 하는 순간 소설이 끝나 버려."

"엄청 나중에 끝내면 되잖아요?"

"계속 비슷한 소리를 하게 되는데……. 초보가 그렇게 하려고 하잖아? 그럼 독자들이 '아, 이 작가 더럽게 질질 끄네'란 생각을 하게 돼."

"기성은 달라요?"

"전작을 길게 써 본 사람은 필연적으로 빌드업하는 과정이 늘 수밖에 없어. 근데 이건 네 수준에서는 배울 수 없는 내용이라, 일단 악역은 접어 둬."

신은 생각을 접지 않으면 허리를 접겠다는 눈빛을 보냈다. 아니, 말을 아예 덧붙였다. 해서 나는 하는 수 없이 고개를 끄덕여야만 했다.

"제일 중요한 건 당연히 주인공을 돋보이게 만들 조연들이야."

"주인공 디자인을 이미 그렇게 했는데……. 조연들이 또 주인공을 돋보이게 만들라고요?"

"그래. 그래야 해."

"허……. 어떻게 해야 하죠?"

이미 전개도 캐릭터도 주인공에게 집중을 해 줬는데, 조연까지 주인공을 위한 장치로 써야 한다니. '해도 해도 너무하는 거 아닌가.'라는 생각과 대체 어떻게 그게 가능할지에 대한 궁금증이 동시에 일었다.

"아주 좋은 예시는 아닌데……. 한산이가가 주로 쓰는 기술은 이래."

"또산이가예요?"

"다 봤다며? 그럼 이해하기 쉽지."

"알겠어요."

"그 양반은 일부러 조연 능력치를 깎아. 그럼 자연히 주인공 능력이 돋보이게 되지."

"아……."

확실히 아주 좋은 예시는 아닌 듯했다. 언젠가 이게 한산이가의 단점이라고 들어 본 적이 있었으니까. 하지만 결국, 한산이가는 징하게 쓰고 있지 않나. 완벽한 답은 아닐지언정 오답도 아니란 얘기였다.

"이건 능력에 대한 얘기고, 캐릭터는 좀 달라. 진짜 잘 쓰는 사람은 캐릭터를 잘 짜지."

"네, 말씀해 주세요."

"자, 이건 사실 내가 쓰려고 꿍쳐 두었던 소재인데…… 그래, 15,000원도 냈으니까 내가 쏜다."

"오, 소재도 줘요?"

"일단 들어 봐. 주인공은 우리나라 양궁 국가대표야. 절친 1은 펜싱 선수고 절친 2는 사학과. 느낌 와?"

"대체 역사물……?"

"그래. 셋이 조선으로 가는 거야. 그럼 무력과 지식을 모두 갖추게 되겠지? 이야기야 뭐 뒤에서 어떻게든 붙여서 끌어나가면 되겠지."

"아……. 그럼 여기선 캐릭터가 어떻게 되는데요?"

능력은 들었다. 국가대표급의 양궁 선수와 펜싱 선수라면……. 조선시대에서는 거의 대적할 사람이 없을 터였다. 문명이 발달하면서 동시에 살상법도 발달해 왔으니까. 거기에 사학과까지 끼어 있으면 대놓고 먼치킨물이었다.

벌써 흥미가 동했다. 쓰던 거 내팽개쳐 두고 이걸 쓰고 싶다는 생각이 들 만큼. 동시에 캐릭터는 어떻게 짜는 게 좋을지도 궁금해졌다. 신은 그럴 줄 알았다는 얼굴로, 그리고 득의양양해 하는 얼굴로 말했다.

"정답이라는 건 아냐. 작가의 성향에 따라 얼마든지 바꿀 수는 있어. 하지만 너는 그냥 내가 말한 대로 하는 게 좋겠어. 뭘 어떻게 해도 이게 너 생각보다는 낫거든."

"그…… 네, 알겠습니다. 말이나 해 줘요."

"자, 일단 주인공은 무력이 있지? 거기에 냉철한 캐릭터로 가자고. 행동 지침을 주자면……. 조선에 떨어질 테니 항상 새로운 일이 생기겠지? 그럴 때마다 늘 주변을 살피고 나서 움직여."

"네. 그리고요?"

"펜싱도 무력인데, 얘는 다혈질로 가자고. 새로운 상황이 닥쳤을 때 일단 들이대."

"그럼 큰일 날 텐데요?"

"잘못 풀면 고구마가 되지만 잘 풀면 개그캐가 되지. 무슨 장르가 되었건 간에 개그캐는 있는 게 좋아. 앞으로의 전개를 위해 빌드업하는 회차에서도 지루하지 않게 만들어 줘서 이탈을 줄이거든."

개그캐라. 하긴 생각해 보면 독자 이탈 없이 쭉쭉 끌고 나가는 소설 중에 재밌는 장면 하나 없이 심각하게만 가는 소설은 거의 없는 것 같았다. 아예 없지는 않지만 결국, 서사의 힘이 떨어지는 순간 독자도 갈려 나갔던 거 같고.

"아하, 그럼…… 사학과는요? 지력이니까 신중?"

"신중하게 가면 주인공이랑 겹치잖아. 얘는 쫄보로 가야지. 새로운 상황에 서는 무조건 쫄아. 하지만 자기가 아는 분야가 나오면 조언을 아끼지 않지. 이 과정에서 개그캐도 될 수 있고, 먼치킨물의 단초가 되기도 하지. 극의 전개를 위한…… 일종의 데우스 엑스 마키나적인 존재도 되고."

"데우스 엑스 마키나……?"

"아, 이것도 모르나……."

★★★

한산이가의 기초 TIP

지금 네이버 시리즈나 카카오 페이지에 가서 인기 순위를 한번 보시기 바랍니다. 그리고 그 소설들의 연재 회차를 확인해 보세요. 아마 500화 넘어가는 소설이 대부분일 겁니다. 천 화를 넘어가는 소설도 드물지 않습니다. 네, 바야흐로 초장편의 시대가 찾아왔습니다.

이렇게 긴 소설에서 서사만으로 긴장과 흥미를 유발하기란 불가능합니다. 매력적인 주연 하나만으로 극을 이끌어 나가는 것도 어렵습니다. 결국, 매력적인 조연들이 등장해야 할 차례가 온 것이죠.

이때 주의해야 할 것은 너무 '매력'이라는 단어에 집착하지 않는 겁니다. 절대 주인공을 위협할 만한 조연이 있어서는 안 된다는 겁니다. 물론 페어를 짜서 진행하는 소설도 있고, 실제로 인기도 끌고 있습니다만 그건 내공이 좀 쌓인 다음에 시도하는 것이 좋습니다.

처음 조연을 조형할 때 제일 좋은 건, 주인공에게 절대 충성하면서 동시에 개그를 담당하는 캐릭터입니다. 또는 주인공에게 무조건적으로 의미 있는 조언만 하는 조연도 좋습니다. 너무 평면적인 거 아니냐고요? 괜찮습니다. 시작은 이렇게 하는 겁니다.

11

개연성

신은 데우스 엑스 마키나 운운하면서 나에게 손가락질을 해 댔다. 굉장히 기분이 나빴는데, 왜 사람한테 손가락질을 하면 안 되는지 배우는 느낌이 들 정도였다. 신은 그렇게 잠시 공익 광고스러운 짓을 하다가 말을 이었다.

"넌 정말 아는 게 없구나."

차라리 그냥 손가락질만 했다면 어땠을까 싶었다. 억울하기도 했다. 대체 그 외래어가 뭐길래 내가 이런 수모를 겪어야 하나.

"제우스도 아니고 데우스를 어떻게 알아요."

"오."

"오?"

"데우스 엑스 마키나, 이거 그리스말이거든. 걔네가 신 좋아하잖아. 신화도 있고."

"네. 그런데요……?"

"어떻게 보면 인류 최초까지는 아니더라도 하여간 아주 오래된, 유명한 판타지 소설 아니냐? 네가 쓰려는 거랑 비슷한 '장르'라는 거지."

"어······."

그런가? 내 소설이 감히 그리스 신화와 비견될 정도라고? 칭찬이 과한데?

"아니, 비견될 정도라고는 안 했는데. 장르가 비슷하다고 한 건데 어떻게 너는 그렇게 받아들이냐. 자존감이 쓸데없이 높네. 자존감 수업 100번 읽었어?"

"아, 장르가요. 그렇게 생각해 본 건 처음이긴 한데······. 근데 그거랑 데우스 엑스 마키나가 뭔 상관인데요?"

"그리스 연극이 개연성을 얼렁뚱땅 넘기려고 쓰던 기법이거든. 신이 되었든 뭐가 되었든 뭔가 초자연적인 힘이 작용하면서 부족한 개연성을 채워 주는 거야."

"어······."

"말은 초자연이지만 다시 말하면 판타지스러운 능력으로 전개가 벌어지는 걸 얘기하지."

"그러면 근데 개연성이 떨어지는 것처럼 느껴지지 않나요?"

나는 늘 지금 나오는 인기작들의 문제가 개연성이라고 생각해 왔다. 일단 갑자기 회귀하는 것도 그렇고, 이세계에 가는 것도 그렇고, 능력을 각성하는 것도 그렇고. 이게 대세라니까 따르긴 하지만 마음속 깊은 한구석에서는 불만이 있었다. 신은 그런 내 불민한 생각을 읽었는지 하 하고 웃었다. 명백한 비웃음이었다.

"개연성이 떨어지게 느껴졌으면 그리스 신화가 지금껏 널리 읽혔겠냐? 이렇게 인기가 있었겠냐고."

"아……."

"설령 느꼈다 해도 문제가 안 돼. 독자들이 그 정도는 넘어가 준다는 거야. 쉽게 말해 데우스 엑스 마키나가 너무 뜬금없지만 않으면 돼."

"헷갈리는데요. 대체 언제는 괜찮고, 언제는 안 되는 건지……."

"하나를 가르치면 열을 아는 사람도 있다던데."

"저는 그 하나도 못 배우니까 지금껏 망한 거 아닐까요? 그래서 신님도 만난 거고."

"하."

신은 내 말에 정곡을 찔렸는지 분명 열받은 얼굴이 되었음에도 불구하고 별말을 하지 못했다. 어떻게 보면 내가 내 얼굴에 침 뱉는 상황이었으나 신의 붉으락푸르락한 얼굴을 보고 있으려니 그걸로 됐다는 생각이 들었다. 게다가 여태껏 파악한 신의 성향상 지금쯤 답을 줄 게 뻔했다.

"그래, 예를 들어 줄게."

참 뻔한 신이어서 예상을 빗나가지 않았다. 신은 한숨과 함께 예시를 들기 시작했다.

"일단 아까 말했던 대체 역사물에서 조연 중 하나가 사학과지? 얘가 있으면 아무 일이 벌어지기 전에 아, 내가 배운 적이 있는데. 논문에서 읽은 적이 있는데 하면서 예측이 돼. 사람을 만나기 전에도 된다고. 처음부터 데우스 엑스 마키나적인 조연을 껴 넣었을 때 생기는 장점이지."

"오……. 근데 이건 그런 조연이 있을 때만 쓸 수 있는 거 아니에요?"

"당연히 아니지."

신은 고개를 절레절레 저어대고는 다른 예시를 들었다. 까칠하지만, 한편으로는 호구에 가까운 신이었다. 이렇게 친절하다니.

"자, 판타지야. 주인공이 칼과 방패로 무장한 기사 열 명과 마주했어. 근데 원래 주인공 실력은 한둘 정도 상대할 정도라 이대로 싸우면 죽어. 근데 우연한 계기로 살았어. 이 우연이 바로 데우스 엑스 마카나인데……. 어떤 우연을 넣어야 할까?"

"일단 말이 안 되잖아요. 애초에 이런 전개를……."

"새꺄, 나중에 들어 보면 다 필요한 전개가 될 수 있어. 너 생각부터 말해 봐."

"음……."

원래 둘만 이기는 놈이 열을 이긴다? 아무리 생각해도 떠오르는 건 소위 '열혈물'에서 말하는 근성뿐이었다.

"반드시 이긴다는 일념 하에 싸우다 이긴다? 근성으로요."

"그럼 댓글 달리지. 이럴 거면 강함을 척도로 말하지 말라고. 이 정도면 얌전한 댓글이지. 하차하면서 상하차나 하러 가라고 할걸? 요즘 독자들 무서운 거 알지?"

절로 고개가 끄덕여지는 말이었다. 예전에는 어땠는지 몰라도, 요새는 작가가 되기 위한 필수 준비물 중에 흔들리지 않는 강철 멘탈이 늘 꼽혔으니까. 사회적으로 문제가 되는 악플이 왜 작가에게는 달리지 않겠나. 나름 작품이 있는 기성들도 도를 넘는 악플에 나가떨어지는 세상이었다. 이유가 없어도 달리는 게 악플인데 여지를 줘? 미친 짓이었다.

"그럼 어떻게 해야 해요?"

"일단 그 전에 떡밥을 던져두는 거야. 어떤 경지의 벽을 눈앞에 두고 있는 상황이라는 거지, 주인공이. 뭔가 깨달음 하나만 있으면 훨씬 더 강해질 수 있어."

"오……."

"피할 수 없는 싸움이고 또 질 확률이 높으니 어찌 보면 마음을 내려놓고 임해야겠지? 근데 깨달음이 온 거야. 이렇게 되면 이미 전부터 빌드업이 있었으니, 개연성도 없는 게 아니면서 열 명의 기사와 싸운다는 시련을 통한 보상도 얻지. 우연히 얻은 깨달음이지만 이렇게 하면 어때?"

"그럴싸한데요? 아니, 좋은 전개 같아요."

말도 안 되는 싸움에서 시련을 통한 보상을 얻을 수 있는 싸움이 되다니. 주인공 보정이 있을 수밖에 없는 판타지 소설에서 이만하면 아주 훌륭한 전개였다. 딱히 개연성에 문제가 있는 거 같지도 않았다. 감탄을 하고 있으려니 신이 계속 말을 이어 나갔다. 내가 반응이 좋자, 조금 들뜬 것도 같았다.

"이런 것만 있는 게 아니야. 주인공을 따라다니는 강자를 슬쩍슬쩍 언급하다가 이때 재능이 아깝다고 나서서 도와줘도 되지. 아니면 우연히 이 길을 지나던 지체 높은 사람이 싸움에 끼어들거나 뭐 이런 일들이 전개에 개연성을 부여할뿐더러 재미까지 부여한다고."

"좀 우연 아니에요, 근데? 전반적으로? 현실적이지가……."

"야, 현실이 빡빡하고 재미없어서 보는 게 소설인데 이것조차 너무 현실적이면 대체 누가 봐. 다행히 수천 년 전에 그리스 사람들이 데우스 엑스 마키나라는 말까지 남겨 가면서 증명해 줬잖아. 이렇게 해도 괜찮고, 오히려 더 좋을 수도 있다고. 그럼 후세 사람으로서 어떻게 해야 해?"

"써먹어야죠."

"그래. 우리가 쓰려는 건 다큐가 아냐. 소설이야. 그중에서도 장르 소설. 주제가 있어도 좋겠지만, 무엇보다 중요한 건 재미가 있어야 해. 보는 사람에게 즐거움을 줘야 한다고. 근데 너 사람 즐겁게 하는 게 쉬울 거 같아?"

무엇보다 어려운 게 사람 웃기는 일 아닌가. 괜히 코미디언들이 머리가 좋다는 말이 나오는 게 아니었다.

　"어렵죠……."

　"그러니 그걸 해내려면 옛사람의 지혜 정도는 얼마든지 써먹어야지. 너무 개연성에 매몰되지 말라고. 우연히 벌어지는 일도 잘 쓰면 개연성에 문제가 없는 것처럼 쓸 수 있어. 그리고 그 우연이 결국, 소설적 재미를 주는 결정적인 장치 중 하나야."

　"음, 좋습니다. 명심하겠습니다."

　"좋아. 그러면 이번에는 오늘 내가 말해 준 거 다 보강해서 10화까지 써 봐. 주인공 캐릭터, 조연 캐릭터를 첫 사건에서 최대한 보여 주고, 그 사건에서 데우스 엑스 마키나를 써먹어 봐."

한산이가의 기초 TIP

개연성에 대한 정의를 논하자면 좀 딱딱해질 것 같습니다. 그저 이야기의 전개나 흐름이 많은 사람이 볼 때 납득이 가는가, 아닌가 정도로 이해하면 더 좋을 듯합니다.

독자들의 납득이라는 관점에서 볼 때 개연성은 물론 중요합니다. 개연성이 무너지면 독자들의 몰입이 깨져 버리니까요. 하지만 너무 개연성에만 집착하다 보면 어느새 내가 쓰고 있는 글이 소설이 아니라 다큐가 되고 있다는 걸 발견하게 됩니다.

특히 내용적인 측면에서 개연성에 집착하게 되면 더더욱 그렇습니다. 같은 내용이라고 해도 풀어내는 방식에 따라 독자의 몰입을 깰 수도 있고, 그렇지 않을 수도 있습니다. 이때 핵심적인 능력을 지닌 조연을 적절히 배치하면 재미있는 방향으로 글을 전개하면서 동시에 개연성을 말아먹지 않을 수 있습니다.

옛 그리스 사람들처럼 데우스 엑스 마키나를 한번 잘 써먹어 보시죠.

12

만만하게 보지 말라고

신은 그렇게 말하고는 갑작스럽게 뾰로롱 사라지려고 했다. 다시 봐도 뾰로롱이라는 표현이 마음에 들지는 않지만 이 말 말고는 달리 표현할 길이 없었다. 다른 신들은 모르겠는데, 웹소설의 신은 신치고는 좀 경박스러운 감이 없지 않아 있었다.

"어어, 잠시만."

"뭐야, 왜. 질척거리지 마. 나 바빠."

"아니, 10화라고요?"

"어, 10화."

"다음 주인데?"

"응, 다음 주까지 10화 쓰라고. 어려워?"

나는 불민한 얼굴을 하고 신을 쏘아보았다. 사실 쏘아보았다는 건 다분히 내 중심적인 말이고, 신은 그냥 이놈이 좀 뚱하네 싶었을 터였다. 고백하건대

나는 이 신이 무서웠다.

"그…… 일일 연재해도 일주일이면 7개잖아요. 아시다시피 이게…… 아유, 하루 한 개 쓰는 것도 힘든데."

"3화까지는 썼잖아. 이거 수정하고 일곱 개 쓰면 되는데?"

"아니, 그렇게 말을 하셔도…… 전업들도 하루 하나 쓰기가 힘들다니까요?"

"누가 그러디? 하루 하나가 힘들다고."

"그, 게시판 가보면……."

"거기 글 쓰는 사람들이 다 전업 작가야? 얼굴은 봤어? 근데 어떻게 믿냐 그걸."

신은 내 말이 정말로 한심한 말이라도 된다는 듯 혀를 끌끌 찼다. 어떻게 하는 건지는 모르겠는데 무려 혀를 차면서 말을 이어 나갔다. 확실히 이러는 거 보면 사람은 아니었다.

"그냥 가려고 했는데, 일일 연재도 힘들다고 하니까 못 가겠네. 넌 이…… 웹소설 왜 쓰려고 하냐? 솔직하게 말해. 어차피 나 생각도 읽을 수 있는 거 알지?"

"아, 네. 그……."

글을 왜 쓰려고 하냐. 여러 가지 이유를 댈 수 있을 터였다. 일단 글 쓰는 게 좋다는 말이 제일 일반적이면서 동시에 모범 답안 같은 말이 아닐까? 하지만 솔직한 내 심정은 조금 달랐다.

"글로 돈 벌 수 있다고 하니까요? 아, 저 글 쓰는 거 좋아요. 좋지만 돈도 벌면 좋겠다 이거죠."

"뭘 그렇게 헐레벌떡 변명하듯 말하냐."

"속물 같아 보일까 봐요."

"애초에 내가 알려 주는 것들이 글 잘 쓰는 법이잖아. 근데 잘 생각해 봐. 그냥 내가 보고 싶은 글 쓸 거면 뭐 하러 배워? 그냥 쓰면 되지."

"그, 그런가."

"난 돈 벌 수 있는 글 쓰는 법을 알려 주러 온 거고, 넌 그런 글 쓰는 법을 배우러 온 거야. 자, 여기까지 납득?"

"납득."

내 입으로 글 돈 벌라고 쓴다고 직접 말을 해본 건 처음이었다. 되게 민망할 거 같았는데, 막상 지르고 나니까 별일 아니게 느껴졌다. 막말로 죄는 아니지 않나. 게다가 소위 신이라는 존재 또한 나를 두둔해 주어서 그런가 마음이 다소 편해지는 느낌이었다.

"돈 벌리는 게 중요해. 그럼 여기서 질문. 연재 주기와 수입은…… 그러니까 연독률이라고 하지? 오늘 본 독자가 내일도 보는 거? 그거랑 연관이 있을까?"

"있지…… 않을까요?"

"확신을 못 하네. 내가 지금까지 말한 거 맥락을 생각해 보면 답이 있는데."

"그럼 있겠네요."

"있어. 내 생각만이 아니라 논문도 있다. 하철승 교수가 쓴 '웹소설 연재 주기와 연독률의 상관관계 연구'."

"논문이 있어요? 웹소설에?"

논문이 있다고? 보통 논문이라고 하면 주류학계에서 나오는 것들 아니던가? 나는 너무 놀라서 그만 눈을 동그랗게 뜨고야 말았다.

"이 자식은 지가 업계 사람이면서 업계를 무시하는 발언을 하네?"

"아니, 그렇게까지는······."

"표정에서 다 드러나 인마."

"그······ 죄송합니다."

"웹소설이 현재 대한민국에서 글 쓴다 하는 사람들의 꿈과 희망인데. 한 번 더 해. 무릎 꿇고."

"네, 네."

듣고 보니 내가 웹소설 업계를 좀 무시한 듯한 느낌이 들어서 진심을 다해 사과했다. 신은 그런 나를 못마땅하다는 얼굴로 바라보다가 이내 말을 이었다.

"하여간 그 논문 보면 연재 주기랑 연독률은 아주, 아주 유의미한 연관이 있어. 확실히 떨어져. 그 말은 곧 주 7일 연재 하는 사람과 주 6일 연재하는 사람이 있을 때 실력이 비슷하다고 했을 때, 수입 차이가 딱 하루치만 나는 게 아니라 더 큰 차이가 난다는 거지."

"아하."

"속으로 그럼 하루 하나만 꼬박꼬박 쓰면 된다고 생각하고 있을 텐데······. 인마, 사람 일이 어디 네 생각대로만 되냐? 하루도 빠지지 않고 계속 쓸 자신이 있어?"

"아, 없습니다."

"그래서 비축분이 필요한 거야. 그리고 이건 뭐······. 논문은 아니고, 내가 신이잖아. 얼마나 많은 기라성 같은 작가들을 봤겠니. 거기서는 아까 말한 한산이가가 그 뭐냐 하꼬*야. 아무튼, 그 작가들의 말을 종합한 건데."

---

* 편집자 주; 실력이 처지는 사람을 뜻하는 비속어

"오."

"이 새끼는 내 말보다 작가들 말을 더 신뢰하네."

"죄송합니다."

"아냐, 아냐. 누가 뭐래도 이 시장은 잘 쓰는 사람이 갑이지."

신은 의외로 기성 작가에 대한 존중을 표하고는 말을 이었다. 하긴 그럴 만도 했다. 원래 웹소설 계에서는 지금 당장 잘 쓰는 사람이 제일 선배 대접받는 세상 아닌가.

나만 해도 오늘 올린 글이 한산이가보다 인기가 많아지면 한산이가부터가 내 글에서 뭔가 배울 게 없나 하고 찾아올 것이 뻔했다. 다른 건 몰라도 한산이가가 꾸준히 다른 사람 글을 보면서 마음에 맞는 글이 있으면 후원금도 쏘고 한다는 거 정도는 알 만한 사람은 다 알 만큼 유명한 일이었다.

"하여간 하루 정도는 글 안 쓰는 날이 필요하다고 해. 그래야 글이 탄력을 잃지 않고 간다고. 그러려면 뭐가 되었건 하루에 하나 이상 쓸 수 있는 날이 있어야겠지?"

"어…… 네."

"속으로 내가 진짜 잘 쓰면 상관없지 않나 하고 있는데, 맞아 그 말도. 근데 명심해라. 네가 그렇게 쓸 가능성은 적어도 지금 당장은 0%야."

"단언하시네요? 절대라는 말은 쓰면 안 된다던데."

"어, 지금은 써도 돼. 절대 안 돼."

"네."

"그러니까 궁둥이 붙이고 글 뽑아내는 연습을 지금부터 하라고. 한계를 미리부터 정하지 마. 한산이가 그 양반이 하루 세 개, 네 개 쓰거든? 처음부터 그랬겠냐? 그 사람도 처음에는 하루 하나도 힘들었어. 근데 그냥 참고 쓰다 보니까 글 근육이 붙은 거야."

"글 근육이라⋯."

진짜 근육도 없는데 글 근육도 붙여야 한다니. 세상살이가 이렇게나 힘들구나 싶었다. 하여간 신이 이렇게까지 말하는데 뭐 어쩌겠는가. 까라면 까야지. 그래야 돈도 벌고 또 내가 쓴 글이 최대한 많은 사람들에게 읽히지 않겠나.

"핑계 댈 생각 말고 다음 주까지 열 개야. 열 개. 알았어?"

"넵, 알겠습니다. 반드시 임무 완수하겠습니다."

"미션 임파서블처럼 말하지 말고. 그냥 당연히 해야 하는 거야."

"네, 네. 알겠습니다. 열심히 쓰겠습니다."

"어, 열심히도 쓰고, 재밌게도 써."

"네."

"우리말은 뒤에 말이 더 중요한 거 알지? 재밌어야 된다."

★★★ 한산이가의 기초 TIP

이런 말 들어 보셨을 겁니다. 주로 기성 작가들이 하는 말인데요. 오히려 열심히 준비했던 작품보다 그냥 툭 던져 놓듯 시작한 작품이 더 잘됐다, 뭐 이런 말 말입니다.

아주 틀린 말은 아니긴 합니다. 기성 작가들은 이것저것 재는 것이 너무 많다 보니 오히려 힘을 뺀 작품이 단순한 재미를 보여 주기도 하기 때문입니다. 하지만 초보 작가들은 이러면 안 됩니다. 고려할 수 있는 모든 것을 고려하고, 적어도 초반부만큼은 퇴고에 퇴고를 거듭해야 합니다. 그러려면 비축분이 있어야 합니다. 적어도 10일 치 정도의 분량은 있는 게 좋습니다.

웹소설 작가가 되는 길이라는 게 문턱이 비교적 낮기는 하지만 그렇다고 만만하지는 않다는 걸 늘 유념하셨으면 좋겠습니다.

13

한 편 더 보게 만드는 힘

신은 반드시 재밌게도 써야 된다는 말까지 하고 나서야 스르륵 사라졌다. 그 후로는 이런저런 거 할 새가 없었다. 원래 하루 한 편 쓰는 것도 허덕이던 나 아닌가. 아니, 솔직히 고백하자면 일주일이라도 매일 올려 본 적이 없었다.

'지금부터 부리나케 써야 해.'

여러 가지 핑계가 있었다. 오늘은 힘들어서, 잠을 못 자서, 스토리가 안 나와서, 몸이 안 좋아서 등등. 잘만 쓰면 그깟 연재 주기 좀 개판 나도 되는 거 아닌가 하는 근거 없는 자만심도 좀 있었고.

하지만 논문을 보아하니 닥치고 연재 주기는 유지해야 할 거 같았다. 거기서도 예외로 짚어 주는 작가들이 몇 있긴 했지만, 그야말로 몇 명 안 되지 않았나. 심지어 한산이가도 매일 올리고 있었다.

'동시 연재인데 매일 올리다니……. 그야말로 돈 귀신이 붙었군.'

충분히 벌 텐데 그렇게까지 써야 하나? 누가 뒤에서 쫓아오기라도 하나?

'아냐, 잡생각은 이제 그만! 반드시 10화…… 쓴다. 배운 거 다 총동원해서 쓴다!'

남 생각을 하다 보니 필연적으로 삼천포로 빠지게 되었다. 원래 또 이런 망상이나 공상이 재미있는 법 아닌가. 특히 반드시 해야 할 일이 있을 땐 더더욱 그랬다.

"으음."

"정말 어렵게 썼습니다."

"그건 알겠어. 내가 말은 그렇게 했지만…… 사실 일일 연재가 쉬운 일은 아니지."

"언제는 한산이가는 하루 세 개, 네 개씩 쓴다고 해놓고선?"

"그 인간은 인간이 아냐. 굳이 따라 할 필요 없어. 기성 작가들도 한산이가의 작업 속도를 들으면 다들 미쳤다고 하거든."

그냥 하는 말은 아닐 터였다. 하루 두 개만, 두 개 뒤에 만이라는 조사가 붙는다는 게 좀 어이가 없지만 하여간 두 개만 써도 주5일 쓴다고 했을 때 주7일 연재하고 3개가 남지 않나. 주5일제 하고도 3개씩 비축분이 쌓인단 얘기였다. 하여간 그런 인간도 있는데 고작 일주일에 열 개도 못 쓰면 그게 사람인가 하는 심정으로 썼더랬다.

"와, 그 얘기 들어서 이렇게 쓴 건데. 사기를…… 어, 왜, 왜요. 왜 주먹을 그렇게 고쳐 줘어요."

"선 넘는 거 같아서. 일단 네가 어떻게 썼는지 보기 전에 맞고 싶지는 않을 거 아냐? 조용히 하자?"

"넵."

울분을 토했으나, 신의 주먹을 보자마자 바로 분노 조절이 딱 됐다. 해서 고개를 푹 숙이고 있으려니 신이 음이라던지 으음이라던지 하는 소리를 내면서 내 글을 읽어 내려갔다. 속도가 엄청 빨랐는데, 신만 아니었으면 아니, 주먹만 아니었으면 정말 읽는 거 맞냐고 묻고 싶었다.

"흐으음."

거의 한 10분쯤 지났을까? 신은 마지막으로 한숨 비슷한 것을 쉬고는 핸드폰을 내려놓았다. 처음엔 왜 컴퓨터가 있는데 작은 액정으로 보냐고 물었는데, 그때도 신은 한숨을 쉬었다.

'멍청아. 독자들이 어지간하면 이걸로 보는데…… 호흡을 모바일에 맞춰서 써야 할 거 아냐. 당연히 감평도 이걸로 하는 게 맞지.'

너무 맞는 말이라 그 자리에서 납득했다. 헌데 신은 내 글을 납득하지 못했는지 불만이 가득한 얼굴이었다.

"그래, 뭐……. 천 리 길도 첫걸음부터라지."

"왜요. 재미없어요?"

"재미? 10화까지 다 읽은 이 상황에서 말하자면……."

"음."

나도 모르게 마른침이 꼴깍 넘어갔다. 호들갑 떤다 싶을 수도 있겠지만, 자칭 그리고 내가 보기에도 웹소설의 신 같아 보이는 존재가 내 글을 보고 평을 하려는 순간이지 않나. 떨리지 않는다면 그게 더 호들갑이었다.

"재미가 없진 않아."

"오!"

"근데 이건 내가 10화까지 다 봐서 그런 거야."

"응?"

"억지로 봤잖아. 다 보고 평해 주려고."

"이게 뭐……."

개소린가. 나는 작게 중얼거렸다. 억지로 보긴 봤는데 재미가 있다? 이게 뭔 개소리란 말인가. 곱씹어 봐도 같은 소리만 나왔다.

'괜히 억지 부리는 건가?'

신씩이나 되어서는 뭐 하는 건가. 뚱한 얼굴이 되어 신을 보고 있자니 이러다 맞을 수도 있겠다 싶었다. 아차 했는데, 의외로 신은 때리는 대신 내 소설이 떠 있는 핸드폰을 뚫어져라 보고만 있었다.

"억지로 보면 볼만한데……. 정작 다음 편이 안 궁금하게 만들어 놨어. 마지막이 이게 뭐냐?"

"으음……?"

"예를 들어 여기 봐. 8화에서 9화. 여기는 네가 되게 힘준 장면 같은데……. 맞지?"

"아, 네. 엄청 궁금하지 않아요?"

힘준 장면인지 알아봐 준 거 자체가 감동이었다. 9화에서 지금껏 주인공을 괴롭히던 배다른 둘째 형을, 사실 별것도 아닌 이능에 별것도 아닌 재능을 가진 놈을 주인공이 드디어 상태창을 이용해 바르는 장면이 나오지 않는가. 이 소설을 리메이크하면서 제일 보여 주고 싶었던 장면 중 하나이니만큼 당연히 심혈을 기울였다.

"그…… 내용상으로만 보면 궁금해야 맞지."

"근데요?"

"연출이 너무 후져."

"연출……? 드라마도 아니고 소설에서 뭔 연출이에요?"

"하. 아니다, 아무것도 모르지, 참."

신은 연출에 대해 묻는 날을 보며 고개를 절레절레 젓고는 내 책상 앞 의자에 털썩 앉았다. 고시원이 워낙 좁았기 때문에 나는 자연히 침대 위로 올라가야만 했다. 어서 빨리 떠나고 싶어졌고, 그래서 신이 하는 일에 집중했다.

"잘 봐. 너는 이렇게 썼지."

신은 먼저 내가 쓴 부분을 띄웠다.

> "에드워드, 지금이라도 잘못했다고 빌면 어디 하나 부러뜨리는 일은 없을 거야."

> 엘릭은 에드워드를 비열해 마지않는 눈으로 보며 입을 놀렸다.
> 에드워드는 그런 엘릭을 마주한 채 말없이 상태창을 띄웠다.
> 처음 얻었던 때에 비하면 꽤 많이 달라져 있었다.
> 엘릭의 이능이 힘이니만큼 쉬운 승부가 되지는 않겠지만, 나는 상태창 덕에 힘뿐만 아니라 다른 능력도 많이 올라간 상태였다.

그리곤 다시금 한숨을 쉬었다.

"쓰다 말았나? 만 거지? 그런 거지?"

"네? 아니…… 왜요. 상태창에 대해 상기시키면서 독자들에게 주인공이 이길 거라는 걸 확인시켜 주잖아요."

"지루한 설명문으로 그런 건데……. 그래서 여기서 어떤 장면이 떠올라?"

"음…… 이기는 장면?"

"주인공이 적을 이기는 건 너무 흔한 장면이라고 생각하지 않나?"

"어……. 그런가."

적어도 판타지 소설에서 주인공이 적을 이기는 장면은 말 그대로 흔한 장면이기는 했다. 맨날 지는 주인공도 있을 수는 있겠지만, 적어도 읽히는 소설의 주인공은 아니지 않겠나. 실제로 판타지란에서 10위까지 봐도 지는 주인공은 없었다.

　"네가 그래도 엘릭이라는 새끼를 밉상으로 삼아 빌드업은 잘했어. 그 바람에 고구마가 되는 장면도 있기는 한데, 그건 좀 이따 얘기하고. 하여간 패고 싶게 만들어 줬다고."

　"네."

　"그럼 인마 딱 독자들이 '아, 쥐패겠다.' 싶게 끝내야 할 거 아냐. 독자들이 다음 장면이 쥐어패는 장면이겠다 싶게 끝내야 된다고."

　"아……."

　"지금 어떻게 해야 그럴 수 있는지가 궁금한 거지?"

　"네."

　"그게 연출이야. 잘 봐라."

★ ★ ★

한산이가의 기초 TIP

웹소설의 목적은 무엇일까요? 여러 가지를 들 수 있겠습니다만 결국, 작가의 목표는 독자가 내 글을 단 한 편이라도 더 보게 만드는 것이어야 합니다. 그러기 위해서는 글의 마무리가 아주 중요합니다. 같은 장면도 어떻게 연출하느냐에 따라 뒷부분이 궁금해질 수도 있고, 그렇지 않을 수도 있습니다.

소위 기대감이라는 것인데요. 방법에는 여러 가지가 있습니다. 악역을 징벌하는 내용이 나올 거 같은 느낌을 줄 수도 있고요, 주인공이 더 성장할 것 같다는 느낌을 줄 수도 있습니다. 더 내공이 쌓인 작가라면 독자가 피식 웃을 수 있는 내용으로 끝맺기도 하고요. 아무래도 웃고 나면 결제하기에 손이 더 가기 마련이거든요.

아무튼, 요지는 '마지막에 힘을 줘라'입니다. 그러기 위한 방법은 차차 더 알아보도록 하겠습니다.

14

글인데 연출이?

─────────

신이 잘 보라고 했지만 솔직히 말하면 그렇게까지 기대가 되진 않았다. 글에서 무슨 놈의 연출이 있단 말인가. 글자 수로 하나? 문장 길이로? 억지로 머리를 굴려 보아도 별로 떠오르는 게 없었다. 아니, 억지로 해서 그럴 수도 있었다.

"자, 네가 쓴 거……. 음. 그래 여기까지는 살리자."

그사이 신은 내가 쓴 8화의 마지막 부분 중

"에드워드, 지금이라도 잘못했다고 빌면 어디 하나 부러뜨리는 일은 없을 거야."

엘릭은 에드워드를 비열함이 가득 담긴 눈으로 보며 입을 놀렸다.

를 제외한 나머지를 모두 지웠다. 그리곤 나를 돌아보며 말했다.

"지금까지 엘릭을 진짜 개새끼로 그렸어. 알고 그런 건지 아닌 건지는 모르겠는데, 하여간 빌드업이라고 하거든? 이런 걸? 그건 잘했어."

"배우지 않고도 해내다니."

"너는 진짜…… 자존감이 높구나."

"네, 그런 말 많이 듣습니다. 감사합니다."

"칭찬 아니거든?"

"네."

"하."

잘했으면 잘한 거지. 신은 칭찬을 해 놓고서는 그런 게 아니라며 한숨을 쉬었다. 신이라는 존재가 이렇게 왔다 갔다 하다니. 그러니 고작해야 15,000원짜리 신도에 정신을 못 차리지 싶기도 했다.

"하여간…… 이 뒤는 엉망이야. 쥐패고 싶게 만드는 데 성공했어. 소 뒷걸음치다가 개구리를 잡은 것처럼…… 성공했다고."

"네네."

"그럼 기대감을 줘야지. 아, 다음 장면에서 뒤지게 패겠구나! 이런 기대감."

"음……. 근데 제가 질문이 있습니다."

"해 봐."

"사실 독자들이 진짜 보고 싶은 장면이 쥐패고 싶은 장면이잖아요?"

"그렇지."

"그럼 여기서 패는 게 더 만족감을 이끌 수 있진 않나요? 그거 쓸까 말까 고민하다가 분량 때문에 뒤로 넘기긴 했는데……."

"아, 그래서 여기가 이렇게 애매하게 끝났구나."

분명 질문을 던졌는데 돌아온 것은 답이 아니라, 어딘지 모르게 후련해 보이는 신의 얼굴이었다. 그는 뭔가 깨달음을 얻었다는 얼굴로 그러나 한심하다는 표정도 지어가면서 고개를 가로저었다.

"그냥 이어 쓰려다 끊어서 이렇구나."

"네, 어떻게 아셨어요?"

"이상하니까. 야, 웹소설에서 제일 중요한 게 뭐야."

"첫 사건이요."

"아, 그래 그건 맞지. 그럼 웹소설의 한 화만 딱 따로 놓고 봤을 땐 제일 중요한 게 뭐야."

"질문이 애매한데요?"

내 말에 신은 눈을 부릅떴다. 하지만 확실히 본인이 생각해도 질문이 애매하기는 한지 그냥 말을 이었다. 신이라서 그런가 양심은 있었다.

"제일 마지막이 중요해. 마지막이. 그래야 다음 화를 보게 만들 거 아냐. 연독률이란 게 결국, 다음 화를 얼마나 보느냐 이거 아냐."

"언제는 연재 주기가 제일…… 억."

"그건 소설 외적으로 미치는 영향이 크다는 거지! 작가가 글로 승부를 봐야지. 뭔 이상한 얘기를 하고 있어."

"어……. 네, 알겠어요. 어우 아파."

"아프라고 때렸어. 아무튼, 마지막이 흥미진진해야 한다고. 너처럼 이따위로 끝내면 안 돼. 심지어 다음 화에서 진짜 패는 장면이 나오는데 이게 뭐냐. 잘 봐. 내가 다시 쓸 테니까. 여러 버전이 가능해 이것도."

신은 한참을 구시렁대더니, 곧 키보드를 치기 시작했다. 실로 어마어마한 속도였다. 이렇게만 계속 쓸 수 있으면 하루 3개가 다 뭔가. 4개, 5개도 쓸 수 있을 거 같았다.

　"에드워드, 지금이라도 잘못했다고 빌면 어디 하나 부러뜨리는 일은 없을 거야."

　엘릭은 에드워드를 비열함이 가득 담긴 눈으로 보며 입을 놀렸다.
　누가 봐도, 그러니까 엘릭의 편을 들고 있는 사람이 보기에도 화가 날 만한 상황이었다.

　"후."

　그러나 정작 에드워드 본인은 침착했다.
　호랑이가 어디 옆에서 개새끼가 시끄럽게 한다고 해서 화가 나겠는가.
　언제고 박살 낼 수 있는 상대에게 화를 내는 건 무용한 일이었다.

　'이제 곧인가.'

　에드워드는 무표정한 얼굴로 엘릭의 등 뒤에 서 있는, 본 대결의 심판을 맡아 줄 기사 용을 바라보았다.
　보다 정확히 말하면 용의 손을 바라보았다.
　저 손이 내려오는 순간이 바로 엘릭이 끝나는 순간이리라.

신은 그렇게 마지막 부분을 뚝딱 쓰고는 나를 돌아보았다. 꽤 만족한 얼굴

웹소설의 신

이었다.

"어때? 아까 네 글이랑 비교하면?"

"확실히…… 존나 팰 거 같아요. 음…….

"여기서 더 힘을 줄 수도 있어."

"힘이요?"

"연출로 탁 터뜨려 보는 거지. 잘 봐."

신은 감탄한 내 얼굴이 꽤 마음에 드는지 씨익 웃고는 방금 자기가 쓴 걸 지우고 또다시 새로운 글을 채워 넣었다.

"에드워드, 지금이라도 잘못했다고 빌면 어디 하나 부러뜨리는 일은 없을 거야."

엘릭은 에드워드를 비열함이 가득 담긴 눈으로 보며 입을 놀렸다.

에드워드는 뭐라 대꾸하는 대신 엘릭의 얼굴을, 눈을, 코를, 입을 그리고 자신을 모욕하는 혀를 유심히 바라보았다.

"뭐, 뭐야."

그 눈빛이 어찌나 스산한지 에드워드를 발톱의 때만도 못하게 여기고 있 던 엘릭마저 섬찟한 기분을 진하게 느꼈다.

"거울이 있나?"

"갑자기 무슨 거울?"

"원래 얼굴이 어땠는지 기억해두는 것이 좋겠는데. 이제 내 칼이 뽑히면, 두 번 다시 볼 수 없을 수도 있어."

"이 미친놈이!"

아직 심판관으로 나선 기사 용의 손은 그대로 하늘을 향해 뻗어 있었다.

그러나 감히 에드워드가 자신을 모욕했다 여긴 엘릭은 그대로 목검을 뽑아, 심지어 자신의 장기이자 이능인 보이지 않는 힘까지 두른 채 에드워드에게 달려들었다.

'넌 죽었다.'

에드워드를 정말로 죽일 심산이었다.

어차피 서자이지 않나.

아버지도 한마디 나무라는 것으로 끝낼 터였다.

—착!

헌데 에드워드의 머리통을 노리고 쏘아졌던 목검이 무언가 강대한 힘에 의해 튕겨 나왔다.

그리고 귓가에 서늘한 목소리가 들려왔다.

"거울을 보지 그랬나."

웹소설의 신

아까보다 좀 더 길었다. 긴데, 읽기에 더 수월했다. 설명이 아니라 상황 설명이라서 그럴까? 무엇보다 다 읽고 나서 뭔가 후련한 기분이 느껴졌다.

'이건 마치…….'

머리통부터 발끝까지 청량감이 서서히 차오르는 기분. 언젠가 한 번쯤 겪어 봤던 기억이 있었다. 다만 무엇이었는지 콕 짚어 말할 수 없을 뿐이었다. 답답한 마음에 인상을 찡그리고 있으려니, 신이 어디서 난 건지 모를 탄산음료 캔을 딱 하고 땄다.

"사이다."

"아, 그래 사이다!"

"이렇게 두들겨 패는 장면을 머릿속으로 그릴 수 있게 해 주는 게 바로 연출이야."

"엄밀히 말하면 아직 패지 않았는데요?"

"원래 사람의 뇌는 이미 벌어진 일이 아니라 벌어질 일을 기대할 때 더 큰 쾌락을 느껴. 그래서 여기서 끊는 거야."

"근데 그럼 내일은요? 다음 화에서는 어떡해요?"

"다음 화? 그건 그 화의 끝에서 또 잘해봐야지."

"또 사이다를 줘요?"

"그것도 나쁘진 않지만……. 사이다만 마시면 밍밍해져. 그래서 고구마와 사이다의 균형이 중요하지."

한산이가의 기초 TIP

본문에서 똑같이 쥐패는 장면인데 밍밍한 느낌에서 톡 쏘는 듯한 느낌을 주는 장면으로 바뀌는 것을 확인하셨을 겁니다. 왜 이렇게 되었을까요? 분위기가 바뀌어서 그렇습니다. 무언가 일이 벌어질 것 같은 분위기가 되었단 말이죠.

단지 몇몇 문장의 배치가 바뀌어서는 아닙니다. 그걸로도 얼마간 분위기가 바뀌긴 하겠습니다만 그보다 중요한 것은 결국, 캐릭터가 내뱉는 대사입니다. 대사는 캐릭터의 성품을 보여 줄 수 있는 도구이기도 하지만, 지금 상황을 보다 실감 나게 보여 줄 수 있는 도구이기도 합니다.

결국, 작가가 원하는 분위기로 극을 이끌어 나가기 위해서는 대사를 좀 더 신경 써야 한다는 얘기가 되겠죠. 대사를 잘 쓰기 위한 방법은 사실 별것 없습니다. 제일 좋은 건 역시 내 경험에서 가져오는 것이죠. 내가 주고 싶은 분위기와 유사한 기억에서 대사 톤을 따오는 겁니다. 만약 장르가 그럴 수 없는 장르라면 비슷한 분위기의 작품, 특히 영상화된 작품을 보고 그 대사의 톤을 가져오면 됩니다.

15

고구마와 사이다

사이다.

어찌 보면 웹소설 계를 관통하는 한 단어만 꼽으라고 할 때 절대 빠질 수 없는 단어일 터였다. 사이다가 없는 웹소설이 있을까? 있을 수는 있겠지만 인기작은 아닐 거라 확신할 수 있었다.

"사이다만 주면 안 된다고요?"

웹소설의 신을 만나기 전까지는 이상한 자존심, 그러니까 나만의 글을, 지금 세태와는 좀 다른 글을 쓰겠다고 생각했던 나조차 사이다는 꼭 주어야 한다고 생각하고 있었을 정도였다. 그런데 신이 정반대되는 말까지는 아니지만 하여간 그 비슷한 말을 하고 있으니 이해가 잘 가지 않았다.

"그래, 그러면 안 돼. 특히 오래 쓰고 싶으면 더더욱."

보통 내가 이런 식으로 물으면 그렇게 한심해하더니만. 신은 그러는 대신 그냥 이해하고도 남는다는 얼굴만 하고 있었다. 이런 사람이 많기는 한 모양이었다.

"왜요? 잘 주면…… 되지 않나?"

"넌 잘 줄 자신이 있어?"

"그……."

"아까 그런 장면에서조차 사이다를 못 준 놈이 뭔 소리를 하는 거야."

"그건 이제 배웠으니까요."

"누가 들으면 완전 천재인 줄 알겠네. 한번 배우면 딱딱할 수 있는. 연출이 쉬운 게 아니야."

"음."

뭐 충분히 이해할 수 있는 말이었다. 아까 보지 않았나. 다음 장면에서 사이다를 줄 것이라는 사실을 암시하는 연출조차 어려운 일이었다. 당연한 일이긴 했다. 글 쓰는 게 쉬운 일일 수가 없지 않겠나. 분야가 웹소설이고, 아이디만 만들면 바로 글을 올릴 수 있다 보니 사람들이 간과하는데, 사람들에게 읽히는 글을 쓰는 건 절대 쉽지 않았다.

"그런데 사이다를 주려면 그 연출뿐만이 아니라 빌드업하는 과정, 그러니까 고구마를 쌓는 과정이 반드시 필요해. 이게 매 화 내에서 반복될 수는 없어. 간혹 상식을 뛰어넘는 천재가 있다면 또 모르겠는데, 그게 너는 아니니까 안심하도록."

"아……. 근데 꼭 고구마를 쌓아야 해요? 그냥 사이다 주면 안 되나? 후련하게?"

"그러다가 바로 사이다패스 되는 거지."

"음."

"영 납득을 못 하겠다는 얼굴이네."

"네, 사실 그렇습니다. 가르침을 주시죠."

"당당해서 좋다……."

사이다는 언제 마셔도 좋지 않나? 밍밍해진 사이다 말고는 다 좋다고 생각하는 편이었다. 헌데 반드시 그 전에 답답한 구간 또는 빌드업이 있어야 한다니. 나는 이해가 안 간다는 얼굴로 신을 바라보았고, 신은 쯧쯧 혀를 차고는 입을 열었다.

"자……. 판타지니까, 주인공이 술집에 들어갔어. 그리고 칼로 덩치 큰 용병의 목을 날렸어. 사이다야?"

"미친놈이죠. 다짜고짜 날렸다고요?"

"연출을 기가 막히게 했는데도?"

"그래도……."

"그럼 그 용병이 시비를 걸었어. 이렇게 되면 어때?"

"음……. 어느 정도의 시비였냐가 중요할 거 같은데요?"

상식선의 문제이지 않나. 나는 신이 이번에는 좀 쓸데없는 소리를 한다 싶어서 살짝 노려보았다. 눈이 마주치기 전에 그만두었지만.

"그래, 그런 거야. 딱 봐도 별거 아닌 거 같은 놈이 시비를 거는 건 사실상 고구마지. 그걸 쌓는 게 빌드업이고. 그다음에 딱 터뜨려야 해."

"쉬운데요?"

"아냐, 너는 역시 이해력이 떨어져."

"왜요."

"빌드업을 얼마나 해야 하는지, 알겠어? 1화 내에서 끝낼지, 몇 화를 갈지. 알겠냐고."

"아……. 으음. 이게…… 음."

122

그러다 예상치 못한 질문이 튀어나왔다. 그럼 그렇지 싶었다. 이 신이 좀 거칠고 껄렁해도 괜한 얘기는 안 하지 않나. 우물쭈물하고 있으려니 신이 말을 이었다.

"너무 빨리 빌드업을 마치고 후려 까면, 독자들이 아직 작가가 생각하는 것만큼 대상을 미워하지 않는 상황에서 치게 돼. 그럼 지나치다 싶게 되지. 사이다패스 얘기 듣기 딱 좋아."

"그렇다고 또 늦으면……."

"그럼 완전 고구마지. 하차 구간이지. 둘 다 하차 구간이야. 너무 사이다를 줘야 된다는 생각에 매몰되어 있으면 전자처럼 사이다패스가 되어 버려. 독자들이 준비가 아직 안 됐는데 후려 까게 된다고. 그렇다고 늦으면? 고구마 한 사발이지."

"이걸 어떻게 조절해요?"

"이건 사실 연재하면서 감으로 익혀야 하는 부분이 있어. 아, 이렇게 끌면 실제로 하차하는구나. 이렇게 빨리 치면 독자들이 싫어하는구나. 하지만 원칙 하나는 기억해 둬야지."

"어떤……."

웹소설의 신이라 그런지 말 끊는 타이밍이 귀신이었다. 애가 타게 만든다고나 할까?

"상대적으로 대상이 아무것도 아닐수록 빌드업도 짧게, 징벌도 약하게 가야 해. 예를 들어 아까 말한 용병이 시비를 걸어. 누구나 아무것도 아닌 거 알아. 근데 이놈이 시비 거는 걸로 1화 전체를 다 채워? 짜증 나지."

"아, 그렇네요."

"그렇다고 바로 죽여? 그것도 지나치지."

"으음."

"하지만 상대가 공작이야. 공작쯤 되면 시비를 털어도 무게가 느껴지겠지? 지금 당장 어찌할 수 없다는 것도 독자들이 알 테고. 근데 이걸 1화 만에 턴다? 그럼 개연성까지 말아먹는 느낌이 들어."

"아하…. 그럼…?"

"이렇게 지금 당장은 불가항력인 상대인 경우에는 몇 화가 아니라 아예 에피소드 하나 두 개를 관통해도 돼."

"아무리 그래도… 그러면 좀 지겹지 않아요? 한산이가 그러다 하나 말아먹지 않았나?"

내 말에 신은 왜인지 모르게 씁쓸한 표정이 되었다. 한산이가랑 아주 친한 모양이었다. 그렇다면 더더욱 모르진 않을 터였다. 처음으로 백강혁이라는 캐릭터를 등장시킴과 동시에 그 백강혁을 조선으로 보냄으로써 초반에 나름 선풍적인 인기를 끌었던 《닥터, 조선가다》가 후반부에 다다라서 갑자기 시작된 뜬금포 고구마 폭격에 성적이 반 토막이 났다는 것 정도는 상식이니까.

"그렇지. 말아먹었지."

"임진왜란 터지면서 소설도 터졌다는 말이 있을 정도잖아요."

"그래, 사실 임진왜란 초창기 왜군은 거의 판타지 소설의 공작이지. 당장은 항거 불능의 적이니까."

"그래서 빌드업을 그렇게 오래 한 거예요? 한 10화 정도 했나? 신님, 왜 눈시울이 붉어요. 울어요?"

"뭔 소리야. 내가 왜 울어. 너희 고시원 공기 청정기 없냐? 공기가 탁해, 인마."

신은 되지도 않는 소리를 하면서 어깨로 눈을 닦고는 말을 이었다.

"사실 여기서 한산이가는 두 가지 방법이 있었는데, 경험이 없었던 거야."

"이때가 벌써 4번째 소설 아니었나."

"한산이가는 천재형이 아니라……. 그래도 매번 늘긴 늘어. 그때 혹독하게 배웠으니까 다시는 안 그러겠지."

"음."

"하여간 하나는 일단 10화는 솔직히 과하잖아. 일일 연재인데 그럼 열흘 동안 전쟁에서 지는 얘기만 나오는데 누가 좋아해. 말이 되냐?"

"그것도 그래요. 그걸 왜 예측을 못 했담."

신은 나를 잠깐 노려보고는 한숨을 쉬었다.

"그러게나 말이야. 그냥 한 2화, 3화로 딱딱 줄여서 표현했어도 좋았지. 패배, 패배, 패배, 사망을 한 줄로 딱딱딱 쓰면 연출로써도 나쁘지 않고. 긴박해 보이잖아."

"저도 그렇게 할 거 같은데요."

"근데 또 쓰다 보면 빌드업 과정이 에피소드를 관통하거나 혹은 아예 주제 와 연관된 빌드업은 100화를 넘어가기도 해야 한단 말이야."

"아……. 그럼 다 떨어져 나가겠네."

"그렇다고 줄여? 그럼 소설적 재미도 떨어질 텐데?"

"음. 그럼 어떡해요?"

"다 방법이 있어. 들어 봐."

한산이가의 기초 TIP

고구마는 사실 맛있는 음식인데, 언제부터인가 장르 판에서는 답답함의 대명사가 되었죠. '아, 이번 편 고구마야.'라는 평을 들으면 작가의 가슴이 덜컥 내려앉습니다. 이 소설 고구마라는 평을 들으면 '작품을 삭제해야 되는구나.'라는 생각도 들죠. 너무 여기에만 집착하게 되면 고구마를 없애기 위한 노력만 기울이게 됩니다.

하지만 작품에는 고구마 구간도 반드시 필요한 법입니다. 왜냐하면 고구마 구간이 있어야 사이다가 훨씬 맛있게 느껴지거든요. 이것을 빌드업이라고 합니다. 여기서 또 문제가 발생합니다. 작가는 후에 나올 사이다를 알기에 빌드업 과정이라 생각을 하지만, 독자들은 마냥 지루하다는 느낌만 받을 수도 있거든요.

요컨대, 중요한 것은 둘 사이의 균형입니다. 이걸 늘 유념하셔야 합니다.

16

격자로 해 봐

다 수가 있다.

아마 내가 신을 오늘 처음 본 참이었다면 개소리라고 치부했을 터였다. 저런 식으로 말하는 사기꾼들이 얼마나 많던가. 원래 그놈들은 죄다 긍정적인 법이었다. 멀리 갈 것도 없고, 웹소설 바닥에서도 그랬다.

'나한테 배우면 바로 글먹 가능한데?'
'글 한 번도 안 써 본 사람도 다 벌 수 있는 시장인데?'
'저희가 글 조금만 만져 주면 카카오나 시리즈 독점 가능할 거 같습니다.'

나만 해도 그 말에 낚여서 파닥거리다 이날 이때껏 허송세월했다. 그나마 다행인 것 신을 만났다는 점일까?

"누가 보면 최선을 다해서 써 보고 안 돼서 좌절하는 중인 줄 알겠네."

감개무량한 눈으로 신을 바라보고 있자, 신은 그런 나의 마음을 막무가내로 패대기치기 시작했다.

"야, 인마. 저 말도 듣는 사람에 따라서 맞을 수도 있는 말이야. 뭘 다 사기꾼이래. 네가 그래서 강의 하나는 제대로 들어 봤어?"

"아뇨."

"근데 왜 매도해?"

"제가 잘못했습니다."

그렇지 않아도 목소리에 마성이 있는 건지 뭔지, 한번 입을 열기 시작하면 도무지 귀를 뗄 수가 없는 상황이지 않나. 그런데 그 목소리로 조곤조곤 패기 시작하니까 고통스러운 수준이 남달랐다. 해서 나는 냅다 사과를 박았고, 다행히 신은 그 사과를 받아들였다.

"그래, 진즉 그럴 것이지."

그리곤 혀를 쯧쯧 차더니 아까 하려던 말을 이었다.

"아무튼, 빌드업 과정을 지루하지 않게 하는 방법에 대해 얘기하고 있었지?"

"네."

"좀 무책임하게 말하자면, 사실 빌드업도 재밌게 쓰면 돼. 고구마를 답답하게 주지 말고 좀 달짝지근하게 주라는 거야."

"진짜 무책임한데요?"

"어, 나도 그렇게 생각해. 이렇게 쓰라고 해서 다 쓸 수 있으면 누구나 《재혼 황후》 쓰고 《전독시》 쓰겠지. 어느 정도 자리 잡은 기성들에게도 쉽지 않은 일이야. 그걸 너 같은 신인…… 아니지, 지망생에게 쓰라고 하는 건 무리한 부탁이 아니라 나쁜 짓이야."

"음. 하여간 저한테는 무리라는 말이죠?"

뭔가 말투는 부드러운데 아까보다 더 아픈 느낌이었다. 그래서 탐탁지 않다는 목소리로 묻자, 신은 망설임 없이 고개를 끄덕였다.

"어."

"그걸 그렇게 굳이 상처를 주면서 말해야 할까요?"

"절대 시도하지 않게 하려고 그랬어."

"아, 네. 그럼 뭔가 다른 방법이 있겠죠? 없으면서 이랬음 저 가만히 못 있습니다."

"어쩔 건데?"

"글쎄요. 그건 지금부터 차근차근……."

"생각은 너 혼자 하고. 자, 잘 봐."

신은 계속 충격 요법을 쓰다가 이내 책상 위에 있던 노트 위에 줄 하나를 찍 그었다.

"이게 빌드업 에피소드야. 꽤 길어. 한 30화? 상대가 워낙 강하게 나와서 해결이 될 때까지는 고구마야. 이거 그냥 이대로 진행하면 어떻게 될까? 달달한 고구마를 쓸 수 없는 작가인 너를 기준으로 말해 봐."

"망합니다."

"그렇겠지. 그럼 잘 봐."

신은 당연히 망할 거라고 여러 번 반복해서 말하면서 작은 선을 방금 그은 긴 선 옆에 찍찍 그었다.

"이건 뭐예요?"

"빌드업 사건이 벌어지는 동안 짧게 벌어질 사건들."

"응?"

"동시에 진행하라는 거야. 짤막한 에피소드를, 당연히 사이다 딱 느껴지게 넣는 거야. 긴 대주제 안에 짧은 주제들을 넣는 거지. 무슨 말인지 이해되냐?"

"그…… 알 듯 말 듯?"

"모른단 거지?"

"네."

예전 같았으면 지금 당장 모른다고 하는 게 쪽팔려서라도 알아듣는 척을 했을 터였다. 하지만 지금껏 그런 모호한 태도를 취한 덕을 본 적이 있었나. 매번 손해만 봐 왔다. 헌데 신과 만남이라는 기연을 얻은 상황에서 또 그래? 그럴 수는 없었다. 일단 냅다 모르겠다고 했다.

"후."

신은 내가 너무 당당하다 생각했는지 짧게 한숨을 쉬고는 이내 입을 열었다.

"그래, 선불로 받은 내 잘못이지. 자, 한산이가 작품 중에서 잘 나가다가 엎어진 게 있다고 했어. 뭐라고?"

"《닥터 조선가다》요."

"그래, 그게 임진왜란 터지면서 날아간 거지? 지금 다시 쓴다면 여러 가지 개선 방안이 있을 거라고 했고."

"네."

"그중에 네가…… 아니지. 그냥 신인 작가들이 쓰기 좋은 게 바로 이 격자야. 잘 봐라. 이 긴 줄을 임진왜란이라고 하자고."

신은 긴 줄 위에 임진왜란이라고 적어 넣었다. 당시 10회 동안 고구마가 있었으니, 10회라는 말도 옆에 적었다. 다시 봐도 답 없는 소설이었다. 전쟁에서 쥐 터지는 장면을 열흘 동안 보여주다니. 대체 뭔 생각이었을까. 나중에 따로 만나게 되면 꼭 물어보고 싶었다.

"그리고 여기 3화씩 해서 짧은 에피소드를 넣는 거야."

"으음."

"아직도 모르겠구나."

"네."

"그래, 그럴 수 있지."

신은 내가 뭔 생각인지 궁금하다는 얼굴로 연신 고개를 끄덕였다. 아마 그렇게 하면 좀 화나 답답함이 풀리는 타입인 모양이었다.

"자, 임진왜란에서 밀리는 장면은 그대로 넣어. 근데 주인공 시점은 거기에 있지 않는 거야. 얘는 미래에서 돌아간 애니까 당연히 조선이 초반에 밀리는 걸 알잖아. 그러니까 그동안 나름 대비하는 장면을 교차로 계속 넣는 거야."

"아하?"

"가령 탄금대 전투야. 기마병이 쓸렸어. 이렇게만 쓰면 고구마 그 자체지. 맛도 더럽게 없는 데다가, 실제 역사가 그래서 아는 맛이기까지 해. 근데 주인 공 백강혁이 후방에서 그 전투 패배에 대비해서 무언가 하고 있다는 내용이 나오면 어떻게 돼?"

"아…… 고구마를 희석해요."

"그뿐만이 아니라 기대감까지 준다고. 아, 지금 지고 있지만 역시 주인공이 있어서 뭔가 달라지겠구나? 이런 걸 조금씩 섞어 주는 것만으로도 달라져. 아니면 탄금대 전투에 임하기 전에 신립은 말이 안 통했다고 하니, 다른 장수에게 조금의 기마병이라도 살리라는 말을 해 주는 것도 되겠지?"

"오……."

동시에 큰 에피소드와 작은 에피소드를 진행하라는 게 이런 장점이 있구나라는 깨달음이 막 머릿속으로 흘러들어 오는 느낌이었다. 이것만으로도 충분한 거 같은데, 신은 계속 말을 이었다. 노파심에 젖은 얼굴이었다.

"이게 대주제가 꼭 고구마스러운 내용일 때만 써먹기 좋은 게 아니야."

"그럼요?"

"대주제가 주인공하고 좀 동떨어져 있을 수도 있잖아? 한 에피소드 정도는 그럴 수가 있다고."

"아, 그렇죠."

"근데 그렇다고 시점을 아예 떨어뜨려 놓으면 어떻게 될까?"

"주인공을 보고 싶은 독자들이 이탈하나?"

"그렇지. 이제 좀 늘었네. 그때 주인공 시점의 짤막한 에피소드를 섞으면 이를 방지할 수 있지. 활용도는 무궁무진해. 실제로 잘나가는 소설들을 보면 하나의 주제만 진행 중인 건 거의 없어. 적어도 떡밥 정도는 흘려 준다고."

"떡밥이요……?"

"아. 그래, 떡밥도 모르겠구나."

한산이가의 기초 TIP

정말 재밌는 에피소드가 되기 위해서는 필연적으로 빌드업 과정이 필요합니다. 빌드업 과정마저 재밌는 소설도 있기는 합니다만, 평범한 작가에게는 너무 험난한 과제입니다. 때문에 빌드업 과정과 연관이 있는 작은 에피소드가 필요합니다. 당연히 이 에피소드는 전개가 시원시원해야겠죠.

비단 재밌는 에피소드에만 이런 장치가 필요한 것은 아닙니다. 소설의 대주제나 메인이 되는 서사를 위한 에피소드에서도 종종 필요합니다. 왜냐하면 앞으로의 전개를 위해 필요한 에피소드일수록 독자에게는 지루할 수 있거든요.

격자식 구성을 잘 활용하면 자칫 하차 구간이 될 수 있는 회차를 비교적 재밌게 넘어갈 수 있습니다.

17

떡밥

방금 신이 한 말은 좀 억울했다. 떡밥이라는 말 자체를 모를 리가 있겠는
가. 비단 웹소설 계에서뿐만 아니라 드라마, 영화, 웹툰 등에서도 쓰이는 말
이니까.

"그래서, 정확히 웹소설을 쓸 때 어떤 식으로 써야 할지는 알고 있고?"

하지만 막 '억울합니다'라고 하기도 애매했다. 무슨 말인지 아는 것과 그것
을 활용할 수 있는 건 아예 별개의 일이니까. 멀리 갈 것도 없이 그저 내가 쓴
소설들을 뒤적거려 봐도 확연해지는 일이었다. 남의 창작물을 볼 때는 그렇
게 떡밥이란 단어를 떠올렸으면서, 정작 내 소설을 쓰면서는 한 번도 의식하
고 써 본 적이 없었다.

"아뇨, 없습니다."

"많이 솔직해지고, 많이 뻔뻔해졌네."

"네."

"흐."

신은 허파에 바람 빠지는 소리를 내고는 그 후로도 몇 번인가 흠흠 헛기침을 해 대고서야 말을 이었다. 역시 상대가 신이라고 해서 주눅들 필요는 없는 법이었다. 당당하게 나가니까 별말도 못 하고 바로 가르쳐 줄 채비나 하고 있지 않나.

"잘 봐봐. 떡밥이라는 게…… 여러 가지 의미로 쓰일 수 있기는 해. 사전적으로 정의되는 말은 아니잖아. 그렇지?"

"네. 그렇죠. 사전에는 안 나올 거 같아요."

"하지만 넓게 통용되는 말이지. 복선 비슷한 거라고 보면 되는데……. 왜 복선 같은 거라고 안 하고 비슷한 거라고 하냐면 그것보다 더 큰 의미를 갖고 있어서 그래."

"음……."

"무슨 말인지 모르겠지?"

"네."

신은 고개를 크게 끄덕이는 나를 보면서 왜인지 모르게 한숨을 쉬었다. 예전 같았으면 그 뒤로 이어질 구시렁거림이나 욕설 한 바가지가 두려웠을 텐데, 신이라서 그런가 그런 일이 거의 없다는 걸 알게 되었기도 하거니와 심지어 그렇게 하더라도 결국은 가르침을 준다는 걸 알게 된 지 오래라 그저 당당하게 앉아 있을 수 있었다.

"그래. 그렇겠지. 일단 대표적으로 쓰이는 걸 보자고. 반전이 될 만한 걸 아주 살짝 보여 주는 거야. 그럼 무슨 장점이 있을까?"

"음……. 궁금증을 유발? 독자들끼리 추리하게 만드는 재미?"

"그런 것도 있지. 근데 그건 아주 잘 썼을 때의 얘기고, 보통의 경우에는 개연성과 연관이 있어."

"어…….."

뭔 소린가 하는 표정을 짓고 있으려니, 신은 애초에 답변을 기다리지도 않았다는 듯 시큰둥하게 말을 이었다.

"가령 지금 만나고 있는 인물이 실은 엄청 높은 사람이라는 설정을 가지고 있어. 이건 너만 알지? 독자들은 몰라. 주인공도 물론 모르지."

"네."

"근데 나중에 갑자기 높은 사람이었네? 하면서 스토리가 진행되면 독자들이 어떻게 느낄까?"

"아…… 뜬금없다고 느낄 수 있을 거 같아요."

"그래, 그래서 옷차림새나 태도 또는 말투에서 약간 떡밥을 흘려 주는 거야. 말괄량이 평민 아가씨 같아 보이지만, 이따금씩 엿보이는 식사 예절이나 포크 및 나이프 쓰는 법을 보니 귀족 집안의 자제 같다는 식으로. 이렇게 되면 개연성도 확보되면서, 독자들은 어느 정도 기대감도 갖게 돼. 평범한 인간관계와는 달리 판타지 세계에서 귀족과의 관계는 어떻게든 스케일이 커지니까."

"오호. 그렇네요? 오…….."

떡밥에 대해 이런 식으로 생각해 본 적이 없었기에 연신 감탄만 나왔다. 신은 내 이런 모습을 볼 때마다 흐뭇한지 껄껄 웃었다.

"아직 이른데, 그런 반응은."

그리곤 부모 앞에서 재간 부리는 애처럼 신나서 썰을 더 풀어대기 시작했다. 철이 없는 신이라니. 나에겐 잘된 일이었다.

"자, 지금 네가 몇 화 쓰고 있지?"

"이제 11화 써야죠."

"지금은 잘 써져?"

"지금은 잘 써지죠. 얼마나 썼다고…….."

"그럼 200화, 300화 넘어가서도 계속 잘 써질까?"

"그건…….."

"아, 너 25화 넘겨 본 적도 없지, 참. 내가 실수했네."

들다 보니 신에게 철이 없다는 말을 쓴다는 게 얼마나 건방진 생각이었는지 깨닫게 되었다. 내 반응에 신난 것처럼 떠들어 대다가도 어느새 정신을 차려 보면 결국은 까고 있었다.

"하여간 쓰다 보면 소재 고갈이 다가온단 말이지. 이건 필연적이야."

"한산이가처럼 천 화 넘게, 징하게 쓰는 사람도요?"

"당연하지. 그걸 잘 극복해서 안 그렇게 보이는 거야."

"오호……. 어떻게 하는데요?"

"바로 떡밥을 이용해서야."

"으응?"

떡밥이랑 소재 고갈이랑 뭔 상관이 있단 말인가. 생각지도 못한 말이었기에 나는 아까보다 더 귀를 기울였다. 의식한 것도 아닌데 그냥 저절로 그렇게 되었다.

"글을 쓸 때 수상쩍어 보이는 구석을 노골적으로 남기는 거야. 어떤 인물이 되었건, 사건이 되었건 독자로 하여금 이거 좀 이상한데? 수상한데? 싶은 구석을 남기는 거야."

"그냥요? 회수 안 하고?"

"회수는 훗날의 나에게 맡긴다는 심정으로 일단 해. 물론 남발해서는 안 되지. 작가의 명성은 회수하지 못한 떡밥만큼 깎인다는 말도 있잖아?"

"처음 들어 봤어요."

"나도 처음 했어, 오늘. 그래도 멋진 말이지? 그럴싸하잖아."

"네, 뭐…… 그렇네요."

미친 건가? 하는 심정으로 입술을 삐쭉이고 있으려니, 신의 손이 이때다 싶게 내 입을 팍하고 쳤다.

"억?"

"하여간 적당히 흘리라고."

"때리고 이렇게 얼렁뚱땅 넘어가요?"

"그리고 소재가 떨어졌다 싶을 때, 그때 흘린 떡밥을 주워. 이렇게 하려면 미리 표시를 해 둬야겠지? 그때 등장했던 사람이나 소재에 대해 작가가 까먹으면 안 되니까."

"음."

"이렇게 되면 독자들은 아니, 작가가 그때 흘린 떡밥이 이렇게 회수되나 싶어서 신이 난다고. 소재 고갈도 해결하고, 칭찬도 받고 일석이조지."

"오."

"어때. 맞은 것도 잊을 만큼 신박한 내용이지?"

심적으로는 화가 나지만 머리로는 납득하지 않을 수 없는 말이었다. 게다가 반박에 나설 수 없었던 이유가 하나 더 있었다. 그다음에 신이 바로 털어놓은 팁 또한 금과옥조 같았다.

"그리고 너 조연…. 앞으로 몇백 화 쓸 생각일 텐데 거기 나오는 조연 다 미리 디자인할 수 있냐?"

"인간적으로 무리죠."

"그래 초반에 나오는 주요 조연 말고는 무리라고. 하지만 원래 나왔던 애들만 주야장천 나오면 어떻게 돼?"

"지루하기도 하고……. 인물로 인한 전개가 좀 어렵죠?"

"그래, 새로운 인물이 나와주긴 해야 해. 그때도 떡밥 뿌리기처럼 하라고."

"뭔 소리예요?"

새로운 인물에서 갑자기 떡밥? 어째 대화가 깜빡이 없이 좌회전, 우회전을 번갈아 하는 느낌이었다. 너무 급작스럽게 돈다 이 말이었다.

"너, 만화를 그리는 게 아니라 소설을 쓰는 거잖아. 그렇지?"

그러거나 말거나 신은 제 할 말을 했다. 그렇다고 내가 답을 안 할 수도 없지 않나. 상대는 신인데. 해서 나는 일단 장단을 맞춰 주었다.

"소설이죠."

"그럼 새로운 인물 살짝 몇 명 후루룩 보여 주는 게 어려워? 그냥 글로 하면 되잖아."

"아…… 어렵진 않죠."

"그렇게 등장시킨 애들을 두고 독자 반응을 보라고. 그중에 제일 좋아하는 애만 남기고 나머지는 증발시켜."

"제 소설에 댓글이 그렇게 많지 않습니다. 신님."

"아, 잠깐 눈물."

신은 눈을 진짜로 훔치고는 말했다.

"아니면 네가 쓰면서 정이 가는 애가 있을 거야. 보통 원래 나오던 애들이랑 케미가 사는 애가 그런 경우지. 걔 말고는 다 증발시켜."

"그래도 돼요?"

"상관없어. 걔만 잘 살리면 돼. 떡밥도 이런 느낌이야. 네가 노골적으로 흘린답시고 흘렸는데 언급이 없다? 그럼 증발. 근데 궁금해한다? 그때는 나중에 주워. 작가는 신이 아니기 때문에 네 글이라고 해도 네 뜻대로 가지는 않는다고. 그럴 때 이런저런 시도를 슬쩍 해 볼 수 있는 게 바로 떡밥 흘리기야. 이해했냐?"

"네, 완전요."

한산이가의 기초 TIP

떡밥은 독자로 하여금 뒤가 궁금해지도록 만들 수 있는 아주 중요한 장치입니다. 다만 주의할 것은 이것을 던질 때 은근히 던져야 한다는 겁니다. 낚시할 때와 마찬가지입니다. 내가 이제부터 너를 낚을 거라는 의도를 너무 뻔하게 보여 주면 아무도 낚이지 않습니다. 그렇다고 또 아무도 이게 떡밥이라는 걸 모르게 써도 안 되겠죠.

그래서 은근한 힌트가 될 수 있는 말투, 옷차림, 행동 중 어느 하나만 의도적으로 반복해서 보여 주는 것이 좋습니다. 독자들끼리 추리를 하게 만드는 거죠. 그럼 설령 지금 구간이 재미가 없다고 해도 이게 맞나 하는 생각으로 따라오게 됩니다.

떡밥을 던지고, 회수하고. 이것을 반복하다 보면 독자들은 소설의 짜임새가 촘촘하다고 느끼게 되고 어느새 소설은 인기작을 향해 달려가고 있을 겁니다.

18

잘했으면 칭찬해

신은 떡밥도 적당히 흘리고, 지루해질 거 같으면 격자 구조를 사용하라는 말을 남긴 채 일주일 뒤에 보자며 홀연히 사라졌다. 숙제는 7화 더 쓰기였다. 그냥 딱 7화는 아니었다.

앞부분에 이미 쓴 10화를 이번에 배운 것을 적용하면서 수정하고 7화를 더 써야 했다.

'와, 쉽지 않은데.'

수정하는 게 그리 쉬운 일은 아니지 않나. 어찌 보면 처음부터 그냥 쓰는 것보다도 어려울 수도 있었다. 처음 손을 대기 전까지는 그렇게 생각했다. 저번 주에 해봤더니 너무 어려워서 그랬다.

'잉. 훨씬…… 수월한데?'

그런데 지난주에 쓴 부분을 수정하려고 보니, 일단 볼 때부터 술술 읽히는 것이 느낌이 많이 달랐다. 처음 공모전에 썼던 글은 뭔가 딱딱하면서 동시에 처음부터 설명이 주를 이루다 보니 내가 읽으면서도 좀 참아야 하는 부분이 있었는데 이건 사건으로 시작해서 그런 모양이었다.

'확실히 늘기는 하는구나. 그리고 어디를 어떻게 고쳐야 하는지도 딱 보여.'

제일 힘을 주어야 하는 지점이 한 화의 마지막이라는 걸 알게 된 마당이었다. 동시에 어떻게 힘을 주어야 하는지도 대강은 알게 되지 않았나. 그렇다 보니 시간이 그리 오래 걸리지 않았다.

'자, 그럼 떡밥을 흘려 볼까? 이 배다른 형님의 외가가 초반부 가장 강한 빌런이니까⋯⋯. 그렇다고 냅다 후리면 개연성을 잃어. 오래 끌면 고구마가 되고. 격자 진행으로 풀어야겠네.'

심지어 7화 더 쓰는 것도 그리 힘들지 않았다. 혼자 끙끙대고 있을 때랑은 전혀 다른 느낌이었다. 글이 막 술술 나왔다. 솔직히 말해서 작은 사이다 주는 건 그리 어려운 일은 아니지 않나. 뭐 그런 생각을 하고 있었다.

주인공이 회귀자인 것이 전개에 있어 크나큰 장점으로 작용했다. 뭐가 되었건 그 나이대 애들보다는 뭘 해도 잘할 수밖에 없지 않겠나. 굳이 미래를 알고 있다는 설정을 끌어다 쓰지 않아도 될 정도로 두각을 나타내고 있다는 것을 어필할 수 있는 부분이 수두룩했다.

"으음."

때문에 나는 늘 그랬지만, 이번만큼은 정말이지 자신감 넘치는 얼굴로 글을 제출할 수 있었다. 며칠 전부터는 아예 얼른 이거 보여 주고 싶은 마음에 잠도 제대로 오지 않을 지경이었다.

헌데 신의 반응은 평소와 다르지 않았다. 뜨뜻미지근하다고 해야 할까? 뭐가 되었건 간에 글 쓰던 내 얼굴하고는 온도 차가 너무 심했다.

"나름 노력한 구석들이 있네. 일단 초반부 수정도 적절하고. 매화 끝낼 때,

나름 기대감을 주려고 애쓴 흔적이 있어."

"흔적만 있나요? 기대감이 들지는 않아요?"

"그런 화도 있고 아닌 화도 있고. 근데 문제가 있는데?"

"어떤……?"

"지금 격자 구조를 취한 것은 좋아. 외가 쪽의 강대한 적이 있고, 때문에 새엄마지? 이 양반이 계속 괴롭히는 건 고구마지만, 하여간 주인공이 특출난 모습을 보임으로써 그 고구마를 조금씩 해소하고 있어."

"그렇죠? 하하, 제가 진짜 노력 많이 했습니다."

작가가 언제 제일 기분이 좋을까? 독자가 재밌게 읽었다고 할 때? 물론 그때가 더 기쁘겠지만, 나는 한 번도 경험해 본 적이 없어서 얘기해 줄 수 있는 사안은 아니다. 지금까지 내가 글을 쓰면서 제일 기뻤던 건 바로 지금이었다. 내 의도를 신이라는 작자가 딱 알아줄 때.

"근데 이 사이다를 끝까지 안 주네."

"네?"

하지만 신이 알아준 건 정말 잠깐이었다. 사이다를 끝까지 안 준다는 말처럼, 칭찬을 끝까지 해 주질 않았다. 기분이 몹시 상했다. 오히려 기분이 잠깐 좋아졌던 만큼 더 나빠졌다고나 할까?

"지금 내 심정이 딱 너 같아. 아마 독자들도 다르지 않을걸."

"네? 뭔 소리신지…….."

"잘 봐. 네가 쓴 글을 잘 보라고."

"잘 보고 있죠. 제가 썼는데……. 안 봐도 다 기억납니다."

"뒤질래?"

"아뇨, 제가 좀 지나쳤죠? 잘 보겠습니다."

기분이 나빠진 김에 잠깐 개겨 보았으나 주먹이 눈앞에서 번쩍하는 바람에 바로 꼬리를 말았다. 게다가 가르침을 청해야 하는 입장이지 않나. 계속 개겨 봤자 후련해지는 것은 잠시일 뿐일 텐데, 그 대가로 계속 이 고시원에서 지내게 된다면 무조건 내 손해였다.

"자, 봐. 주인공이 잘하는 모습을 보였어."

"네. 사이다."

"근데 주변 반응은 어디 갔어?"

"네? 반응이요?"

"잘했으면 칭찬을 해야지."

"그냥 하인이 본 건데요? 칭찬하는 게 의미가 있어요?"

"하인이 칭찬하는 건 별 의미가 없을 수 있어. 근데 하인이 칭찬 안 하는 건 의미가 있지. 고구마가 돼. 하인조차 주인공을 무시하나 싶다고. 잘했으면 칭찬을 해야 해. 너도 지금 너 잘한 거 같은데 내가 칭찬을 안 하니까 어때?"

"아. 그래서 일부러 그렇게 하셨구나. 잘했는데, 일부러 저 깨달으라고."

"아니, 너는 진짜 잘하진 않았어. 제발 그 자존감 좀 깎으면 안 되냐?"

신은 아휴, 아휴 한숨을 쉬고는 간신히 말을 이었다. 여전히 나를 한심하다는 얼굴로 바라보면서였다. 상관없었다. 나는 자존감이 높으니까.

"하여간 잘했으면 칭찬을 해야 해. 그리고 아빠는…… 아빠는 나중에 같은 편이라며. 근데 왜 주인공 잘하는 거 보면서 뚱해? 이게 지금 젤로 고구마야."

"아, 아빠는 무뚝뚝합니다."

"이 새끼가, 미쳤나. 그건 너만 알잖아."

"지금은 그렇지만 작품 속에서 서서히 녹여 낼…… 억."

"서서히 얘기하지 마. 네가 인마 싱숑이야? 산경이야? 하다못해 한산이가라도 되냐?"

"한산이가 정도는 금방…… 억. 아까보다 더 세게 때려요?"

신은 내 머리를 진심으로 후려쳤다. 그리곤 내 글이 떠 있는 모니터를 손가락 끝으로 두드렸다. 저러다 모니터가 뚫리면 어쩌나 싶을 정도로 세게 그랬다.

"독자들이 너 글이 뭐라고 그걸 기다려. 바로 알려 줘야지."

"어, 근데 무뚝뚝한 설정을 바꾸면 뒤가 좀……."

"무뚝뚝하다고 벙어리야? 말을 못 해?"

"말은 하죠. 근데 이게 약간 츤데레? 같은 느낌이에요. 오해를 쌓다가 알고 보니 우리 편이었네? 뭐 이런 반전이 있는 캐릭터."

"반전을 주려면 반전이 있는 데까지 독자들이 읽어 줘야 한다는 것 정도는 알고 있겠지?"

"아, 네."

"그래서 그 반전, 언제 줄 건데."

"한 50화? 어어, 주먹 내려놓으시고."

말리는 게 소용이 있었는지 아니면 자꾸 머리 쳐 봐야 내 머리만 나빠질 뿐이라는 걸 알아서 그러는지 신은 슬그머니 주먹을 내려놓았다. 대신 애꿎은 바닥을 후려쳤다. 덜컹 소리가 났는데, 아직까지 단 한 번도 진심으로 때린 적은 없었다는 걸 보면서 알았다. 저렇게 맞았다간 머리가 나빠지는 정도가 아니라 다시는 못 쓸 수도 있을 거 같았다.

"그렇게 오래 네가 어떻게 매력을 지키면서 써!"

"아니, 그럼 어째요. 반전캐로 정했는데. 반전을 없애요?"

"반전 살리면서 고구마 없애는 법이 있다면 어쩔래? 그렇게 바꿀 거야?"

"알려만 주십쇼."

한산이가의 기초 TIP

웹소설에서 주인공의 활약에 대한 보상이 필수라는 것은 아마 다들 알고 계실 겁니다. 그런데 너무 보상을 물질적인 것으로 주거나 능력으로 주게 되면 인플레가 일어나게 됩니다. 또 독자들도 너무 직선적인 전개라고 느끼게 됩니다. 그렇다고 보상을 안 주면 고구마가 됩니다. 어찌해야 할까요?

보상의 방법을 변형하면 됩니다. 사람은 무언가를 얻었을 때도 만족감을 느끼지만, 누군가의 인정을 받았을 때도 만족감을 느끼게 되거든요. 후자의 경우가 더 클 때도 종종 있습니다. 처음부터 주인공의 욕망 중 어떤 이의 인정을 설정해 두고 지속적으로 보여 준 경우라면 더더욱 그렇습니다. 즉 조연을 설계할 때 무작정 퍼 주는 애도 좋겠지만, 권위적인 아버지나 스승 또는 그에 준하는 누군가를 조형하고, 극의 클라이맥스에서 활약과 함께 인정받는 씬을 보여 준다면 쓰는 작가도 신나겠지만 보는 독자도 너무 즐거울 겁니다.

19

시점 변화를 잘 써 봐

반전을 지키면서 동시에 고구마가 아니게 한다라. 애초에 처음 보기엔 답답이 또는 완전 나쁜 캐릭터로 설계된 캐릭터를 대체 어떤 식으로 풀겠다는 것인지 이해가 안 갔다. 뭐 특별한 일은 아니었다. 지금껏 신이 꺼낸 얘기 중 처음부터 이해가 막 딱딱 갔던 일이 오히려 더 적었으니까.

"자, 여기 네가 쓴 부분을 보자."

신은 우선 내 소설 중 아버지가 나오는 장면을 짚었다. 주인공의 이능이 상태창인 것을 보고, 그러니까 생전 처음 보는 이능인 것을 확인하고는 바로 선물의 날 행사를 취소해 버리는 장면이었다.

> 라이언은 자신의 아들 에드워드를 내려다보았다. 딱 서자를 보는 눈을 하고서였다. 서늘한 감각이 모두를 짓눌렀다. 그의 이능 냉기가 일부 발현된 까닭이었다.

'바로 저 능력 때문에라도…… 어찌 되었든 회유는 해야 하는데…… 전생에서도 그랬지만 이번에도 쉽지는 않겠구나.'

에드워드는 라이언을 담담한 얼굴로 마주했다. 상태창이라는 이능에 대해 떠벌리고 싶은 마음이 굴뚝 같았다. 하지만 상태창의 특징은 성장하는 데 시간이 걸릴 뿐만 아니라, 처음엔 그 어떤 특징도 없는 것이 특징이지 않나. 지금 그런 말을 해 봐야 별 소용도 없을 터였다.

"치워라, 들어가겠다."

마주함도 잠시뿐이었다. 왜 하필 이능으로 냉기가 발현되었는지 알 수 있을 만큼 차가운 언행이었다. 라이언은 그렇게 파티 자체를 치우라는 것인지 아니면 에드워드를 치우라는 것인지 모를 말을 남긴 채 사라졌다.

신은 핸드폰을 톡톡 두드렸다. 마지막 장면이 떠 있는 상태 그대로였다.

"네 목적이 독자들로 하여금 아버지인 라이언을 미워하게 만드는 거라면 완전 잘 쓴 거야."

"감사합니다."

"뭘 감사야, 인마. 목적이 그게 아니잖아. 아버지가 츤데레라며. 중반부쯤에 비장하게 죽을 거라며!"

"아, 네. 그랬죠. 잘했다고 했길래."

"앞뒤 다 자르고 그것만 듣는다고?"

신은 나를 무슨 신기한 장난감 보듯 하다가 어휴, 어휴 하고는 말을 이었다. 가슴도 몇 번 두드렸는데 체했나 싶어서 등을 두드려 주자, 눈을 무섭게 부라렸다. 하여간 잘해 줘도 지…… 아니, 난리였다.

"주인공이야 아버지를 오해하고 미워해도 돼. 어차피 회유할 생각을 가지고 있으니까 해를 끼치진 않을 거잖아."

"그렇죠."

"근데 독자들이 아버지를 미워하게 되면, 주인공이 회유할 생각을 가지고 있는 것 자체가 독이 된다고. 완전 답답하잖아. 대체 어떻게 저 개새끼를 회유할 거지? 이런 생각을 하면 그나마 다행이야. 그런데 '대체 '왜' 저 개새끼를 회유하려는 거지?'가 되면 망하는 거라고."

"아…… 제가 너무 이 부분을 잘 썼군요."

"이 새끼는 전생에 칭찬 못 받아서 죽은 적이 있나."

"한번 시원하게 잘했다고 하고 넘어가 주시죠."

"알았어. 네가 밉상이라 그런지 미운 캐릭터는 잘 써."

"음."

이게 칭찬인가 싶어서 눈을 새침하게 뜨려고 했는데, 어쩐지 그랬다가는 신의 저 두 손가락이 눈알을 후빌 거 같아서 참았다. 결론적으로는 잘한 것 같았다. 신은 못마땅한 표정을 짓기는 해도 폭력을 더 행사하지는 않았으니까.

"하여간 이 캐릭터를 너무 미워하지 않게는 해야 한다고. 그럼 어떻게 해야 할까?"

"음…… 여기서 좀 설명을 쓸까요?"

"어떻게."

"실은 이게 이제 아버지가 힘이나, 냉기, 또는 화기와 같은 전투형 이능이 나왔을 때를 대비해서 딱 거기에 맞는 선물들을 사 놨거든요."

"그랬어? 그런 사람을 이렇게 개새끼로 그렸어?"

"근데 이제 영 모르는 이능이 나오니까 혹 자기 선물을 써먹을 수 있나 궁금해서 행정관한테 뭔지 아냐고 물은 거고. 모른다니까 삐져서 나가는 거예요."

"뭐냐? 완전 좋은 사람이잖아?"

신은 그런 사람을 대체 왜 이렇게 썼냐고 한바탕 뭐라고 하더니, 잠시 후고개를 절레절레 젓고는 내가 말한 대로 글의 마지막 부분을 살짝 고쳐 주었다. 사실 고쳐 주었다기보다는 몇 문장을 덧붙인 것에 불과했다.

그것만으로도 나쁜 놈이라는 느낌이 좀 옅어지기는 했다. 하지만 뭔가 설명이 붙어서 지루하단 느낌도 들었다. 신은 내 표정에서 실망한 기색을 읽었는지, 후후하고 웃었다.

"네가 보는 눈이 아예 없는 건 아니구나."

"네?"

"지금 시점 그대로, 그러니까 삼인칭 관찰자 시점에서 주인공 심정만 대변하는 시점에서 아버지에 대한 '설명'만 덧붙여서는 십중팔구 이렇게 돼. 물론설명도 재밌게 쓰는 인간도 있는데 그건 재능의 영역이라…… 네가 거기까지닿으려면 아직 멀었어."

"그럼 역시 그냥 고구마로……?"

"결론 이상하게 내지 말고. 방법이 있다고."

"그래요? 어떻게요?"

"일단 이 화는 끝을 이렇게 내. 내가 아까 말했듯이 아버지를 미워하게 하려면 잘 쓴 거니까. 대신 다음 화에 이런 걸 넣는 거지."

신은 다음 화를 여는 대신 그냥 한글 파일을 열더니만 글을 죽 써 내려가기

웹소설의 신

시작했다. 처음엔 그냥 그런가 보다 했으나, 읽으면 읽을수록 고개가 갸우뚱 해졌다.

"들어오거라."

나는 자못 흐뭇한 얼굴로 시종들을 불렀다. 시종들은 하나같이 귀한 보석을 들고 있었다. 어떤 것은 이능의 힘을 키워 주는 보석이었고, 어떤 것은 냉기의 힘을 키워 주는 보석이었다.

"클로트……."

남들 앞에서는 서자라 해야 하는, 그러나 마음속으로는 막내라 생각하고 있는 에드워드를 떠올리자 자연히 먼저 가 버린 클로트가 떠올랐다. 그녀와 나 사이에서 나온 아이가 지닐 만한 이능을 분석해서 이 선물들을 준비한 탓도 있을 터였다.

'어떤 이능이 나와도 내 너를 섭섭지 않게 대할 것이니라.'

나는 잠시 바보 같은 미소를 짓다가 이내 얼음 공작이라는 이명에 걸맞은 표정으로 돌아왔다. 수많은 신민들을 다스려야 하는 입장에서 흐트러진 모습을 보일 수는 없는 법 아닌가. 조금 괴롭더라도 이렇게 해야 한다 배웠다.

신은 딱 여기까지 쓴 후 나를 바라보았다.

"이거 지금 시점이…… 라이언 일인칭 시점이에요?"

"어, 라이언이야."

"시점을 이렇게 막 바꿔도 되는 거예요……?"

"뭐 어때? 뜻만 제대로 전달할 수 있으면 되지. 너 글 시작할 때 '독자님들, 이 글은 삼인칭으로 진행합니다.'라고 했어?"

"아, 아뇨. 그건 아닙니다."

"그리고 이렇게 하니까 어때? 이전 화 마지막하고 분위기가 다르니까 반전 매력이 있지? 설명으로 풀 때보다 훨씬 캐릭터가 살지 않냐고."

"어…… 제 감상을 강요하시는 건 좀."

"아냐?"

"아뇨, 그렇긴 합니다. 그냥 이래도 되나 싶어서."

웹소설이 다른 소설들에 비해 좀 자유로운 건 맞았다. 하지만 같은 소설 내에서 이렇게 시점을 바꿔도 되는 건가 하는 걱정이 계속 맴돌았다. 그러자 신은 껄껄 웃으면서 소설 몇 개를 주르륵 띄웠다. 죄다 인기작이었다. 저 중 하나만이라도 내가 썼더라면 좋았겠다 싶을 만큼.

"이거 다 시점 변환이 나와. 아무도 지적 안 하고 오히려 좋아해. 이게 비단 이럴 때만 쓸 수 있는 게 아니야. 시점 변화는 정말 다양한 지점에서 활용할 수 있다고. 써도 되는 정도가 아니라, 잘 쓰면 진짜 좋아."

한산이가의 기초 TIP

일인칭 시점, 삼인칭 시점, 전지적 작가 시점. 우리는 학창 시절 이러한 시점이 한 작품 내에서 절대적인 위치에 있는 것처럼 배웠습니다. 단편을 쓰는 작가라면 그렇게 생각하는 게 옳을지도 모릅니다. 하지만 웹소설은 기본적으로 장편입니다. 요즘 들어서는 더더욱 길어지고 있죠. 계속해서 재미를 주려면, 할 수 있는 모든 수단을 다 동원해야 합니다. 그중 하나가 바로 시점 변환입니다.

예를 들면 주인공의 시점에서 진행되고 있는 사건을 악역이나 조연의 관점에서 풀어 보는 것이죠. 주인공의 계략에 넘어가고 있는 악역의 시점에서 보는 극은 또 색다른 느낌을 주지 않겠습니까. 혹은 주인공은 미리 알고 있는 정보가 있어 마구잡이로 앞으로 나가지만, 그걸 모르는 채로 끌려가는 조연의 시점에서 보는 극도 색다를 겁니다.

힘을 주고 싶은 조연이 있다면 그 조연의 매력을 조연의 시점에서 한층 더 드러낼 수도 있겠죠. 이처럼 시점 변환은 아주 다양하게 쓰일 수 있는 강력한 도구입니다. 저를 비롯한 여러 기성 작가들이 애정하는 도구이기도 하죠.

20

빌런 디자인하는 법

빌런이라. 다시 말하면 악역이라는 건데, 멋진 악역은 주인공만큼이나 기억에 남기 마련이었다. 다크 나이트의 조커만 해도 배우는 죽었으나 조커라는 배역 자체는 아마 영원히 살아 숨 쉴 터였다.

"어, 너는 조커 같은 건 못 만드니까 신경 쓰지 마."

"어……?"

"그리고 왜 조커를 떠올려? 그건 영화잖아. 아예 문법이 다른 작품이야. 초보들이 제일 많이 하는 실수가 내 소설이 영화, 드라마가 되었으면 좋겠다고 쓰면서 웹소설을 영화, 드라마처럼 쓰잖아. 잘 쓰는 것도 아니고, 어설프게. 그래서 망하는 사람이 천지에 수두룩한데 너도 그럴래?"

"아니, 신님. 조커가 생각난 거지 그렇게 쓰려고 하진……. 왜 이렇게 급발진해요."

"급발진하는 주먹에 치여 볼래?"

"아니, 아닙니다."

협박에 굴복하긴 했지만 적어도 하나는 완벽하게 알아먹을 수 있었다. 주인공을 조각할 때도 그렇지만 빌런을 디자인할 때도 역시 영상 매체는 참고만 할 뿐 레퍼런스가 되어서는 안 된다는 것. 따지고 보면 당연한 일이었다. 웹소설과 영상 매체는 매개체가 너무 다르니. 활자에는 활자에 맞는 방식이 있기 마련이었다.

"그 방식이 뭔데."

"알면 제가 신님께 15,000원을 헌납하지 않았을 겁니다. 라면이 열 갠데."

"하."

"억."

신은 결국, 주먹을 급발진시켰다. 그리고 나서야 화가 좀 풀리는지 말을 이었다.

"일단 네가 참고하면 좋은 작품을 말해 줄게. 여기서 생각해야 될 것이 뭐냐면 웹소설 내의 빌런이라는 것이 절대 인물만 가리키지는 않는다는 거야."

"당연한 거 아닐까요? 판타지면 오크나 드래곤이 될 수도……. 오, 그런 얘기가 아니군요."

"그래. 세계 전체가 적대적일 수 있지. 예를 들면 아포칼립스 세계관이야. 그럼 그 세계관 자체가 빌런이 되지."

"아……. 그렇게 생각해 볼 수도 있네요."

세계 자체가 빌런이라. 정말 단 한 번도 그런 생각은 해 본 적이 없었다. 그렇다 보니 그냥 그럴 수도 있겠다 싶을 뿐이었다. 신은 내가 그럴 줄 알았다는 듯 후후 웃었다.

"그렇게 생각만 하고 끝나면 안 돼. 이렇게 세계 자체가 빌런, 즉 주인공과 갈등을 일으키는 존재가 되면 어떻게 될까? 왜 작가들이 이런 걸 굳이 사용하지?"

"음……. 글쎄요?"

"세계가 적이 되면 그 적이 아무리 강해도 고구마가 되기 쉽지 않아. '세계가 적인데 적이 너무 세네요.'라고 인식하기가 쉽지 않다고. 독자들은 그래. 하지만 작가는?"

"끊임없이 세계와 갈등이 일어나니까……. 이야기를 풀어나가는 데 있어서 좀 풍성해지겠네요?"

"그래, 아포칼립스 물의 마니아들은 자신이 자각했든 그렇지 않든 간에 이걸 가슴속에 품고 있어. 근데 작가가 아포칼립스 종류의 작품을 쓸 때 세계와의 갈등 요소를 생각지 않고 그냥 쓰면 매력이 확 떨어지게 돼."

"그럼 이건 아포칼립스를 쓸 때만…… 적용이 되는 건가요?"

좋은 팁이긴 한데, 너무 지엽적이지 않나 싶었다. 하나 이번에도 신은 후후 웃었다. 마치 내가 그렇게 나올 거라는 걸 알고 있었다는 듯이.

"당연히 아니지. 그렇겠냐?"

"근데 그 외에 세계관은…… 잘 모르겠는데."

"멍청아."

"와, 이제 대놓고 욕을 하시네."

"《전독시》도 세계 자체가 적이잖아. 《환생좌》도 그렇고."

"아……. 그렇네요. 제가 멍청했습니다."

듣고 보니 현대 판타지의 획을 그었다고 평할 수 있는 두 작품 모두 세계가 적이었다. 그뿐만이 아닌 모양이었다. 신은 여전히 웃고 있었다.

"한산이가의 《중증외상센터》도 그래."

"네?"

"《중증외상센터》는 걸림돌이 너무 많은 세계잖아. 주인공은 중증외상센터 현실화를 위해 고군분투하는데 세계가 발목을 잡아. 근데 그게 현실이기도 하니까 사람들이 주인공에게 더 격하게 공감해 버린 거야."

"아……. 그래서 그렇게 징하게 오래…… 쓸 수 있었구나."

"세계 자체가 갈등 요소니까 그렇지. 잘 보면 2부, 3부도 그 지역이 빌런이야. 인물로 자꾸 갈등을 일으키려고 하면 고구마가 되니까 작가가 그런 식으로 비틀어 버린 거지."

"그렇구나. 와…… 똑똑하네."

"약간 얍삽하기도 한데, 뭐 영리한 방식이라고 볼 수 있지."

듣다 보니 '세계관을 적으로 삼아야 하나.'라는 생각이 들었다. 장점이 너무 많지 않나.

"근데 단점도 있어."

하지만 사람 말은 역시 끝까지 들어야만 했다. 단점도 당연히 있었다.

"매력적인 세계관은 절대 매력적인 캐릭터를 이길 수 없거든. 사실 잘 디자인된 적은 독자로 하여금 글을 더 볼 수 있게 하는 원동력이 돼. 세계관도 그렇긴 하지만, 인물만큼 공감하기는 어려워. 현실이 아니니까."

"아…… 그럼……."

"잘 쓸 수 있다면 여기에 매력적인 적도 넣는 게 좋아. 자신 없으면 한산이가처럼 아예 빼고 가도 되지만, 그게 그 작가의 한계라고 할 수 있지."

"되게 까시네요, 오늘은?"

"빌런은 디자인 못 하니까 까도 돼. 하여간 여기서 참고해야 할 작품은 유진성 작가의 《광마회귀》야."

"《광마회귀》. 음, 무협인가?"

"안 봤구나."

"아, 저는 판타지 작가를 지망하고 있어서요……."

신은 내 마지막 말이 내가 했던 말 중에 가장 한심한 말이라는 듯 고개를 절레절레 저었다. 역시나 또 어휴, 어휴 하면서였다.

"인풋은 원래 다른 장르로 하는 거야. 같은 장르로 하면 너무 영향을 받게 된다고. 하여간 이건 담에 얘기하고……《광마회귀》의 가장 거대한 빌런은 마교 교주야. 근데 이 마교 교주가 직접 나타나는 게 언젠지 알아? 작품 내에서?"

"어……. 안 읽었으니까 모르죠."

"예상해 봐. 너라면 어쩌겠어. 아주 힘을 준 캐릭터야. 설명이 엄청 자주 나와."

"그럼……. 25화 이내?"

"200화 정도야."

"혈……."

요즘이야 500화, 1000화 넘는 초장편이 나오고 있지만 예전엔 200화면 하나 완결 나는 정도의 분량이었다. 근데 그때가 되어서야 빌런이 직접 나온다고?

"그전까지 충분히 독자들이 주인공을 좋아하게 만들어 놨어. 아무리 매력적인 악역이 나와도 흔들리지 않게. 하지만 동시에 그 악역의 일화, 말, 느낌 등을 떡밥처럼 흘려서 대강의 이미지를 만들어 놨지. 그리고 등장한 교주의 모습은 독자들이 상상했던 모습과 같으면서도 그 모습을 압도하는 면이 있었지."

"그거…… 정말 인상적이었겠는데요?"

"한번 그 부분까지 읽은 사람은 아마 절대 잊지 못할걸? 그 교주와 대체 어떻게 되는지가 궁금해서라도 끝까지 보게 될 것이고. 자, 여기서 팁이 있어."

"네네."

"일단 독자들에게 시간을 줘. 주인공을 좋아하게 될 아주 충분히 많은 시간을 줘야 해. 꼭 200화가 기준이 될 필요는 없지만 하여간 충분하면 좋아."

"네."

"그리고 악역에 대한 빌드업도 천천히 쌓아. 인간을 벗어난 자라든지, 뭐 이런 식의 수식어를 붙여 줘. 물론 이게 더 의미가 있으려면 작가는 악역의 최종 등장 모습을 이미 대강 그리고 있어야만 해. 그 정도는 할 수 있잖아?"

"네, 그렇죠. 오……."

"자, 지금까지는 잘 디자인하는 법이야. 다음은 주의할 점에 대해 말해 주지."

⭐ ★ ★
한산이가의 기초 TIP

빌런은 굉장히 중요합니다. 잘 만들어진 빌런은 극의 재미를 극적으로 끌어 올릴 수 있죠. 왜냐면 빌런은 극의 전반적인 긴장도를 만들어 내는 존재이기 때문입니다. 하지만 한편으로는 주인공의 매력을 반감시키는 존재가 되기도 하죠.

위험을 배제한 빌런을 구축하는 법은 사실 간단합니다. 세계관을 아주 강력한 적으로 설정해 두면 됩니다. 《환생좌》나 《전지적 독자 시점》과 같은 아포칼립스류 소설이 그러하죠. '아무도 이 세계관이 너무 절망적이라 고구마다.'라고 욕하지 않습니다. 세계관 설정은 작가의 고유 권한이기에 그렇습니다. 다만 안에서 세계관 충돌이 일어나거나 일관되지 않은 모습을 보여서는 안 되겠죠.

인물을 짜 보려고 하면 아무래도 더 어려운 일이 됩니다. 이때는 본문에서처럼 일단 주인공에게 정들 시간을 충분히 주시는 것이 좋습니다. 예시로 든 《광마회귀》처럼 200회나 묵힐 필요는 사실 없습니다. 묵힐수록 기대감이 올라갈 텐데 필력이 모자라 그에 미치지 못한 빌런이 나와 버리면 오히려 반감을 사겠죠. 중요한 것은 정확한 회차가 아니라 주인공이 응원받고 있는 시기가 될 겁니다.

PART 2

실전편

21

절대 주의할 것!

———————

주의할 점이라. 나는 아까 귀를 기울이느라 흐트러트린 자세를 바로잡았다. 어느 정도 궤도에 올라간 다음부터는 잘하는 것보다 잘못하는 지점을 줄이는 것이 더 중요하다는 걸 주워들은 적이 있어서였다. 그런 생각을 하고 있으려니, 신이 퍽 의외란 얼굴로 나를 바라보았다.

"오……. 그건 어떻게 알았지?"

"작가 모임 갔을 때 들었어요."

"그런 데는 어지간하면 안 가는 게 좋은데."

"저도 뭐……. 그 후로는 안 가요. 그래도 정보가 있긴 했습니다."

"그래, 그렇다면 다행이고. 하여간 네가 어지간히 잘 쓰는 사람이 되어서, 진짜 괜찮은 기성들이 너 보자고 하기 전에는 가지 마. 이상한 일에 꼬이는 수도 있고, 좀 그래. 뭐 지금 단계에서는 중요한 얘기는 아니니까 흘려듣고."

신은 얘기해 봐야 입만 아프다는 듯 화제를 돌렸다. 그의 말대로 지금은 전혀 궁금하지도, 중요하다고 생각되지도 않는 주제여서 나도 그냥 잠자코 있었다.

"하여간 빌런을 디자인할 때 주의해야 될 것이 있어. 일단 빌런에 대한 독자들의 평가가 애매해지면 좀 그래. 물론 그런 식으로도 잘 쓰는 사람이 있겠지만, 사실 웹소설은 하루에 독자들에게 매일 한 편씩 푸는 형식의 소설이잖아. 이런 식의 소설에서 캐릭터를 입체적으로 만드는 건 어려운 일이야. 주인공 하나만 그렇게 하기도 어려운데 빌런까지 그렇게 한다? 십중팔구 어설퍼지기 마련이지."

"아…… 그럼……?"

"초보 작가에게는 그냥 평면적인 캐릭터가 좋아. 나쁜 놈으로 가자고. 사실 알고 보면 그렇게 나쁜 놈이 아니고 라는 식의 서사를 부여하면 대개 애매해져서 소설 망해."

"아……."

욕심은 입체적인 빌런을 향하고 있었지만, 머리는 신의 말이 무엇인지 딱 이해했다. 과욕을 부리지 말라는 말 아닌가. 그냥 나쁜 놈으로만 가면 매력이 떨어지겠지만 그게 소설 전개 전반을 망치는 것보다는 나을 터였다.

"캐릭터는 욕심부리지 말고 그렇게 가고. 괜히 흑막이 있니 어쩌니 하지 말고. 그런 게 쓰고 싶을 텐데 그건 나중에 좀 더 네가 기량이 올라가고 써. 지금은 욕심이야."

"네, 알겠습니다."

솔직히 신을 만나기 전까지는 나 정도면 꽤 잘 쓰는 거 아닌가 싶었더랬다. 하지만 이런저런 팁을 듣고 보니 오히려 내 실력을 객관적으로 볼 수 있게 되었다. 실제로 팁을 잘 살리려고 노력하다 보니 글도 더 나아졌고.

'아직 올리진 않았지만…… 그래도 내 글이 재밌어.'

때문에 신의 말이라면 일단 다 받아들이기로 했다. 명색이 신인데 아무렴 나보단 낫지 않겠나. 아예 쓰지 말라는 것도 아니고 더 실력 좋아질 때까지 참으라는 말인데. 이 정도는 얼마든지 들어 줄 수 있었다.

"다음은 능력. 이건 비단 빌런에게만 해당되는 건 아냐. 잘 들어라. 진짜 중요하니까."

"네."

"빌런의 능력을 설정할 때, 반전을 주고 싶다거나 아니면 긴장감을 주고 싶다거나……. 하여간 여러 가지 이유로 주인공과 같은 능력을 주는 경우가 있어. 빌런도 회귀자라거나 아니면 너처럼 상태창이라든가."

"어…… 그럼 안 되는 거예요?"

"너야 같기는 해도, 회귀자는 주인공뿐이잖아."

"네네, 그렇죠."

"이렇게 가면 긴장감을 줄 수 있는 게 맞기는 해. 실제로 환생이나 회귀가 알고 보니 주인공이면서 빌런이라는 식의 전개가 무협 측에서 꽤 있기도 하고. 하지만…… 그건 진짜 고수들이나 써야 하는 방법이야. 단점이 있는 전개 방식이거든."

"어떤……?"

나는 머릿속으로 비가 작가의 《화산귀환》을 떠올렸다. 떡밥을 연신 던져 주고 있지 않나. 주인공 청명만 돌아온 게 아니라, 그토록 많은 고수들이 힘을 합쳐야만 했던 대적 천마도 돌아올 것이라는 걸. 아니, 첫 화에서부터 미심쩍은 떡밥을 흘린 참이었다.

'단점이…… 있나?'

비가 작가가 워낙 잘 써서이긴 하겠지만. 하여간 화산귀환은 보면서 단 한 번도 마음에 걸린 부분이 없었을 정도였다. 덕분에 나는 정말로 궁금한 얼굴로 신을 바라보았다. 신은 그런 내 태도가 마음에 들었는지, 씨익 웃어 준 후 말을 이었다.

"주인공의 유일성을 침해하잖아. 독자들은 주인공만의 특성이 반드시 지켜지기를 바란다고."

"아……."

"생각해 봐. 회귀자로 또는 환생자로 처음부터 이를 이용한 빠른 성장을 기대하게 만들어 놨는데, 이게 주인공만이 아니라 다른 녀석들도 가지고 있는 특성이라고 하면 어떻게 되겠어. 기대감은 곧 불안감이 된다고."

기대감이 불안감이 된다. 곱씹으면 곱씹을수록 끔찍한 소리였다. 해서 입만 벌리고 가만히 있었더니, 신이 말을 이었다. 언제나처럼 아직 팁이 남아 있는 모양이었다.

"이걸 조금 비틀어서 쓴 게 바로《전지적 독자 시점》이야. 김독자는 '멸망한 세계에서 살아남는 세 가지 방법'을 다 읽은 유일한 사람이지. 주인공의 유일성은 독자로서의 특성이고. 근데 거기 뭐가 나오지?"

"예언자……요?"

"그래. 보다 만 사람들. 유일성을 해치지 못하는데, 지들끼리는 그렇게 믿고 있지. 독자는 아닌 걸 아니까……. 어때? 불안감이 되나?"

"아뇨. 어떻게든 이길 거란 생각이 들어요."

"그래, 오히려 전개에 플러스 요소가 돼. 한수영이 표절 작가라는 것도 비슷한 요소지. 싱숑은 여러모로 정말 잘 쓰는 작가야."

"저도 싱숑처럼 쓰고 싶습니다."

"일단 한산이가부터 꺾자. 오르지 못할 나무는 쳐다보지도 말고."

신은 내 희망을 꺾어 낸 후에도 말을 이었다. 아무래도 이번 팁은 좀 긴 모양이었다. 이미 한참 떠든 것 같은데 아직도 남은 것을 보면.

"빌런의 능력에는 또 다른 금기가 있어. 뭘까?"

"음……. 유일성은 했고. 뭘까요?"

"생각 좀 하고 답하면 안 돼?"

"생각했습니다, 신님."

"그래……. 뭐 아무것도 모를 땐 머리 굴려 봐야 부스러기도 안 나오지."

신은 내 빠른 대답에 한숨을 쉬었다. 그렇다고 답을 안 해 주진 않았다. 묘하게 착한 구석이 있달까? 하여간 만만한 신이었다.

"주인공 능력을 깎아 먹는 스킬이면 곤란해."

"무슨 소린지……."

"지금이야 초반부니까 전혀 감이 없겠지만……. 주인공이 너무 빨리 강해지면 작가가 좀 초조해지거든? 처음엔 빨리 강해져야 독자들이 좋아할 거 같으니까 막 달리는데 그러다 보면 세계관 전체가 흔들려. 그럼 작가에게는 두 가지 선택지가 남지."

"음."

"하나는 세계관을 확장하는 것. 쉽지 않겠지?"

"네."

세계관 확장은 정말 어려운 일이지 않나. 어색하지 않게 확장 시키는 것은 드래곤볼 작가 정도나 되어야 가능한 일 같았다. 대개는 작가가 세계관을 감당치 못해 용두사미가 되곤 했다.

"또 하나는 주인공을 다시 약하게 하는 것. 이건 얼핏 생각하면 쉬워."

"세계관 확장보다는 쉽지 않아요?"

"어, 그리고 바로 글이 망하지. 왜냐면 독자들을 실망하게 하는 글이 되거든. 누가 봐도 글 끌려고 약하게 만드는 거 같잖아? 그래서는 안 돼. 이랬는데도 성공한 글은 딱 하나야. 그것도 벌써 수십 년 전 일이고."

"뭐……. 뭐가 있죠?"

"《묵향 다크레이디》에서 그렇게 했지."

"아…….."

"다시 말하면 그 외에는 다 망했다는 얘기야. 그러니까 절대, 절대 금기야."

"네."

신은 연신 고개를 끄덕이고 있는 나를 보며 묘한 미소를 짓고는 질문을 던졌다. 아까 절대 안 된다느니 어쩐다느니 할 때와는 달리 다소 장난기가 섞여 있어 보였다.

"자, 그럼 여기서 질문."

"어……. 네."

"주인공은 언제 강해져야 할까?"

"어…….."

한산이가의 실전 TIP

입체적인 캐릭터를 시도하지 말라. 어렵다.

입체적인 캐릭터. 작가라면 다들 만들어 보고 싶은 캐릭터일 겁니다. 그런데 초보 작가가 입체적인 캐릭터를 만들려고 하다 보면, 막상 결과물은 이도 저도 아닌 이상한 놈이 나오기 마련입니다. 특히 빌런에게 어떤 사연을 부여하고자 할 때는 정말 주의하셔야 합니다. 마냥 나쁜 놈만은 아니란 느낌을 주고 싶었는데, 하차 욕구를 부르는 이상한 놈이 되기 십상이거든요. 몇 질 쌓이고 나서 도전하기를 추천해 드립니다.

또 한 가지 반드시 피해야 할 것이 있다면, 바로 주인공의 유일성을 침해하는 것입니다. 반전이랍시고 사실은 회귀자가 하나 더 있는데 그게 주인공을 노리고 있다거나 하는 내용을 쓰는 순간 독자들은 우르르 빠져나갑니다. 만약 그런 식의 반전을 주고 싶다면 같은 회귀지만 조금 더 열등한 느낌을 주는 것이 보다 현명합니다. 기간이 짧다든지, 기억이 온전치 않다든지 뭐 여러 핸디캡을 주는 것이죠.

또 애써 강해진 주인공에게 디버프를 걸 수 있는 빌런은 없는 게 좋습니다. 독자 입장에서도 짜증 나는 일이지만 사실 작가에게도 회차를 늘리려는 목적 외에는 달리 이룰 수 있는 게 없는 빌런이거든요.

22

약할 때가 재미있는 거야

주인공이 언제 강해져야 되냐고? 처음 들었을 땐 이렇게 멍청한 질문이 있나 싶었다. 로우 판타지라고 해서, 주인공이 아무것도 아닌 상태로 시작해서 정말 천천히 강해지는 내용의 소설이 유행이었던 시절도 있기는 했다. 하지만 이제 와서 그렇게 썼다간 망할 게 뻔했다. 머릿속을 정리한 나는 바로 입을 열었다.

"빠르면 빠를수록 좋지 않을까요?"

"땡."

그리고 신은 내가 답을 하기가 무섭게 고개를 저었다. 미리부터 내가 어떤 답을 할지 알았음이 틀림없었다. 그렇지 않고선 제아무리 신이라 해도 이렇게까지 딜레이 하나 없이 아니라고 외칠 수는 없었다.

"왜, 왜요? 뭐가 틀린 거지?"

그건 그거고 이해가 안 가는 것은 안 가는 것이었다. 그렇지 않나. 로우 판타지가 시대의 뒤안길로 사라진 지가 언젠데, 설마 그걸 얘기하는 건가 싶기도 했다. 그렇다면 지금껏 이 신이라는 놈이 해 준 조언 모두 다시 생각해 봐야 할 거 같았다.

"억."

그때 신이 내 뒤통수를 말없이 후렸다. 생각을 읽었다면 때려도 할 말 없는 상황이기도 했거니와 아픔에 집중하는 것도 힘들 정도로 힘찬 후려침이었기에 나는 그저 말없이 있었다.

"아까 작가가 빌런을 이용해서 주인공을 다시 약하게 하면 안 된다고 했지?"

"네, 그랬죠. 솔직히 그건 말도 안 되는 일이죠. 묵향처럼 진짜 미친 듯이 잘 풀어나가면 모를까……."

"묵향도 1부에서 그랬다간 더 못 나왔어. 2부를 거의 다른 소설 느낌으로 써서 가능했던 거야."

"아……."

"하여간 조금만 생각해 보면 그러면 안 될 거 같은데, 작가들이 왜 그런 짓을 한다고 했지?"

"소설을 좀 더 오래 써 보려고요."

"그렇게 말할 수도 있는데, 더 정확히 말하면…… 짜임새 있는 구성을 좀 더 오래 가져가 보려고 하는 거야. 세계관이 흔들릴 정도로 너무 빨리 강해지면, 강해지는 과정도 개연성이 없어 보일 뿐만 아니라 그 이후 전개가 영 긴장감도 없고 이상해지거든."

"《원펀맨》은……."

신은 내 반론이 끝나기가 무섭게 한숨을 쉬었다. 동시에 고개도 가로저었다.

"초보 작가는 예외를 들여다보면 안 돼. 십중팔구 망하니까."

"네."

"때문에 사실 작가가 피해야 하는 건 주인공을 약하게 만들지 말지, 세계관을 확장해야 할지 말지를 고민해야 하는 그 순간이야. 즉 주인공을 사이다 주겠답시고 너무 빨리 강하게 만들면 안 된다는 뜻이야."

"아……. 그럼 옛날 판타지처럼 실력이 느리게 늘어야 하는 거예요?"

"독자로서 생각해 봐. 주인공이 약해. 근데 진짜 천천히 강해져. 그럼 재밌을 거 같냐?"

"아뇨."

예전의 나였다면 아마 참고 볼 수 있을 것이었다. 그 시절 재밌게 봤던 소설들이 다 그렇지 않았나. 하지만 이제는 어려운 일이 되어 버린 지 오래였다. 벌써 빨리 강해지는 소설을, 그 소설이 주는 재미를 알게 되어서였다.

"근데 그렇게 써야 해. 그래야 더 재밌게, 독자를 좀 더 오래 몰입하게 만들 수 있어."

"대체 무슨 소린지……."

"당연히 비밀이 있지. 그게 뭘 거 같아?"

"모르겠습니다."

이제 신은 내가 모르겠다고 하는 말에는 전혀 상처를 받지 않는 모양이었다. 오히려 그럴 줄 알았다는 듯 딱히 답을 기다리지도 않고 말을 이었다. 이쯤 되니 도리어 이쪽에서 섭섭할 지경이었다. 물론 신은 내 심경 따위는 신경 쓰지 않는 존재였기에 그저 담담한 얼굴이었다.

"가능성 있는 상태로 약하게 머물러 있게 만드는 거지."

"으응……?"

"이건 멀리 갈 것 없이 너를 예로 들어 볼게. 너를 비롯한 많은 지망생들 말이야."

"아니, 왜 갑자기 저를 공격해요?"

"공격이 아냐. 인간 심리에 대한 얘기지. 일단 좀 들어 봐, 인마."

"어…… 네."

암만 생각해도 나를 공격하는 느낌이 진하게 들었지만. 아니라고 하는데 뭐 어쩌겠나. 신이 그렇다면 그런 것이었다.

"자, 네가 왜 연재를 끝까지 하지 않고 관뒀을까? 내가 너 성적 보니까 그래도 투베에 든 적도 있던데. 리메이크한답시고 관뒀지? 왜 그랬어?"

"역시 공격인데."

"투베에 오르고 유료화까지 갔으면 사실 그 글…… 유료 구매 수 100 정도 나왔을 거야. 하지만 거기서 접으면 나는 유료 갈 수 있었는데 가지 않은, 소위 말하는 가능성 있는 작가 지망으로 남을 수 있지."

"으……."

"그것도 아니면 머릿속에 재미난 얘기가 있는데 정작 쓰지는 않는 지망생들도 있지. 가능성이 있는 상태는 그 상태 그대로 정말 즐거운 법이거든."

"크윽."

어째 계속 처맞는 느낌이 들었다. 내가 걸어온 길이 딱 저래서였다. 무서운 것은 당시 나는 정말 가능성이 있는 상태에 취해 있었다는 점이었다. 그래서 조금은 소름까지 돋았다.

"이걸 소설에 대입하자고. 주인공은 정말 강해질 가능성이 있다는 걸 독자들에게 끊임없이 어필하는 거야. 밤하늘을 보다가 뜬금없이 어떤 기술이나 무공에 대한 묘리를 깨닫고, 대련을 통해서도 끊임없이 성장해. 절대적으로는, 그러니까 대륙 전체로 보면 여전히 약자지만 빠르게 강해지고 있고 언젠가 최강자가 될 가능성을 가지고 있다는 걸 암시하는 거야."

"아······. 근데 그 가능성만으로 만족할까요?"

"원래 인간은 기대했던 일이 실제로 벌어졌을 때보다 벌어질 거라 기대할 때 더 즐거움을 느껴. 너도 투베에 들었을 때보다 오히려 내일이면 들겠단 생각이 들었을 때 더 즐거워했을걸. 투베에 들고 나서의 심정은······ 즐거움이라기보다는 어제의 기대가 맞았다는 안도감에 가깝지."

긴가민가했으나 워낙 강하게 말하는 편이다 보니 그런가 보다 싶기도 했다. 하지만 여전히 불안은 남아 있었다. 그렇게 가능성에 취해 있는 게 언제까지 가능할까 싶어서였다.

"그래, 당연히 그렇지는 않아. 그래서 에피소드가 마무리되거나 새로 시작할 때쯤 주인공이 지금 어디까지 강해졌다는 것 정도는 알려 줘야 해. 누군가와 싸우거나, 누군가에게 인정을 받는다거나 하는 식으로. 주변에서는 당연히 강해진 주인공을 칭찬해야겠지?"

"아······. 가능성만이 아니라 객관적인 지표도 이따금씩 보여 주라는 거군요?"

"그래. 그럼 이 구간이 길어져도 괜찮아. 가능성과 강해짐의 지표를 번갈아 보여 주게 되면 독자들은 기대감과 안도감을 계속 갖게 되거든. 물론 당연히 매력적인 서사는 끊임없이 보여 주고 있어야겠지."

"그렇구나. 오······ 이건 생각도 못 했어요."

"네가 뭐 생각한 게 있냐?"

"그건······."

"하여간 이렇게 해서 더 써 봐. 나는 다음 주에 온다."

한산이가의 실전 TIP

주인공이 아직 약할 때, 곧 강해질 것 같은 때가 재밌다.

사이다를 주는 건 중요하지만 사이다에 매몰되어 있어서는 안 됩니다. 작가가 너무 사이다만 골몰하다 보면 이런 생각이 들기 때문입니다. 그래, 사이다를 주기 위해 주인공을 빨리 강해지게 하자.

안 됩니다. 사실 주인공이 적당히 약할 때가 정말 재밌는 법입니다. 수련을 통해서 점점 강해지고 있을 때, 다들 약한 와중에 혼자 독보적으로 치고 나가고 있을 때, 아무것도 아닌 적이 무시하면서 깝죽대고 있을 때. 이런 건 절대 강자가 된 주인공이 보여 주기엔 아무래도 좀 좀스러운 장면입니다. 그러면서 동시에 굉장히 재미난 장면이죠. 때문에 주인공이 약한 구간은 되도록 오래 끌고 가면 갈수록 좋습니다.

누누이 말하지만 작가는 너무 급하면 안 됩니다.

23

뜻을 명확하게 전달하려면

신은 그렇게 또 숙제를 내주고는 휘리릭하고 사라져 버렸다. 동시에 그의 후광도 사라졌기 때문에 고시원은 순식간에 어둠에 휩싸였다. 찰나의 차이가 너무 심하다 보니 조금 충격이기도 했지만. 그렇다고 예전처럼 비참한 현실에 탄식만 늘어놓을 생각만 들진 않았다.

'할 수 있다. 나는 할 수 있어.'

어쩐지 신의 조언을 따르면 이번에야말로 유료화가 가능할 것 같아서였다. 물론 신이 사라지기 전 입버릇처럼 하는 말이 있기는 했다.

"첫술에 배부를 생각하지 마. 나는 네가 겪을 시행착오를 줄여 주는 것이지, 대박 작품을 쓰게 만들어 주는 건 아니니까."

쉽게 말하면 너무 기대하지 말라는 것인데, 사실 누군가에게 배우는 입장에서 이런 소리를 듣는다는 게 그리 반가운 일은 아닐 터였다. 하지만 나는 이날 이때껏 너무 많은 실패를 겪었고, 그 와중에 이런저런 사짜들에게 당한 적도 있어서 그런지 오히려 반가웠다. 결국, 필력은 누구의 도움도 받을 수 없고 오로지 스스로 써 가면서 키워나가야 한다는 생각도 하고 있어서 더 그랬다.

'좋아……. 여기서 주인공의 가능성을 보여 줘서 기대감을 심고……. 그 다다음 화에서는 이 자식을 이김으로써 안도할 수 있게 해 줘야지.'

하여간 이번에는 신이 해 준 조언이 적지 않아서 그런 건지, 아니면 등장인물들의 캐릭터 형성이 어느 정도 되어서 그런 것인지는 몰라도 글을 써나가는 일이 수월한 느낌이었다. 어느 정도였냐면, 신이 원래 내준 숙제는 7화였는데 내가 쓴 회차는 10화였을 지경이었다.

"오…… 노력 많이 했네."

그 덕분에 신에게 처음으로 순수하게 잘했단 칭찬도 들을 수 있었다. 그냥 지나가던 사람이 칭찬해 줘도 기분이 좋아지는 법인데, 신에게 칭찬을 듣고 나니 솔직히 기분이 하늘을 날아갈 듯했다. 신은 잠시 내 헤벌쭉해진 얼굴을 귀엽다는 듯 바라보다가 이내 내 글을 들여다보기 시작했다.

"좋아……. 그래도 이제 나름 기대감을 잘 주네. 연출도 꽤 잘했고. 이만하면 독자들이 뒤가 궁금해질 법하지."

"오…….."

그 후로도 몇 번인가 칭찬이 이어졌다. 덕분에 나는 거의 졸도할 거 같은 기분이 되었다. 하지만 마지막에 이르렀을 땐, 신의 얼굴이 꽤나 많이 달라져 있었다. 예전이었다면 모를까 이제는 알 수 있었다. 곧 쓴소리하리라는 것을.

"전반적으로 볼 때 전하고 비교하면 진짜 많이 좋아졌어. 독자들이 이탈할 만한 구간도 줄었고, 주인공 매력도 늘었고. 이제 네가 보여 주고 싶어 했던 서사를 제대로 보여 주면 되는데……."

신은 말끝을 흐리더니, 곧 내가 쓴 글을 내게 보여 주었다. 손가락으로 액정을 톡톡 두드리면서였다.

"읽어 봐."

"네."

신이 시키는데 뭐 어쩐단 말인가. 나는 하릴없이 문장을 읽었다. 그러자 신이 다시 액정을 두드렸다.

"소리 내서."

"아, 아아. 네."

소리 내서 읽으라는 게 어려운 지시는 아니지 않나. 나는 시키는 대로 했다.

"에드워드는 잠깐 휘황하게 빛난 그의 검을 집어 들었다. 그리고 상대를 바라보았다. 에드워드는 도적에 맞서면서 동시에 칼끝으로 도적들을 가리키며 다시 빛을 피워 올렸다. 그날 하루 동안 피워 올린 빛 중 가장 선명했다."

그냥 읽을 때와는 달리 뭔가 좀 걸리적거리는 느낌이 들었다. 고개를 갸웃하고 있으려니, 신은 그런 나를 물끄러미 바라보며 말을 이었다.

"이게 지금 에드워드가 무리해 가며 도적을 상대하는 장면이잖아. 그러면서 동시에 주변인들에게 인정받는 장면이고? 지금까지 끌고 왔던 기대감을 여기서 터뜨리는 장면이라는 건데…… 읽어 보니까 느낌이 어떠냐."

"뭔가 좀…… 음. 어색해요."

"왜 어색한 거 같아?"

"그건 모르겠어요. 뭔가 매끄럽지 않은 느낌이라고 해야 하나."

"단어도 좀 그렇긴 한데…… 태반은 조사 때문이야."

"자료 조사요?"

"아니, 새꺄. 그 조사도 중요한데 여기서 말하는 조사는 '~이', '~가' 같은 걸 말하는 거야."

"아……."

"너야 한국인이라 한국어가 모국어라서 잘 모르겠지만, 우리나라 말이 조사가 진짜 어려운 편이야. 워낙에 다양하기도 하고."

신은 내 대답을 기다릴 생각은 전혀 없는 모양이었다. 딱히 질문을 던진 것도 아니었지만, 하여간 말이 길어지고 있음에도 불구하고 계속 설명을 이어나갔다.

"하나하나 다 말하려면 끝도 없는데……. 일단 네가 쓴 문장으로 돌아가자. 첫 문장……. 에드워드는 잠깐 휘황하게 빛난 그의 검을 집어 들었다. 이거, 네가 강조하고 싶은 내용이 여기서 뭐야? 빛이 난 거야? 그 빛이 난 시간이 잠깐이었다는 거야?"

"잠깐이었다는 거요. 아직 계속 지속하기는 힘든데, 그걸 이제 적을 벨 때 효과적으로 검기를 뿌릴 수 있다는 걸 강조하려고 넣은 문장이에요. 일종의 빌드업이랄까."

"그래, 나도 그렇게 생각해. 근데 내가 이걸 알아차린 건 네 글을 분석하면서 읽었기 때문이야. 아니었으면 이 문장은 그냥 괜히 있는 문장이라고 생각했을 거야. 대부분의 독자들은 건너뛰었을 수도 있다는 얘기지. 그럼 네 뜻이 전달이 안 되잖아."

"아……. 그렇죠. 그럼 안 되는데."

"조사를 잘 쓰면 좀 더 뜻이 명확해져. 가령 '에드워드는 잠시나마 휘황하게 빛났던 그의 검을 집어 들었다.' 이렇게 바꾸면 어때."

"아……. 오. 뭔가 느낌이 달라졌어요."

내가 의도했던 것은 아직 이 빛을, 그러니까 검기를 뿌릴 수 있는 시간이 부족하고 그래서 불만이라는 뜻이었는데 문장을 약간 손보니 그 뜻이 확 살아나는 느낌이 들었다. 해서 입을 벌리고 있으려니 신은 벌써 다음 문장을 가리키고 있었다.

"그리고 뭐 뭐 했다는 뭐……. 좋은 문장은 아니지만 일단 넘어가. 그다음 '에드워드는 도적에 맞서면서 동시에 칼끝으로 도적들을 가리키며 다시 빛을 피워 올렸다.' 이거 어때."

"좀…… 중언부언하는 느낌이 있네요."

"그래. 일단 조사가 틀렸어. '도적에'가 아니라 '도적에게'야. 그리고 네 말대로 중언부언하는 느낌이 드는 건 한 문장 안에 도적이 두 번이나 들어가서 그래. 수정해 보면, '에드워드는 칼끝으로 도적들을 가리키며 다시 휘황한 빛을 피워 올렸다.' 이게 낫지. 문장이 길어지니까 너도 쓰기 어려워서 괜히 틀리고 독자들은 읽기 싫어지잖아. 과감하게 빼 버려. 오히려 그때 더 뜻이 정확해질 때가 많다고."

"오……."

"그다음도 그래. '그날 하루 동안 피워 올린 빛 중 가장 선명했다.' 일단 동안 뒤에 '에'가 붙어야 맞는 말이야. 그리고 여기서 네가 강조하고 싶은 건 에드워드가 피워 올린 빛 중에 가장 선명했다는 거 아냐?"

"네, 그렇죠."

"그럼 이렇게 가는 게 낫지. 문장 순서를 바꿔서 강조하고 싶은 걸 맨 앞으로 빼. 그 빛은 에드워드가 하루 동안에 피워 올린 것 중 가장 선명했다. 어때."

"오……."

두 번 '오'를 외치고 나서야 아까부터 같은 반응만 보이고 있다는 걸 자각

할 수 있었다. 어쩔 수 없는 일이기도 했다. 다른 반응을 보이기엔, 그러니까 딴짓을 하기엔 지금 들은 조언이 너무 어려웠다.

"알아, 나도. 이건 연습이 좀 필요해. 노트에 우리나라 조사를 좀 정리해서 줄 테니까. 읽어 보라고. 근데 결국, 모국어다 보니 딱딱하게 문법 공부하듯이 하는 것보다는 그냥 좋은 문장을 많이 읽어 보는 게 좋아."

"웹소설은 문장이 별로 안 중요하지 않나요?"

"어? 아, 물론…… 문장이 그렇게 유려하지 않아도 흥행은 할 수 있지. 캐릭터가 좋고 서사가 좋으면. 그런데 그게 문장을 못 쓰라는 뜻은 아니잖아? 적어도 뜻이 명확해지면 서사도, 캐릭터도 더 분명해지겠지."

"아……."

"너무 절망하지 말라고. 또 다른 팁이 있으니."

한산이가의 실전 TIP

문장을 정확하게 써라.

유려한 문장을 쓸 필요는 없습니다. 오히려 너무 형용사가 많이 쓰인 문장은 읽을 때 번잡스럽게 느껴지거든요. 그런데 이 말을 문장은 신경 쓸 필요가 없다는 말로 왜곡해서 듣는 사람들도 있습니다. 작가나 작가 지망생이 아니라면 별 상관없습니다. 하지만 작가라면 그러면 안 됩니다.

정확한 문장을 써야 합니다. 맞춤법이나 띄어쓰기에 대한 이야기는 아닙니다. 뜻을 명확하게 전달할 수 있는 문장을 써야 한다는 겁니다. 되도록 문장을 다시 한번 읽어 보는 습관을 갖는 것이 좋습니다. 처음에는 시간이 걸리겠지만, 나중에는 금방금방 넘어갈 수 있게 됩니다. 외워서 쓰는 문장이나 어구 등이 늘어나기 때문입니다. 그때까지는 조금만이라도 신경을 써 주시는 것이 좋겠습니다.

24

왜 문장을 짧게 쓰라고 할까

또 다른 팁이라. 구미가 당겼다. 그럴 수밖에 없는 것이, 방금 준 팁은 솔직히 지금 당장 적용하기엔 너무 어렵지 않나. 이제 와 갑자기 조사 쓰기의 달인이 될 것 같지는 않았다. 물론 모국어다 보니 조사를 신경 써서 써야겠단 마음가짐만으로도 어느 정도 개선이 되기야 하겠지만. 뭔가 다른 게 더 필요했다.

"새끼."

신은 다소 긴장한 얼굴의 나를 힐끔 바라보더니 대뜸 욕부터 했다. 예전 같았으면 화가 나거나 당황스럽기라도 했을 텐데 이제는 정말이지 아무렇지도 않았다. 그냥 그런가 보다 싶었다. 신도 별 뜻 없이 그냥 습관처럼 지른 욕인지, 그냥 말을 이어 나갔다.

"아마 이 말은 들어 봤을 거야. 문장을 짧게 쓰라는 말. 단문으로 쓰라는 말 정도는 들어 봤지?"

"아, 네. 거의 뭐…… 격언 같은 거 아닐까요?"

웹소설 연재에 관련한 모든 커뮤니티에서 도는 말이라고 봐도 무방했다. 아마 웹소설 작가를 희망했던 사람들은 전원 들어보지 않았나 싶었다. 나도 마찬가지였기에 이번만큼은 실망을 금치 못하겠단 기색을 숨기기 어려웠다.

ㅡ딱

신은 그런 내 이마를 치고는 다시 질문을 던졌다.

"그럼 왜 짧게 쓰라는 건지는 알고 있어?"

"어…….."

오래전부터 들어왔던 말이니만큼 익숙하기는 했다. 하지만 막상 왜 그렇게 해야 하냐는 질문을 받고 보니 입이 잘 떨어지지 않았다.

"왜 그런 말을 들으면 '왜 그럴까?'라는 생각을 안 해 보나?"

"아니, 잠깐만요. 이유를 알 거 같아요. 잠깐만 기다려 줘요."

"성의 없는 새끼 봐라. 그걸 지금부터 생각해 보겠다고?"

"네, 뭐 급한 일이라도 있으세요?"

"이……. 음. 그래, 뭐. 해 봐."

지금껏 신이라는 작자를 마주하면서 몇 가지 든 생각이 있는데. 그중 하나가 '신이 참 할 게 없구나.'라는 생각이었다. 아니, 생각이라기보다는 확신이었다. 이번에도 그렇지 않나. 뭐라도 반박하려는 얼굴이었으나 끝내는 내 좁디좁은 침대 구석에 털썩 앉았다. 내 핸드폰을 가져가 다른 사람이 쓴 소설을 뒤적거리면서였다.

'이렇게만 보면 룸펜이 따로 없는데.'

"뭐 인마? 내 욕하라고 시간 줬어?"

"아니, 아닙니다. 음."

생각이라도 읽어대지 않았으면 신이 맞는지 의심부터 해 봐야 했을 터였다. 하여간 더 시간을 쓸데없이 끌었다가는 얻어맞을 거 같았다. 그렇지 않더라도 시간 낭비해서 좋을 게 없기도 했고.

"음."

"뭐야, 이제 생각나?"

"전에 신님도 말씀하셨지만······. 우리 독자님들이 주로 핸드폰으로 보지 않습니까?"

"그렇지. 2020년 한국 콘텐츠 진흥원에서 진행한 웹소설 이용자 실태 조사에 따르면, 모바일로 보는 비율이 84%야. 태블릿 PC가 10%고. 작은 화면으로 보는 독자 비율이 압도적이라 할 수 있지."

"와······. 94%······."

많을 거란 예상은 했지만. 실제 통계 수치를 보니 더더욱 놀라웠다. 동시에 내 추론이 맞겠구나 싶었다. 나는 아까보다 더 자신에 찬 목소리로 말했다.

"하여간, 작은 화면으로 보는 사람이 많다는 거잖아요."

"그래."

"작은 화면으로 복잡한 거 보면 머리 아프고, 일단 보기도 싫잖아요."

"좀 일방적인 주장 같지만, 뭐 오케이. 그래서?"

"문장도 길면 눈에 안 들어올 거 같은데요? 짧은 문장은 가독성이 훨씬 좋을 거 같고. 그래서 짧게 쓰라는 거 아닐까요?"

"흐응."

말이 끝나자, 신은 눈을 샐쭉하게 뜨고는 나를 바라보았다. 틀렸다는 거같지는 않았다. 그렇다고 맞았다는 뜻도 아닌 듯했다. 한마디로 알쏭달쏭하다 이 말이었다.

"뭐, 뭐예요."

"더 없어? 그 이유뿐이야?"

"이건 맞았구나."

"응, 맞았어."

"역시 나는……."

"대부분 그렇게만 알고 있어. 아주 흔한 답이지. 근데 그것만 이유가 아냐."

"역시 전 하나를 가르쳐주면 열을 아는군요."

"하나 답했거든? 쓸데없이 자존감이 왜 이렇게 높아?"

"다음은 신님께 맡기겠습니다."

"하."

내 말에 신은 샐쭉하게 떴던 눈을 감고 잠시 명상에 잠겼다. 차오르는 격정을 조절하는 것처럼 보였다.

"아무튼…… 그래. 가독성. 그것도 중요한 이유지. 하지만 그렇게만 알고 있으면 너무 커다란 오류를 저지르게 돼."

"그래요?"

"만약 네가 정말 유려한 문장을 쓸 수 있는 능력이 있어. 근데 가독성을 위해 문장을 짧게 잘라야 한다는 강박 또한 가지고 있지. 그럼 이때는 짧은 문장이 득이 될까, 독이 될까?"

"아……."

헷갈리기 시작했다. 하여간 이 신이란 존재와 대화를 하다 보면 늘 이랬다. 문답을 주고받다 보면 알고 있던 것도 모르겠다는 느낌이랄까?

"독이 돼. 왜냐면 긴 문장은 긴 문장의 맛이 있는 법이거든. 억지로 잘라 두면 문장의 맛이 조각나서 망가져 버려."

"그럼…… 왜 짧은 문장을 쓰라는 말이 돌아다니는 거예요? 꼭 긴 문장은 쓰면 안 되는 것처럼 느껴지는데."

"그 앞에 전제 조건이 있는데, 그걸 굳이 말하지 않아서 그래. 아니면 전달되고 전달되는 과정에서 앞에 말이 떨어져 나갔거나."

"뭔데요, 그게?"

"초보 작가는 짧은 문장을 쓰는 게 좋아. 전제에 초보가 붙으면 이 말이 맞아. 어차피 유려한 문장을 쓰기 어렵거든."

"아……."

신은 연신 고개를 끄덕이고 있는 나를 재밌단 눈으로 바라다가 말을 이었다.

"그리고 짧은 문장은 가독성 말고도 장점이 있어. 일단 문장이 짧으니까 틀리기가 어렵지. 모국어 문장을 쓰면서, 그것도 짧게 쓰면서 문장을 틀리게 쓰는 건 이상하잖아?"

"아."

"그러니 작가가 의도했던 바를 아주 명확히 전달하기가 쉬워져. 서사와 캐릭터들이 다 분명해진다고."

"아아."

"예를 들어 볼게."

신은 이내 책상 위 키보드를 두들기기 시작했다.

나는 오랫동안 지망생으로 차일피일 글쓰기를 미루며 지낸, 심지어 재능조차 미진한 녀석을 단돈 15,000원에 가르치기 시작한 지 벌써 몇 달째이다. 이 녀석이 과연 정글 같은 웹소설 판에서 제 몫을 하는 작가로 자라나게 할 수 있을지는 미지수란 생각과 과연 그렇게 만들지 못한다면 내가 어디 가서 웹소설의 신이라고 떠들어 대도 좋은가라는 생각과 더불어 한숨이 절로 나왔다.

정말 더럽게 긴 문장이었다. 이것이 만연체의 정석인가 싶을 지경이었다. 뭔 뜻인지 한눈에 들어오지 않아서 고개를 갸웃거리고 있으려니 신이 톡톡 모니터를 두드렸다.

"일부러 못 쓰는 것도 어렵네. 하여간 이렇게 쓰니까 어떠냐? 그냥 봐도 어지러운데, 모바일에서 봤다고 생각해 봐. 어떨 거 같아?"

"뒤로가기 누를 거 같습니다."

"그래, 그렇지? 그럼 이걸 짧게 잘라 볼게."

신은 다시 키보드를 두드렸다.

나는 벌써 몇 달째 지망생 하나를 가르치고 있다. 녀석은 오랫동안 차일피일 글쓰기를 미뤄 왔고, 심지어 재능조차 미진하다. 이 녀석을 과연 정글 같은 웹소설 판에서 제 몫을 하는 작가로 자라나게 할 수 있을까? 여전히 의문이 든다. 동시에 과연 그렇게 만들지 못한다면 내가 어디 가서 웹소설의 신이라고 떠들어 대도 되나 싶었다. 한숨이 절로 나온다.

"오…… 훨씬 읽기 편해요."

"이걸 더 편하게 해 볼게. 강제 개행이라는 건데."

신은 이번에도 키보드를 두드렸다. 내용을 쓰거나 수정할 때와는 달리 그저 엔터만 몇 번 쳤다.

나는 벌써 몇 달째 지망생 하나를 가르치고 있다.

녀석은 오랫동안 차일피일 글쓰기를 미뤄왔고.

심지어 재능조차 미진하다.

이 녀석을 과연 정글 같은 웹소설 판에서 제 몫을 하는 작가로 자라나게 할 수 있을까?

여전히 의문이 든다.

동시에 과연 그렇게 만들지 못한다면 내가 어디 가서 웹소설의 신이라고 떠들어 대도 되나 싶었다.

한숨이 절로 나온다.

모니터로 보니 이게 정말 가독성이 좋아지나 싶었다. 하지만 같은 내용을 모바일에서 보니, 확 다르단 느낌을 받을 수 있었다.

"이게 필수라는 건 아냐. 하지만 모자란 전달력을 보상할 수 있지. 같은 이유로, 내가 이미 길게 써도 유려하게 뜻을 전달할 수 있다면 굳이 문장을 잘라 쓸 필요는 없어. 문장의 맛은 길이에 비례하기도 하거든."

"아…… 그럼 저는?"

"너? 너는 문장도 짧게 쓰고 강제 개행도 해야지. 무슨 말을 듣고 싶은 거야, 대체."

"아, 네."

"그럼 이번엔 더 쓰지 말고 이렇게 전체적으로 문장만 다듬어 봐. 전달력을 높여 보라고. 조사랑 단어 신경 써서 쓰고, 짧게 자르고. 알았어?"

"네."

한산이가의 실전 TIP

문장을 가급적이면 짧게 써라.

정확한 문장을 쓴다는 게 그리 쉬운 일은 아닙니다. 특히 아직 글을 쓴 지 그리 오래되지 않은 사람에게는 더더욱 그렇습니다. 그렇다면 어떻게 개선해야 할까요?

일단 다른 사람의 글을 많이 봐야 합니다. 이 문제에 있어서는 특히 문장이 좋다고 알려진 작가의 글을 보는 것이 좋습니다. 김영하나 김연수, 김애란 작가들의 글이 좋습니다. 또 많이 써 봐야 합니다. 그리고 그 문장을 다른 사람들에게도 읽혀 봐서 내가 전달하고자 하는 뜻이 제대로 전달되고 있는지 확인해야 합니다.

딱 봐도 쉽지 않고 시간이 오래 걸리는 작업이죠? 그래서 문장을 짧게 쓰라고 하는 겁니다. 한국어가 모국어인 사람이 문장을 짧게 쓰는데도 의미를 잘못 전달하기란 지극히 어려운 일이어서 그렇습니다. 위의 노력은 노력대로 하시되, 우선은 문장을 짧게 쓰는 연습을 하시면 더더욱 효과적일 겁니다.

25

루틴의 중요성

'다 수정하고 쓸 수 있으면 더 써 봐.'

나는 책상에 앉아 신이 남겨준 말을 떠올렸다. 참 야비하고 치사한 말이란 생각이 들었다. 쓰기를 원했으면 쓰라고 하든지, 더 쓸 수 있으면 더 쓰라니? 사람 시험하는 느낌 아닌가.

'하여간…… 문장 정리하고도 시간이 남기는 하는데…….'

상대가 그냥 아무것도 아닌 사람이라 해도 인정받고 싶은 게 사람 심리인 법이었다. 하물며 그 상대가 신이라면 어떨까? 나는 치사하다고 생각하면서 도 나도 모르게 책상 앞에 앉아 키보드를 두드리고 있었다.

문제가 있다면 진도가 잘 나가질 못하고 있다는 점이었다. 플롯이 잡히지 않아서는 아니었다. 신이 알려 준 팁들만 잘 배치해도 지금부터 대략 50화까지 쓰는 건 별 무리가 없을 듯했다. 벌써 어떤 내용을 써야 좋을지 딱딱 머릿속에 정리가 되어 있는 느낌이랄까.

'근데 왜 손이 안 움직이지⋯⋯.'

쓰기 싫은 것도 아니었다. 글을 쓰고 싶어서 작가가 되기로 결심하지 않았나. 물론 좋아하던 것도 일이 되면 싫어지는 법이라지만. 적어도 내가 호구지책으로 삼았던 다른 직업들에 비하면 글 쓰는 일은 적성에 맞았다. 내 안에 있던 이야기를 남들에게 보여 주고 싶은 욕망도 강하게 남아 있는 상태고.

'시간이 너무 늦어서 그런가?'

모니터 하단에 있는 시계를 보니 새벽 3시긴 했다. 남들 같으면 자야 할 시간이기는 한데, 어제 문장을 고치다 갑자기 오기가 생기는 바람에 밤을 새웠기 때문에 사실 일어난 지 그리 오래된 건 아니었다.

나는 졸린 것도 아니고 그렇다고 활력이 넘치는 것도 아닌 시간을 허비하다 결국, 해가 뜨고 나서야 잠이 들었다.

"야."

그런 나를 깨운 건 신이었다.

"아우."

흔들어 깨우니까 눈을 뜨기는 했으나 완전히 정신 차리는 데는 시간이 꽤 걸렸다. 보다 못한 신이 물을 한잔 떠다 주고 나서야 좀 살겠단 느낌이 들었다.

"술이라도 퍼 자셨나. 왜 이렇게 정신을 못 차려. 그거 했다고 벌써 해이해졌어?"

"네? 아니, 아네요."

신은 까맣게 죽은 내 눈가를 보다가 알 만하다는 얼굴로 핀잔을 퍼부어 댔다. 한 달 전쯤이라면 이런 말을 들어도 싼 상황이었으니 잠자코 있었을 텐데. 지금은 좀 억울했다.

"그럼 뭔데."

"저 그제 글 쓰다 밤새웠거든요. 그랬더니 어제 잠이 안 와서……. 소설 끼적이다가 또 해 뜨고 자서 그래요. 진짜 열심히 산다고요, 요새."

"글 쓰다 밤은 왜 샜는데?"

"작가가 느낌 오면 그럴 수도 있죠. 영감! 모르세요?"

"막 지금 안 쓰면 죽을 거 같고 그랬냐?"

"네? 아니, 뭐…… 그 정도는 아닌데……. 그래도 이왕 시작한 거 다 수정하고 자고 싶었어요. 그래야 다음 날부터는 새로운 회차를 쓸 수 있을 테니까."

"그래서 어제는 한 자라도 썼고?"

어제는 솔직히 별로 할 말이 없었다. 딴짓을 한 건 아니었다. 그렇다고 글을 쓴 것도 아니었다. 대체 뭘 했는지 알 수 없었다.

신은 가만히 고개를 젓는 나를 보다가 입을 열었다. 언제나처럼 딱 가르칠 때 짓는 표정을 하고서였다.

"그래, 사실 이것도 알려 주긴 해야 했지."

얘기가 좀 길어질 모양인지 신은 침대에 걸터앉기까지 했다. 게다가 나도 침대에서 완전히 일어나진 못했던 상황이라 나란히 앉은 모양새가 됐다. 친구 같은 느낌도 들고 해서 약간 어색했는데, 그건 나만의 느낌인 모양이었다. 신은 별 거리낌 없다는 얼굴이었다.

"너 한산이가 알지."

"아, 그 양반 얘기는 왜 맨날 해요. 글발은 별로라면서요."

"글발 별론데 재밌게 느껴지게 쓰고 있으니 딱 네가 목표로 해야 하는 대상 아니냐? 여기서 갑자기 '나는 제2의 싱숑이 되고 싶어요.' 하면 나도 어이없고 너는 상처받고 그렇잖아."

"아, 알았어요. 그 양반 뭐."

"그 사람 동시 연재 중이잖아. 《중증외상센터 : 골든아워》랑 《A. I. 닥터》."

"아, 그렇죠."

생각해 보면 대단한 사람이기는 했다. 일일 연재 하나 하는 것도 힘든 일인데, 그걸 두 개씩이나 하고 있다니.

"심지어 《중증》은 1,000화 넘었고, 《A. I. 닥터》도 600화 넘었어. 그 사람뿐만이 아냐. 《화산귀환》 알지?"

"비가 작가님이요? 그건 명작이죠."

"그건? 아까랑 온도 차가 심하네, 이 새끼."

"왜요. 저는 그렇게 느낀 거뿐인데."

"알았어. 아무튼, 그것도 900화 넘었어. 일일 연재라 했을 때 거의 3년 동안 매일 쉬지 않고 한 회씩 썼다는 거야. 권수로 따져도 천 화면 40권이야. 초장편이지."

"와……."

회차로 해도 어마어마하다는 생각이 들기는 했는데. 그걸 날짜나 권으로 환산해서 들으니 이건 숫제 어처구니가 없는 수준이었다.

"그럼 작가도 마음가짐을 단편 쓸 때와는 완전히 다르게 가져가야 해. 일단 삘을 받는다고 밤을 새운다? 안 하는 게 좋아. 물론 밤을 새워서 서너 편 이상 쏟아 낼 수 있으면 괜찮아. 근데 밤새우다가 까딱하면 건강도 골로 가. 알지? 웹소설 작가들 중에 요절하는 분들 꽤 있는 거."

"아……. 그렇죠. 부고 벌써 몇 번이나 봤어요."

이 업계에 관심을 둔 지 얼마 되지도 않았는데도 그랬다. 웹소설 작가는 확실히 건강 관리하기에 그리 좋은 직업은 아닌 듯했다. 신은 내 착잡한 얼굴을 보다가 방금 전과는 조금 다른 어조로 말을 이었다. 어조가 달라진 만큼이나 화제도 조금 달라져 있었다.

"웹소설 작가는 굉장히 특이한 직군이야. 잘 들어 봐. 어딘가에 취직해서 정해진 시간에 일해야 하는 건 아니니 프리랜서지."

"네."

"근데 매일 정해진 분량만큼의 일을 해야 해. 전에도 말했지만 일일 연재를 해야 연독을 지킬 수 있단 논문도 있잖아? 이건 또 직장인 같은 특성이 있지."

"아……."

"이걸 일단 지금 쓰고 있는 글이 완결 날 때까지는 매일 해야 해. 그리고 요새는 트렌드가 점점 더 장편화 되고 있지. 잘 쓰는 것도 중요한데, 그러려면 우선 작가가 지치면 안 돼. 너도 많이 봤지? 작가들 성적 좋은데도 연중 하더니 안 돌아오는 거. 템포 놓치면 누구라도 장사 없어. 지치면 안 돼. 계속 달려야 해."

"아……."

이렇게 들으니까 되게 잔인한 직업 같았다. 프리랜서의 불안정감은 그대로 가져가면서 동시에 직장인처럼 매일 정해진 분량의 작업 결과를 내야 한다니. 그걸 적어도 1년 이상은 유지해야 한다니.

"아니지? 완결 쳤다고 노나? 하루 이틀 쉬고 차기작 써야지. 너 월급 받냐? 아니잖아. 글을 써야지."

"아……."

1년 이상이 아니라 그냥 작가를 하는 기간은 평생 그래야 한다는 뜻이었다. 벌써부터 어떻게 이 짓을 계속 하나 싶었다. 신은 내 어깨를 툭툭 두드려 주었다.

"그래서 루틴이 중요해. 흔들리면 안 돼. 아파도 안 돼. 이걸 100% 예방하는 건 불가능하지만, 적어도 확률을 높이는 건 가능하지. 인간의 몸은 생각보다 조건화된 환경에서 최적의 효율을 발휘하게끔 되어 있거든."

"무슨 소리예요?"

"정해진 시간에 일어나고, 정해진 시간에 써. 정해진 시간에 먹고."

"잠은 자고 싶을 때 잘 수 있는 게 아닌데……."

"내가 정해진 시간에 일어나랬지 자랬냐?"

"어……?"

"못 잤어도 시간 되면 일어나. 커피를 마시든 뭘 어쩌든 간에 머리 깨워서 글 써. 그리고 자. 다음날 또 정해진 시간에 일어나고. 그래야 웹소설 작가 계속할 수 있어. 어디 단편 쓰는 사람들 흉내 내지 말라고. 그러다 죽어. 아니면 연중 작가 되는 거야."

"아……."

한산이가의 실전 TIP

글은 영감이 떠오를 때 쓰는 게 아니다. 그냥 매일 쓰는 거다.

작가라고 하면 보통은 영감이 떠오르기를 하염없이 기다리다가, 마침내 영감이 오고 나서야 글을 쓰는 이미지를 생각하기 쉽습니다. 근데 웹소설 작가는 이러면 안 됩니다. 영감 기다리다가 연재 주기 엉망 되면 독자들은 다 떠나고, 작가는 굶어 죽게 됩니다. 무조건 하루에 정해진 양을 써내야 합니다.

그러기 위해서는 회사원 같은 마인드가 필요합니다. 정해진 시간에 일어나서, 정해진 시간에 글쓰기를 시작하는 거죠. 영감이 떠오르지 않는다는 말은 적어도 웹소설 작가에게는 핑계입니다. 루틴을 지켜야 합니다. 그래야 롱런할 수 있습니다.

명심하세요. 웹소설 작가는 1년 내내 글을 쓸 수 있어야 합니다. 그러기 위해서는 늘 규칙적인 생활을 하는 것이 유리합니다.

26

인풋은 하고 있어?

작가라면 응당 영감이 왔을 때 글을 몰아서 쓰고, 영감이 오지 않으면 쉬어야 할 것 같았다. 하지만 신의 말을 듣고 보니 이번에도 역시나 내 생각이 틀린 것 같았다.

'야, 순수 문학 하는 사람들도 신문 연재 잡히면 루틴 지켜서 써, 보통. 물론 천재도 있겠지. 근데 네가 천재일까?'

솔직히 중간에 한 번쯤 삐딱선을 타기도 했는데, 딱 그런 생각을 품자마자 이렇게 말했다. 지금껏 내가 비공개로 전환해 둔 작품들을 손가락으로 일일이 하나씩 두드려 가면서. 선호작 121, 최신화 조회수 71. 선호작 1201, 최신화 조회수 801. 선호작 52, 최신화 조회수 31. 비공개 전환할 때 이미 슬퍼할 거 다 슬퍼했다고 생각했는데 다시 까 보니 아픈 감정은 여전했다.

"꼭 그렇게 다 열어 봤어야 했나요."

"천재가 아니라는 걸 강조하려고 그랬지."

"제가 팁을 몰라서 그랬다는 생각은 안 드나요?"

"그걸 안 배워도 할 줄 아는 사람을 보통 세상은 천재라고 한단다."

"아."

내가 충격받은 얼굴로 천재의 사전적 정의에 대해 곱씹고 있는 동안 신은 내 서재를 계속해서 뒤적거렸다. 문피아에서 서재라는 건 싸이월드 시절 미니홈피 같은 느낌이라고 보면 되었다. 다시 말하면 서재를 뒤적거리면 내가 이 사이트에서 뭘 하고 있는지 대강 다 알 수 있다는 얘기였다.

"선호작 뭐 찍고 있나 볼까."

일단 선호작이라고 해서 내가 주로 뭘 보고 있는지도 확인 가능했다. 아마 보통 때 같았으면 어떻게든 막았을 터였다. 하지만 나는 내가 천재가 아니라는 걸 공식적으로 확인한 시점이어서 그런지 제정신이 아닌 상황이었다.

"와……."

그사이 내 선호작 목록을 확인한 신은 도저히 자기 눈을 믿지 못하겠다는 얼굴로 몇 번이나 눈을 비볐다. 그러나 내 선호작에 찍힌 작품은 변하지 않았다.

"억."

"이 미친놈이 지 작품만 선호작 박아 놨네. 다른 건 안 봐?"

"보긴 봐요."

"근데 왜 선호작이 없어. 딴 데서 보나?"

"아니, 뭐……. 초반부 어떻게 전개했나, 뭐 이런 것만 보죠. 인기 작품들 서사 배우려면……."

"그중에 네 취향에 맞는 게 단 하나도 없었어? 너 설마 웹소설 쓰기 전에는 하나도 안 봤어? 그냥 작가 하려고 보는 게 다야?"

날 보는 신의 표정은 사뭇 진지했다. 어찌 보면 약간 상처받은 것 같아 보이기도 했다. 약간 미안하기도 하고 억울하기도 해서 재빨리 답했다.

"아니, 아녜요. 사람을 뭐로 보고. 저도 원래 독자예요. 독자."

"그래? 근데 선호작은 왜 이 모양이야."

"제 글 쓰면서부터는 눈에 잘 안 들어오더라고요. 뭘 봐도 자꾸 분석하게 되고……."

"아…… 아이구."

신이라는 건 뭐든 비범한 모양이었다. 표정이 어쩜 이렇게 급작스럽게 변할 수 있을까 싶었다. 방금 전까지만 해도 나를 거의 무슨 범죄자 보듯 하고 있었던 주제에 지금은 물가에 내놓은 어린아이 보듯 하고 있었다. 이것도 이것대로 기분이 썩 좋지만은 않았다. 나도 나이가 있는데 왜 뜬금없이 안쓰럽게 본단 말인가.

"왜, 왜 그래요. 내가 뭘."

"가상하기도 하고 불쌍하기도 하고 그래서 그래."

"네?"

"글을 분석하면서 본다는 거 말이야. 이거 의식적으로 그렇게 하게 된다는 거지?"

"아, 네. 뭔가…… 그냥 재밌는 글 보는 건 노는 거 같으니까. 인기작 볼 때는 괜히 좀 작가가 뭘 어떻게 했나 보게 돼요."

"쯧쯧."

신은 나를 보면서 고개를 가로저었다. 이번에도 표정이 꽤 극적으로 변해 있었다. 더 이상 신은 날 보며 안쓰럽다는 표정을 짓지 않았다. 그저 한심하다는 듯 혀만 차고 있었다. 나는 아까보다 더 기분이 나빠졌다. 그래서 뭐라고 항변하려 했으나 무위로 돌아갔다. 입술을 달싹거리는 순간 신이 먼저 말을 이어서 그랬다.

"옛말에 이런 말이 있지."

"무, 무슨 말이요."

"아는 만큼 보인다."

"벌써 기분이 나빠지려고 하는데……?"

"네 수준에서는 아무리 애를 쓰고 봐도 너보다 인기작 쓴 작가들이 쓴 수법들, 안 보여. 그냥 재밌게 봐."

"아니, 그러면……."

"대신 넌 작가니까, 댓글 포함해서 여러 수치를 같이 봐."

"네……?"

일단 댓글이랑 같이 보라는 대목에서부터 이게 뭔가 싶었다. 무슨 인터넷 뉴스도 아니고, 댓글을 왜 본단 말인가. 소설인데, 내용을 봐야지.

신은 어리둥절한 표정을 짓고 있는 내 얼굴을 보며 고개를 다시 한번 가로저었다. 이번에도 무시하는 기색이 역력했는데, 미처 기분 나쁘다는 걸 피력하기도 전에 입을 열었다.

"기성 작가들 중에 그냥 처음부터 잘 쓰는 사람들도 있지만, 대개는 차근차근 올라가지? 그게 다 시행착오를 겪어서 그런 거야. 너도 아마 잘 풀리면 그렇게 되겠지."

"음."

"근데 그걸 굳이 다 겪을 이유가 없어. 실수를 줄이기 위해 지금 나한테 이렇게 혼나면서 배우는 거잖아? 나한테만 배울 거야? 기성들한테도 배워야지."

"뭔 소린지 당최 모르겠는데……. 아까는 분석하지 말라면서요."

"그래, 읽을 땐 내용을 분석하지 마. 대신 댓글, 추천 수, 조회수를 봐. 만약 어떤 회차에서 댓글과 추천 수가 폭발했어. 그리고 유료 연독이 엄청 잘 이어졌어. 이건 뭘 뜻하지?"

"그 회차가 잘 썼다는 거……? 아."

이제야 이 양반이 뭔 얘기를 하고 싶은 건지 알 거 같았다. 신은 그런 내가 대견하다는 듯 어깨를 두드려 주었다.

"그래, 그럼 그때 그 회차를 다시 봐. 댓글에서 아마 유독 언급이 많이 되는 대사나 장면이 있을 거야. 독자들이 만족했다는 뜻이겠지. 역으로 생각하면 작가가 그걸 의도해서 연출에 힘을 줬다는 뜻일 거고. 넌 아직 초보 작가기 때문에 그게 보이지 않을 수도 있는데, 독자들의 눈은 귀신같아. 답안지가 있는데 왜 굳이 혼자 끙끙대? 그냥 그거 보고 다시 보면 되지."

"아하. 그렇구나. 오……."

"근데 이건 사실 작가가 실수했을 때 훨씬 극적으로 나타나. 사람들이 원래 칭찬하려고 댓글 남기는 건 귀찮아하는데 반해 욕하려고 댓글 다는 건 따로 가입을 해서라도 하는 법이거든."

"아…… 댓글에 욕이 있으면……."

"그래, 그리고 유료 연독률. 이게 더 중요해. 댓글에 욕은 많은데 연독률이 유지된다? 그럼 소수의 불만이 발생했다는 뜻이거나 또는, 아직 독자들이 참아 줄 정도로 지금까지 글을 잘 써 왔다는 뜻이지. 그런데 구매 수가 떨어지는 회차가 있다면 그 회차는 중요해."

"완전히 잘못 쓴 거구나."

"그래, 그렇지. 그럼 그 회차의 댓글을 봐. 그런 회차의 지적 댓글은 꽤 정확하거든? 너는 그럼 같은 실수를 하지 않기 위해 노력하면 되지."

"오……."

신은 연신 감탄하고 있는 내 어깨를 다시 두드려 주었다. 그리곤 손가락을 폭풍처럼 움직여 내 선호작에 작품들을 등록해 주기 시작했다.

"일단 한산이가의 《닥터 조선 가다》이거 알지? 뒤에 작품 터지는 거. 전에도 말했지만 직접 작품 보면서 작가가 뭔 짓을 했는지 잘 보라고."

"아, 네."

"그리고 이건 노쓰우드 작가의 《망나니 1 왕자가 되었다》. 이건 그냥 교과서라고 보면 돼. 연출이면 연출, 대사면 대사, 캐릭터면 캐릭터. 심지어 보상을 주는 시점까지 그냥 다 짜임새가 미친 수준이니까……. 분석을 하려면 이걸 보고 해."

"오……."

한산이가의 실전 TIP

영화, 다큐멘터리, 드라마. 장르를 가리지 말고
인풋을 위해 노력하라.

인풋, 즉 작가의 머릿속에 이야깃거리가 될 만한 조각들을 집어넣는 과정은 당연히 중요합니다. 너무 중요해서 딱히 중요하다는 말을 해야 하나 싶을 정도죠. 하지만 의외로 많은 신인 작가들이 인기 작품을 보지도 않은 채 글쓰기에 도전하는 것을 봅니다.

사실 이야깃거리를 얻는 데에는 소설보다도 오히려 만화나 영화 또는 드라마와 같은 전혀 다른 매체가 더 유리하기도 합니다. 그러나 그렇게 얻은 이야깃거리를 내 이야기로 재구성하는 방식을 배우고자 할 때는 반드시 인기 작품을 참고하는 것이 좋습니다.

그렇다고 무턱대고 읽다 보면 그저 독자가 되거나 또는 아무것도 아닌 것을 보면서 숙지하거나 오히려 단점을 눈여겨보게 되기도 합니다. 그래서 독자 반응을 통해 이 작품에서 잘한 지점과 못한 지점을 찾는 게 우선이 되어야 합니다. 그다음 어떤 지점에서 독자들이 감탄했는지, 그리고 어떤 지점에서 실망했는지를 잘 보고 마음에 새기면 좋겠습니다.

27

지문과 대사의 균형을 잘 지켜야 덜 지루해

'아는 만큼 보인다고 했지.'

나는 잠시 아까 신이 해 준 말을 떠올렸다. 곱씹어 보면 곱씹어 볼수록 맞는 말이었다. 지금 이 상태에서 나보다 성적이 월등한 작가의 글을 생으로 봐 봐야 뭐 얼마나 배울 게 있겠는가. 물론 정말 재밌게 보는 글이라면 또 모르겠지만. 지금까지의 경험을 미루어볼 때 보통 그런 글을 보면 그저 부럽단 생각만 들었을 뿐이었다.

'그래, 독자가 정답이야.'

그에 비해 독자의 반응을 토대로 글을 공부하는 건 훨씬 직관적이었다. 독자는 틀리지 않는단 말도 있지 않나.

'그때 봤던 작가들……. 아니지. 작가 지망생들인가. 그 사람들이 왜 지금껏 안 됐는지 이제 알겠어.'

사돈 남 말 할 처지가 아니긴 했다. 당시 나도 누구 못지않게 열변을 토했으니까. 왜 나보다 못 쓰는, 그저 자극적인 소재를 클리셰랑 버무려서 썼을 뿐인 작가가 잘나가는지 모르겠다고. 요즘 독자들은 보는 눈이 없다고.

하지만 말하면서도 가슴 한편에서는 알고 있었다. 그 소설이 인기를 얻은 것은 이미 벌어진 일이라는 것. 거기에 대해 이러쿵저러쿵 떠들어 대는 것은 내 감정의 해소 말고는 아무런 변화도 일으키지 못한다는 것 또한 알고 있었다. 그때 내가 해야 할 일은 과연 내 소설에는 없고 그 소설에는 있는 게 무엇인지 공부하는 것이었다. 마침 인기작들은 댓글도 많으니 그리 어려운 일도 아니었을 터였다.

"그래, 자기반성을 아주 잘하네. 근데 그거 한다고 뭐가 변하는 건 아냐."

"그…… 그렇죠. 근데 제 글을 또 봐요?"

실로 오랜만에 의미 있는 반성을 하고 있다고 생각하던 찰나에 신이 나를 불렀다. 불렀다기보다는 때린 데 또 때렸다고 하는 게 맞았다. 그럼에도 뭐라 말을 하지 못한 것은 상대가 신이기도 하거니와 도저히 그냥 넘길 수 없는 다른 화제를 꺼내서였다. 심지어 내 글을 보면서 그랬기에 나는 하는 수 없이 그와의 대화에 오롯이 집중할 수밖에 없었다.

"어, 이제 슬슬 업로드 해야 할 거 아냐. 정리 좀 해야지."

"정리를 또 해요? 저 퇴고 다 했는데."

"아…… 보통은 이 정도면 차고 넘치는 게 맞는데."

"근데요?"

"네 글은 워낙에 엉망진창이니까……."

"와……."

여기서 엉망진창이라는 단어를 쓸 줄이야. 벌써 배운지 한 달은 다 되어 가는 거 같은데. 아직도 엉망이면 이제는 학생인 내가 아니라 스승인 댁이 문제인 것은 아닐까 하는 생각마저 들었다.

"점점 나아질 거야. 하여간…… 내가 다시 쭉 봤는데, 눈에 확 안 들어오는 부분들이 있어서 마음에 걸려. 하지만 이렇게 올려도 네 전작보다는 성적이 훨씬 좋을 거야."

"역시 일신우일신 하는군요?"

"또 지랄이네. 넌 기성이 아니잖아 인마. 네 전작을 뛰어넘는다고 뭐가 되냐? 아득히 뛰어넘어야 의미가 있어. 이번 건 투베는 들 거 같은데, 그 이상은 힘들어."

"유료는 또 못 가요?"

"어. 유료가 쉬운 줄 아냐? 돈 잘 번다는 소리만 어디서 주워 들어서 그래. 그렇게 쉬운 시장이면 진짜 다들 글 쓴다고 덤비지, 왜 안 하겠냐."

"음."

"왜 가슴은 만져."

"맞은 거 같아서요."

실제로 내가 독자에서 작가가 되어야겠다고 마음먹은 계기가 돈이다 보니 남 일 같지가 않았다. 신은 동기 자체는 잘못이 아니라고 하면서 말을 이었다.

"어차피 상업 작가가 꿈이 돈이지, 그럼 뭐야. 대중적인 인기를 끌고 싶다는 말도 마찬가지야. 인정해야 해. 욕망의 저변엔 돈이 있어. 나는 그게 아닌데요. 예술 하고 싶은데요. 그런 사람은 나한테 배울 필요가 없어. 자기만족을 위한 글을 쓰면서 왜 혼나? 그냥 쓰면 되지. 난 보다 많은 사람이 네 글을 돈 내고 볼만하단 생각이 들게 만들려고 온 거야."

"네네. 알았어요. 알았어. 근데 제 글이 그럼 또 뭐가 부족하다는 거예요?"

"구조가…… 엄밀히 말하면 글의 균형감이 좀 떨어져."

"균형감……?"

글이 외줄 타기를 하는 것도 아닌데 대체 뭔 놈의 균형감이 필요하단 말인가. 나는 이건 또 무슨 신박한 개소린가 하고 생각하며 신을 보았다. 신이 생각하기에도 다소 뜬금없는 단어이긴 했는지 대뜸 날 후려치는 것 대신 부연 설명을 덧붙였다.

"일단 봐. 지금 보면 지문이 문장만 12개가 이어지고 있어."

"문장이 많다고요? 그게 문제가 되나요?"

"한번 읽어 봐. 뭐가 문제가 되나."

"알았어요. 음."

이제 하다 하다 별걸 다 가지고 시비란 생각이 들었다. 그래도 신이 시키는 건 또 해야 직성이 풀리는 몸이 된 지 오래라 읽기는 읽었다. 그러다 보니 한 가지 감정이 저도 모르는 새에 스멀스멀 피어올랐다.

"지루하지?"

"음."

인정하기는 싫었다. 하지만 지루했다. 내가 쓴 글을 내가 보는데 지루하다니. 뒤에 얼마나 흥미진진한 내용이 나올지 아는 작가가 이 모양이라면 독자들은 볼 것도 없었다. 예전처럼 볼만한 글이 적은 시대도 아니니 가차 없이 뒤로가기를 누를 게 뻔했다.

"이게 왜 이러는지 알아?"

"잘 모르겠어요."

"잘 봐라."

신은 내가 쭉쭉 읽어 내려가던 대목을 다시 띄워 주었다. 아까처럼 모바일로였다. 빼곡한 지문이 한바닥 가득 놓여 있었다.

"여기서 스크롤을 내렸는데, 또 지문이야."

"으음……?"

"너무 꽉 차 있는 느낌이 든다는 거야. 너는 분명 문장도 단문으로 바꿨고, 강제 개행도 했는데 그럼에도 불구하고 벽돌처럼 느껴져. 왜냐면 보통 모바일 환경에서 6문장이 넘어가면 한 화면 가득 차고, 스크롤을 굴려도 또 지문이 나오게 되거든."

"아…… 6문장……."

"물론 이것도 문장이 짧을 때 얘기야. 길게 늘여 쓰다 보면 이보다 훨씬 적은 수의 문장으로도 꽉 차지."

"오."

6문장이라. 이건 또 처음 듣는 얘기였다. 신은 이번에도 그럴 줄 알았다는 얼굴이었다.

"독자가 어떤 환경에서 읽는지 고민을 안 해 봐서 신경을 안 쓴 거야. 잘 봐라. 이거. 전생은 천재였다. 요새 인기 많지?"

"네."

"문장이 어때."

"아…… 지문이 6문장이 되기 전에 대화나 생각이 떠요."

"그래, 단지 이것만으로도 독자로 하여금 글을 읽는 데 있어 지치지 않게 해줄 수 있다고. 물론 예외도 있어. 문장이 길어도 쏙쏙 눈에 들어오게 쓰는 작가들. 그런 작가들은 심지어 지문을 나열만 해도 재밌거든. 어떤 작가는 아예 세계관을 설명하는데도 재밌어. 근데 넌 아냐. 넌 그러면 안 돼. 보통은 안 돼."

신은 손가락을 휘이휘이 저으며 말했다. 고개도 가로젓고 있어서 정말

100% 안 된다는 신의 뜻을 절감할 수 있었다. 내가 이렇게까지 말하는데 못 알아들을 정도로 멍청한 사람은 아니었다. 하지만 그런다고 문제가 사라지는 건 아니었다.

"근데 이거 지문을 어떻게 잘라요? 혼자 있는 상황인데……. 혼잣말을 할 수도 없고."

"생각을 해. 생각."

"생각 지금 엄청 하고 있습니다."

"그게 아니라, 아이고. 주인공 생각을 넣으라고."

"아하."

"그럼 지문의 느낌도 확 살아. 주인공은 이렇게 느끼고 있구나, 라는 걸 독자들이 알게 되잖아."

"오호."

신은 연신 고개를 끄덕이고 있는 나를 보며 말을 이었다.

"지문뿐만이 아니야. 대화도 어지간하면 6개를 넘지 않게 해. 마지막 장면 정도는 좀 더 넘어가도 되지만……. 대개는 그 안에 끝내는 게 좋아. 대화만 이어지는 글도 지치거든."

★ ★ ★

한산이가의 실전 TIP

언제 지문을 쓰고, 언제 대사로 이야기를 풀어야 할까.

사실 지문과 대화문의 균형은 작가의 선택입니다. 혹은 작가의 특성상 지문이 압도적으로 많거나 그 반대가 되기도 하죠. 그럼에도 대사와 지문의 균형을 맞추라고 하는 건, 초보 작가들은 종종 대사로 풀어야 할 것을 지문으로 풀거나 또는 지문으로 풀어야 할 것을 대사로 푸는 등의 실수를 하기 때문입니다. 너무 한쪽으로 치우칠 때 이런 실수가 발생하는데 처음부터 균형을 맞추려고 하면 이런 실수를 방지할 수 있습니다.

또 가독성의 문제가 있습니다. 지문만 주르륵 이어지는 것보다는 중간에 대사가 끼어드는 것이 더 유리합니다. 그렇다고 대사만 주야장천 이어나가게 되면 전개가 늘어지게 됩니다. 또 실력이 부족한 작가라면 지금 발언하고 있는 등장인물이 누구인지 종종 헷갈리게 됩니다. 균형을 맞추게 되면 이러한 면에서도 실수를 줄일 수 있습니다.

28

연재는 어떤 방식으로 해야 할까?

신에게 배운 대로 지문과 대화의 균형 맞추는 작업을 실행했다.

틈틈이 비축분도 더 쌓았는데, 그러다 보니 거의 20화 정도가 되었다.

'원래…… 이렇게까지 비축분을 쌓아야 하나?'

옛날 내 정신 상태를 생각해 보면 이런 말 하는 게 우습기는 한데, 원래 비축분이라는 건 양날의 검이었다. 전작을 성공시킨 기성 작가들조차 트렌드를 못 따라가거나 하면 바로 도태되는 시장이지 않나. 그에 비해 나는 생 신인이라고 봐야 했다. 글 쓴다고 한 지 벌써 반년이나 되었지만 단 하나의 글도 유료화에 진입조차 하지 못했으니까.

'이거 망하면 어쩌지…….'

딱 올려야겠다는 생각을 하기 전까지만 해도 자신이 넘쳤다. 그간 글 쓴답시고 까불긴 했어도 이번처럼 열과 성을 다한 적은 없지 않나. 게다가 자칭 웹소설의 신이라는 작자까지 돕고 있었으니 자신감이 없으면 그게 더 이상한 일이었다.

하지만 막상 올리려고 보니 자꾸 망했던 때의 기억만 스멀스멀 피어올랐다. 이번에도 망하면 아무래도 절필하게 될 거 같았다. 그만큼 노력했고 동시에 지쳐 있었다.

"지랄, 지랄하네."

그때 신이 슉 하고 나타났다. 대뜸 욕부터 하면서였다.

"아, 뭐예요."

"야, 너 이번에 나랑 같이 글을 쓰기 전에 한 건 그냥 아무것도 아닌 세월이라고 생각해야 해. 네가 글 쓰려고 진짜 노력한 건 이번 한 달이 전부라고."

"와…… 그래도 제가 쓴 글이 몇 잔데."

"몇 자 쓰는 게 그렇게 중요한 거 같냐? 남들이 읽을 만한 글을 쓰는 게 중요하지. 쓸데없는 생각하지 마. 넌 글 쓰는 것만 집중하라고."

욕이 뒤섞여 있어서 기분이 나쁘긴 했지만 맞는 말이긴 했다. 작가는, 특히 나처럼 아직 부족한 작가는 쓸데없는 생각보다는 글 쓰는데 집중하는 게 중요했다. 하지만 맞는 말 한다고 어디 다 그게 귀에 들어간다던가. 불안한 마음은 가실 줄 몰랐다.

"근데 아무리 그래도 이게…… 20화가 넘게 쌓이니까요. 안 먹히는 글이면……."

"접어야 된다 이거지?"

"네, 아니. 접기는 싫어요. 제 자식 같은 글인데요. 이번엔 진짜…….”

"안 먹혀도 쓴다고?"

"그…… 처음에는 당연히 안 먹히지 않을까요? 이게 그렇잖아요. 저는 아직 일반 연재라…… 작품 연재에 비해서는 노출도 좀."

"쯧."

신은 내가 이런저런 얘기를 늘어놓자 일단 혀부터 찼다. 남 한창 얘기하고 있는데 저러는 게 예의에 어긋난다는 걸 몰라서 저러는 걸까? 내가 덩치만 좀 더 컸으면 몸소 예의가 무엇인지 알려 줄 수도 있었을 텐데. 아쉬움에 가느다란 팔뚝을 내려다보고 있으려니, 신이 내 머리에 손을 얹었다.

"후……."

한숨을 쉬면서였는데, 이번 한숨은 딱히 나를 한심하게 여기는 생각이 섞여 있는 거 같진 않았다.

"왜 그러세요?"

"이거 힘들거든."

"뭐, 뭐가. 어, 어어어."

지금껏 신이 보여 준 모습 중 정말 신다워 보이는 건 난데없이 나타나기, 생각 어느 정도 읽기 정도였다. 그 외에는 딱히 특별할 것이 없어 보였는데, 이번만큼은 진짜 신 그 자체였다. 손에서 작은 빛무리가 나온다 싶더니만 온 천지가 뒤집히는 느낌이 일었다.

결과는 다소 싱거웠다. 나도 신도 제 자리에 있었다.

"뭐예요, 방금?"

"응? 아니, 뭐. 너 글 연재해 보자. 바로."

"어…… 정말요?"

"어, 네 말대로 20화나 쌓였는데 연재해 봐야지. 언제까지 이거 쌓고만 있을래?"

"와우, 알겠어요."

자기 생각을 바꾸기 위한 이적이었나, 싶을 정도로 신은 갑자기 내게 연재를 제안했다. 거절할 이유는 없었다. 안 그래도 하고 싶었는데 신이 돗자리를 깔아 준 마당 아닌가. 오히려 신이 나서 내 서재로 들어갔다.

"작품 등록 누르고."

"저도 알죠, 이건."

"그래도 들어, 인마. 그냥 말하면 그런가 보다 하고 있어."

"네네."

신은 뭔가 나 말고 다른 사람이라도 있는 것처럼, 작품 등록 외에 너무 기본적인 것도 다 짚어 나갔다. 귀찮았지만 그렇다고 조용히 하라고 했다간 내가 영원히 조용해질 수도 있어서 잠자코 있었다.

"제목은……."

"나 혼자 상태창 용사."

"아, 그걸로 가는 거야?"

"네."

"그래. 장르는…… 판타지, 퓨전 판타지."

"네."

"좋아. 등록 눌러."

"네."

하여간 나는 작품 등록을 마쳤다. 같은 제목의 소설이 없어서 다행이었다. 물론 상태창 들어가는, 그러니까 비슷한 제목의 소설이야 많았지만. 그건 어쩔 수 없는 일이라 생각하기로 했다. 내 마음속 예술 병 걸린 자아가 잠시 꿈틀했으나 이것도 애써 무시했다. 모름지기 제목은 쪽팔릴 정도로 직관적이어야 하는 법이니까.

"자, 글도 올려야지."

"네."

"아니, 아니! 이 미친놈이 바로 올려?"

"왜요?"

"지금 몇 시냐."

"10시…… 42분이네요."

글 올리는데 갑자기 시간은 왜 묻나, 뭐 이런 의문이 들었지만 일단 알려 주기는 했다. 가끔 있지 않나. 뜬금없이 시간 물어보고 배고프다고 하는 애들.

"맨날 지금 이 시간에 올릴 거야?"

"아…… 아뇨. 그건 아닙니다."

들어 보니 신은 그렇게까지 이상한 사람은 아니었다. 올리는 시간도 좀 중요한 모양이었다. 그렇지 않고서야 이렇게까지 열을 올릴 리가 없었다.

"예약을 걸어 인마."

"예약 연재요? 아, 여기 있네."

"그래. 그럼 45분?"

"아니……. 사람들이 제일 많이 읽을 법한 시간에 올려야지. 생각 좀 할래?"

"아…… 근데 언제 제일 많이 보는데요?"

"떠먹여 줄 생각만 하지 말고. 언제일 거 같아."

신이 묻는 태도로 미루어 볼 때, 정답이 있는 질문일 거 같았다. 이걸 또 누가 조사라도 한 모양이었다.

'웹소설은 읽는데 그렇게 긴 시간이 걸리지 않아. 그리고 아마…… 규칙적으로 보지 않을까?'

나만 해도 예전에 알바 가거나 할 때 이동 시간에 주로 보지 않았나. 경험과 추론을 살려 답을 해 보기로 했다.

"아침 8시?"

"출근 시간?"

"네."

"뭔 생각을 했는지는 알겠는데, 아냐."

"아니에요?"

"어. 생각보다 출근할 때는 사람들이 바빠서 이런 거 못 들여다봐. 보는 사람도 있긴 하겠지만 대개는 아냐."

당연하다는 듯 틀려 버렸다. 그럼 언제지? 하고 있으려니, 신이 두 번은 못 기다려 준다는 듯 급히 말을 이었다.

"이것도 한국콘텐츠진흥원에서 제 돈 들여서 연구해 줬거든? 듣기 전에 감사합니다, 해 봐."

"굳이……?"

"인마 이런 자료가 다 도움이 된다고. 해 봐. 그래야 또 해 주지."

"아, 알았어요. 감사합니다."

나는 고개를 숙이며 감사하다고 했다. 속으론 '이런 것도 연구하는 사람들이 있구나.'하고 중얼거리면서였다. 생각해 보면 신의 말대로 감사한 일이긴 했다. 신인 작가라는 건 지푸라기라도 잡아야 하는 존재들이니까.

"밤 열 시에서 열두 시까지. 그러니까 자기 전에 제일 많이 봐. 생각해 보면 당연해. 하루 일과 끝나고 제일 여유로운 시간 아니냐? 자기 전에 좀 아쉬워서 스마트폰 들여다보는 시간이기도 하고."

"아…… 그럼……?"

"열 시 이후로 잡아."

"네."

"아니, 딱 열 시 말고. 문피아는 15분, 45분에 투베 선정이 된다고. 열 시에 해 두면 투베에 들어가 있을 수 있는 시간이 짧잖아. 20분이나 50분으로 해."

"아하, 그런 것도 있어요?"

"이런 것만 팁인 줄 알아? 잘 보라고, 연재라는 게 글 외적으로도 중요한 것들이 있다고."

⭑ ⭑ ⭑
한산이가의 실전 TIP

첫 작품은 문피아에서 시작하는 게 좋다.

이제는 신인 작가도 네이버나 카카오로 갈 수 있는 길이 열려 있다고 합니다. 확실히 예전처럼 두 플랫폼 모두 기성 작가만 고집하지는 않습니다. 하지만 저를 비롯한 많은 기성 작가들은 여전히 첫 작품이라면 문피아에서 시작하기를 권합니다. 문피아 독자들의 피드백이 가혹하게 여겨질 수도 있겠지만, 확실히 그 안에서 배울 수 있는 것이 많기 때문입니다. 또 자기 작품에 대한 확신을 갖기 어려운 신인 작가에게 실시간으로 작품 지표를 확인할 수 있는 문피아가 상대적으로 큰 실패를 피하기에 유리합니다.

그래서 문피아 연재에 대한 팁을 말씀드리려고 합니다. 우선 독자들이 제일 많이 몰리는 시간에 올려야겠죠? 통계에 다 나와 있습니다. 밤 열 시부터 열두 시 사이인데, 열두 시 이후로 보진 않을 테니 10시 20분 또는 10시 50분에 올리는 것이 유리할 거라 생각합니다.

29

가족 친지를 동원하는 것도 좋은 방법이다

글을 올리고 나서는 정말이지 거의 분 단위로 조회수와 선작을 확인하게 되었다. 이런 게 이번이 처음은 아니었다. 생각해 보면 새로운 글을 올릴 때마다 이랬다. 이 기분을 대체 뭐랑 비교하면 좋을까?

"주식 하냐? 아니면 코인 해? 뭘 그렇게 계속 들여다봐?"

"아, 그거네."

"뭐?"

신이 방금 말해 준 것처럼 나는 마치 급등락을 반복하는 코인이라도 몰빵으로 매수해 놓은 사람처럼 내 작품 창을 연신 새로 고침하고 있었다. 얼마나 버튼을 눌러 대고 스크롤을 해 댔는지 손목이 다 아플 지경이었다.

"그런다고 뭐가 변하니? 지금 올린 지 얼마 되지도 않아서 눌러보는 사람도 별로 없을 텐데. 그 시간에 그냥 글이나 써, 인마."

"손에 잡히질 않는데요……."

222

"뭐, 나도 그건 이해는 가. 대부분의 작가가 그렇지. 심지어 기성들도 그렇다니까?"

"네? 기성들도요? 작품 연재에서 시작하면 훨씬 수월할 텐데요?"

"수월하기야 하겠지. 근데 그 사람들이 너랑 기준이 같겠어? 넌 유료화만 되면 일단 성공이잖아. 근데 기성 작가는 그게 아냐. 그 사람들의 경쟁 상대는 비로소 자기 전작이 된 거라고. 전보다 잘 쓰는 게 당연해 보이겠지만 그게 꼭 그렇지만은 않은 법이거든."

"그렇구나……. 하긴."

생각해 보니 기성들이라고 해서 새 글을 올릴 때 마음이 편할 거 같진 않았다. 아니, 어쩌면 더 불편할 수도 있겠다 싶었다. 웹소설 작가라는 게 참 쉽지 않은 직업이구나 하는 생각이 들었다. 신은 어두워지는 내 얼굴을 들여다보다가 더 참지 못하겠는지 입을 뗐다.

"야, 들어 봐."

"아, 네네."

어차피 신과 대화를 하지 않는다고 해서 잠을 자거나 글을 쓸 것 같지는 않았다. 정신이 말똥말똥한 것이 실로 오랜만에 소풍 전날이 된 것 같다고 해야 할까? 하여간 기분이 요상했다.

"제일 좋은 건 그냥 멘탈이 세지는 거야. 지금은 조회수만 보고 있는데도 이러지? 너 이러다 악플 달리면 어쩔래?"

"아…… 악플……. 아프죠. 어떻게 해야 해요?"

"이건 사실 좀 타고 나는 부분이 있어. 뻔뻔한 사람들 있잖아. 욕하는 놈이 잘못된 거지 나는 잘못 없다 뭐 이렇게 생각할 수 있는 사람들. 이런 사람들은 멘탈이 안 터져. 다른 사람이 터지지."

"저는 그렇지 않은데요."

"그래, 그렇지. 보니까 그러네. 근데 너도 결국엔 강해질 거야. 계속 쓰고 겪다 보면."

"나 참……. 이게 팁이에요?"

하다 보면 괜찮아질 거라고? 입대 전날 해 주는 말도 아니고. 이게 대체 뭐란 말인가. 신도 좀 그런지 나를 때리거나 하는 대신 민망한 얼굴로 뒤통수를 긁적였다.

"실제로 그런 걸 어쩌니. 아니면 비슷한 처지의 사람들끼리 속풀이를 하는 법도 있는데, 이건 정신과적으로도 도움이 된다고 알려져 있거든?"

"으음……. 뭐 어디 연재 갤러리라도 가요?"

"근데 이것도 위험한 게…… 네 필명이 아직 네 팬이 적은 상황에서 알려지게 되면, 혹여라도 네가 비슷한 처지에 있던 사람들보다 잘나가게 됐을 때 적이 생길 수가 있어."

"제가 뭘 잘못한 건 아닌데요?"

"사람 심리가 그래. 실제로 악플 다는 사람들 찾아서 고소했더니 아는 작가가 나왔다는 사례가 적지 않아."

"아……."

참 너무 한다는 생각이 들었다. 다른 한편으로는 이해가 가기도 했고. 동시에 이런 얘기가 다 무슨 소용인가 싶기도 했다.

"그래서 내가 추천하는 건, 역시 네가 전에 정해 둔 루틴 있지? 그 루틴을 지키는 거야. 중간중간 글이 어떻게 됐나 보는 건 괜찮아. 어차피 지표를 확인해야 하긴 하니까. 하지만 루틴을 흔들면 안 돼. 론칭했으니까, 글 올린 첫날이니까 이런 핑계를 대지 말라고."

"되게 단호하네요?"

"응, 어쩔 수 없어. 핑계를 대는 순간 네 루틴은 무너지게 되고, 그럼 글도 못 써. 글 외적인 부분으로 네 글이 무너지게 된다고. 무슨 일이 있어도, 설령 악플이 달리거나 네 글을 내리는 한이 있다고 해도 네가 웹소설 작가가 되고 싶다면 루틴만은 지켜야 해."

"허……. 그게 돼요?"

"되게 해야 해. 당장은 어렵겠지만. 하여간 일단 누워. 자, 인마. 내일 아침에 내가 너 원래 일어나야 되는 시간에 깨울 거야. 그럼 바로 글 써라. 내가 페이스 메이커 해 준다. 특별 서비스."

"그……. 알겠습니다."

페이스 메이커라는 말을 듣자, 웹소설 연재가 장거리 달리기라고 했던 말도 떠올랐다. 그리고 동시에 가족이나 친구 중에 이런 거라도 도와줄 사람이 있다면 어떨까 싶었다. 나야 집을 나와서 쓰고 있으니 좀 어렵지만. 글 외적인 도움 정도야 충분히 가족들에게 받을 수 있지 않겠나.

"야, 일어나."

이런저런 생각을 하다 보니, 주로 글 대박 나는 망상을 하다 보니 어느새 잠이 들었던 모양이었다. 신은 약속을 지켜서 딱 9시에 나를 깨우고, 커피까지 주었다. 빨리 깨서 글을 쓰라는 얘기였다.

"으, 죽겠다."

"졸리지?"

"네. 더 자고 싶은데."

"참고 글 써. 그럼 오늘 밤은 잠이 더 잘 올 거야."

"하……."

"그리고 자는 동안 선작 5개 늘었다."

"오."

"1, 2화밖에 안 올렸는데 이 정도면 지금까지 네가 쓴 거 중에는 젤 좋지."

"그렇네요."

선작 5. 고작 5라고 생각할 수도 있겠지만 신의 말대로 딱 2화 올라간 상황이라는 걸 생각하면 꽤 힘이 나는 일이기도 했다. 무엇보다 나를 기쁘게 한 사실은 1, 2화 사이의 조회수 이탈이 거의 없었다는 점이었다.

"으아……."

그렇게 커피도 마시고 선작도 늘었고, 연독도 좋다는 생각으로 힘을 냈으나 정작 집필을 마쳤을 땐 기진맥진이었다. 너무 힘들다 보니 또 쓸데없어 보이는 생각이 스멀스멀 피어올랐다. 어떻게 보면 어제 신이 가족이나 친지의 도움을 받는 것도 좋다고 했던 말의 연속선상에 있는 생각이기도 했다.

"고생했으니까, 털어 봐."

신은 내 눈알 굴러가는 걸 보고는 궁금한 게 있다는 걸 눈치챘다. 허락을 얻은 나는 그래, 오늘 고생했다는 생각과 함께 입을 열었다.

"가족이나 친지들한테 선작 눌러 달라고 하고 조회랑 추천…… 부탁하는 건 좀 어때요? 너무 치졸한가요?"

"응? 아니? 이게 왜 치졸해?"

"오…… 그래요?"

웹소설의 신이니만큼 이런 말을 하면 그런 꼼수 따위 당장 집어치우라고 할 거 같았는데, 생각보다 호의적이었다. 아니, 어떻게 보면 적극적이기까지 했다.

"아는 사람 있으면 다 하라 그래."

"오, 저 그럼 단톡방에 올립니다?"

"음, 근데 단톡방은 좀 별로야."

"어……. 왜요?"

"일단 거의 안 눌러 줄걸. 그런 건 갠톡으로 해야지."

"아……."

"그리고 어지간하면 만나서 직접 푸시를 할 수 있는 사람들한테 부탁하는 게 좋아."

"그건 왜요?"

신은 어리둥절 해하는 내 어깨를 툭툭 쳤다. 내 소설의 1, 2화 조회수를 툭툭 치면서였다.

"지속적으로 관리 안 하면 선작 누르고 그날 올라와 있는 조회수, 추천 말 올려놓고 안 봐. 그럼 독이 돼. 선호작 수 대비 조회수도 낮아지고, 연독률도 떨어지거든. 특히 네 친구가 원래 웹소설을 안 보던 사람이다? 그럼 100%야."

"아……."

"근데 네가 매일 볼 수 있거나 매일 카톡으로 푸시해도 좋은 상대라면 괜찮아. 네가 대신 눌러도 되지. 그렇지 않아? 그럼 반대로 비율이 좋아 보이겠지. 다른 독자들이 왔을 때, 흠 이 소설 재밌나 보네? 하고 눌러보게 만든다고……."

"오."

한산이가의 실전 TIP

투베에 들기 위해 가족과 친구의 도움을 받아라.

　연재하는 데 있어서 자존심을 지키고자 하는 분들이 많습니다. 어느 정도 결과를 내기 전에는 가족, 친지에게 오픈하지 않는 분도 많죠. 근데 그러다 영영 오픈하지 못하게 되는 수도 있습니다. 일단 문피아에 올리셨다면, 그리고 내가 신인 작가라면 무조건 투베에 올라가는 걸 목표로 하세요. 그러기 위해서는 조작으로 잡힐 정도가 아닌, 가족이나 친구의 도움을 받는 것도 나쁘지 않은 방법입니다.

　다만 선호작만 박고 글을 안 보는 사람이라면 곤란합니다. 오히려 해가 돼요. 옆에 딱 붙어서 확인할 수 있는 사람들 한정으로 동원하세요.

30

투베 공백기를 줄이는 방법

신의 말을 듣고 나서 본격적으로 뻔뻔해지기로 작정한 나는 이날 이때껏 살아오면서 만든 모든 인맥에게 매일 전화 또는 톡을 하면서 조회수 늘리기에 매진했다. 그래 봐야 한 사람이 동원할 수 있는 진짜 인맥엔 한계가 있는 법이다 보니 매일 10회가량만이 더 찍힐 뿐이었다.

'아냐, 이것만으로도 큰 도움이야……. 게다가…… 연독률이 높아.'

어차피 유료 연재를 꿈꾸고 있는 상황에서 인맥을 동원하는 건 딱히 의미가 없는 짓이긴 했다. 그 사람들이 백 원씩으로 연재 중인 내 글을 결제하는 것보다는 차라리 그 100원을 직접 주는 게 이득이니까. 결국, 승부는 글로 봐야 한다는 얘기였다.

지금까지는 올라간 회차는 모두 5회. 선호작은 50을 넘어서고 있었고, 최신 조회수 또한 70을 넘었다. 지금까지 내가 썼던 소설 중에서는 제일 반응이 좋았다. 댓글도 달리고 있었는데, 맞춤법 지적하는 댓글이 아니라 내용에 대한 얘기를 해 주는 댓글이었다. 그래 봐야 투베 컷인 100회는 넘지 못해 아쉬운 상황이기도 했다.

"이번 주말이 분수령이야."

"네?"

그때 신이 말했다. 고개를 돌려 보니, 어디서 들고 왔는지 달력을 쥐고 있었다. 형광펜으로 토요일에 동그라미를 치기까지 해서 눈에 확 들어왔다.

"원래 예전엔 투데이 베스트 순위가 100위까지였던 거 알고 있지? 실제로는 110위까지도 표기되기도 했지만, 하여간 그즈음이었어."

"네."

"그래서 그때는 보통 10회 정도에 투베 안으로 진입하는 게 목표였어. 너도 그랬지?"

"그랬죠."

그 전에 들면 당연히 더 좋겠지만, 그건 신인 작가에게는 감히 꿈도 꾸기 어려운 영역이었다. 10회도 사실 목표일 뿐, 달성하지 못할 때가 훨씬 많았다. 하지만 계획은 그렇게 잡았더랬다.

"근데 너는 그냥 올리고 싶을 때 올리더라. 그러면 안 돼."

"네?"

"너 이번에 1, 2화 무슨 요일에 올렸지?"

"어……. 월요일이요."

"이유가 뭐 같냐?"

"네? 그냥 그날 신님이 올리라고 했잖아요. 억, 왜 때려요. 왜!"

달리 무슨 이유가 있겠나. 올리라니까 올렸지. 그래서 그렇게 말했더니만 대뜸 뒤통수를 때렸다. 아주 세게 때린 거 같진 않았지만 그렇다고 아프지 않은 건 아니었다. 해서 억울한 표정으로 신을 째려보고 있었더니만 이윽고 신의 입이 열렸다.

"1회 근처에 투베를 노리고 싶잖아. 이제 200위까지 노출이 된다고 해도 그 이상 바라는 건 언감생심이지."

"그렇죠."

"그럼 10화 언저리의 화가 언제 올라가야 해?"

"음……?"

"아이고, 내가 이걸."

신은 답답한지 가슴을 몇 번 두드렸다. 나도 영문을 몰라서 가슴을 쳤다. 그러자 신은 아까 내가 그랬던 것처럼 사뭇 무서운 얼굴로 나를 노려보았다.

"인마 투베를 그냥 올라? 투베 컷이 낮아졌을 때 오를 수 있는 거잖아. 그게 주말인 거고."

"주말에는 왜 낮아지는데요?"

"사람들이 안 올리니까!"

"주 7일이 기본이라면서요."

"논문에도 나와 있는 사실이고, 또 다 알아. 주 7일 올리는 게 좋다는 거. 하지만 사람들이 안다고 다 하디? 그럼 너 왜 공부 열심히 해서 서울대 안 갔어."

"와……. 뼈를 맞는다는 게 이런 느낌인가."

하긴 맞는 말이긴 했다. 왕도는 누구나 알고 있지 않나. 하지만 누구나 그 길을 걸을 수 있는 건 아니었다. 언제나 공부를 열심히 하는 사람의 비율은 비슷하기 마련이었다. 마찬가지로 주 7일, 그러니까 일일 연재를 할 수 있는 사람의 비율도 정해져 있었다.

웹소설의 신

"하여간 잘된 일이지. 뻔히 알고 있으면서 못 하는 사람들이 많아."

"게으른 것들."

"네가 할 소리는 아닌데……. 게다가 다 너처럼 전업으로 뛰어들겠어? 겸업이 얼마나 많은데. 아예 동시 연재하는 사람도 많고."

"아."

"아무튼, 주말이 기회야. 투베 컷이 뚝 떨어진다고. 근데 그렇게 컷이 떨어져서 진입하는 투베는 기성들이 적은 회차에 진입하는 투베랑은 느낌이 좀 달라. 뭐가 제일 다를까?"

"음…… 전혀……."

알 턱이 없었다. 일단 적은 회차에 투베에 진입해 본 적이 없었으니까. 신도 그렇게 생각했는지 이번에는 별말을 하지 않았다. 대신 안쓰럽다는 얼굴로 입을 열었다.

"생각해 봐. 3회차에 투베에 들었어. 보통 그럼 뭔 생각이 들까?"

"와, 얼마나 잘 썼으면 들었지?"

"그래, 평일에는 그래. 게다가 필명이 익숙해. 그럼?"

"와 역시 기성 짬바."

"그래. 그럼 막 눌러본다고. 근데 너야. 필명이 너라고. 그리고 주말에 간신히 들었어. 근데 3화야. 그럼?"

"운 좋았네. 빈집 털었네."

"울지 말고."

신은 휴지 한 장을 뜯어 내게 주었다. 말을 이어 나가면서였다.

"말 잘했어. 그런 이유로 회차가 너무 적으면 아예 눌러보지도 않아. 하지만 10화 가까이 된다면 어떨까? 그래도 좀 읽어 봄 직한 느낌이 든다고."

"아하."

"게다가 회차가 쌓이는 동안 충성 독자들도 생겼을 거야. 이번 글은 어찌 되었든 저번 글보다는 낫잖아? 그러니까 스코어도 더 낫지."

"오호."

"자, 내일모레부터 주말이야. 그럼 7화가 올라가지? 토요일에? 그날은 백 프로 투베에 든다."

"오오오오."

투베라니. 7회에 투베라니. 이전과는 달리 100위 이내가 아니라 200위까지 받아 주게 되어서 가능하게 된 일이란 건 알고 있었지만, 그래도 기뻤다.

"그날 되면 또 팁이 있는데, 일단 내가 그날 다시 올게."

"어, 네네. 알겠습니다."

"루틴 지키고."

"네."

흐뭇하게 웃고 있으려니 신이 내 어깨를 툭툭 두드렸다. 그리곤 뿅 하고 사라졌다. 루틴을 지켜 주던 사람이 사라진 셈이었지만 괜찮았다. 이게 또 며칠 해 보니까 할 만했기 때문이었다. 게다가 루틴이 중요하다는 말을 골백번 듣지 않았나. 이번만큼은 꼭 성공 해 보자는 각오가 있었기 때문에 나는 다시 신을 마주할 때까지 루틴을 정확히 지킬 수 있었다.

"전 어제 나타날 줄 알았는데요."

예상과 달랐던 것이 있다면 신이 토요일이 아니라 일요일 아침에 나타났다는 점이었다.

"7화가 어제 10시 20분에 올라갔잖아. 실제로 어제 마지막 한 시간만 투베 에 걸쳤지?"

"오, 어떻게 아셨어요?"

"투베를 너희 집에서만 볼 수 있냐. 아무튼, 지금 투베 컷 얼마?"

"40이요. 저 벌써 들어갔습니다."

"그래, 그렇지. 선호작은?"

"평소보다 몇 배는 빨리 늘어요. 벌써 70 넘겼어요."

"그래, 그럼 질문을 달리해 보지. 너 지금처럼 투베에 들어가 있는 시간이 많았으면 좋겠어? 아니면 짧았으면 좋겠어?"

말이 질문이지 사실상 답이 강요된 상황이었다. 여기서 아니라고 할 수 있는 작가 지망생이 있을까? 아니, 기성 작가라 해도 마찬가지일 터였다.

"많았으면 좋겠죠."

"좋아, 그럼 어찌해야 할까?"

"어찌해……? 더 잘 쓴다?"

"내가 연재 방식은 글 외적인 거라 했지."

"음, 그럼…… 아, 전혀 모르겠는데."

신은 고개를 젓는 나를 보며 그럴 줄 알았다는 듯 껄껄 웃었다. 벌써 여러 번 본 표정인데 볼 때마다 기분이 별로였다. 하여간 이것도 재주라면 재주였다.

"겹쳐서 올리는 거야."

"뭔 소린지……?"

"투베가 최신화 조회수로 산정되는 게 아니라, 24시간 내 회차 중 가장 높은 조회수로 산정된다는 것을 이용한 팁이지. 잘 봐라."

여전히 뭔지 모르겠다는 얼굴을 한 나를 신은 PC로 이끌었다.

"지금 투베에 들어간 회차는 어젯밤 10시 20분에 올라온 거야. 지금 오전

10시니까. 12시간 후면 아웃이지."

"네. 그렇죠."

"그다음에 올라온 애가 투베에 오르려면 어떻게 될까? 투베는 여기 노출되어 있어서 누르면 바로 이 페이지로 오게 돼. 일부는 최신화 조회수 뻥튀기되는 오류라고 하지만, 지금까지 안 고치는 걸로 봐서는 이건 일부러 문피아에서 의도한 거야. 일단 투베에 올랐을 때, 이런 시스템이 있으면 처음 올라간 사람일수록 더 위로 올라가기 쉽거든."

"음, 그렇다고 치고요?"

"또 아직 회차가 짧잖아, 너는. 그럼 1화부터 봤을 때 선작을 할까 말까 애매하다고 생각하는 사람도 끝까지 볼 수 있어. 역시나 조회수는 올라가지."

"아, 네."

이건 좀 이해하기 쉬웠다. 해서 고개를 끄덕이고 있으려니, 신이 아까보다 좀 더 진중한 얼굴이 되어 말했다.

"근데 일단 내려가면 선호작 걸어 둔 사람 아니면 거의 안 눌러보겠지?"

"네."

"다시 투베에 올라가는데 또 10시간 이상 걸릴 거라고. 이러면 안 돼."

"그럼……?"

"8화는 밤 10시 20분이 아니라 오전 10시 20분에 올려. 그럼 투베에 오른 건 7화지만, 지금 들어와 보는 사람들은 8화까지는 읽어 볼 거 아냐. 아무리 못해도 밤 10시 20분까지는 투베 컷을 8화도 뚫을 거야. 그때 9화가 올라오면?"

"아…… 투베 공백기가 없겠구나!"

"그래. 독자를 최대한 빨아들일 수 있겠지."

한산이가의 실전 TIP

투베에 들기 위한 방법

문피아 연재는 결국, 투베에 들면서부터 시작이라고 봐야 합니다. 관건은 최대한 빨리 투베에 들어서 최대한 오래 버티는 데에 있습니다. 빨리 드는 건 친지의 도움을 받는 것도 사실 한계가 있습니다. 일단 어느 정도 글을 잘 써야 합니다. 팁이 작용하는 부분은 오래 버티는 지점입니다.

제일 중요한 것은 최신화가 24시간을 채우기 전에 다음 화를 올리는 겁니다. 보통은 주말에 올라오는 작품 수가 적어지고 따라서 투베 등락 컷이 내려오므로 주말에 중복 연재를 시작하는 것이 유리합니다. 시간 간격은 본문에 나와 있는 정도가 가장 효율적이지만 이건 비축분 상황을 봐서 얼마든지 유동적으로 가져가셔도 됩니다. 관건은 오래 버티기입니다.

31

주말에만 유지될까?

신의 말은 과연 효과가 있었다. 아니, 이렇게만 말하면 좀 섭섭해할 정도였다. 대단했다. 일단 투베에 들어간 건 물론이거니와 단 한 시간도 투베에서 빠지질 않았다. 심지어 순위도 꽤 위로 올라가고 있었다.

'150위……. 이번에 투베 들어갔는데 벌써…….'

100위까지 노출되던 게 바로 얼마 전이었으니 사실 투베에 아직 못 들어간 거 아닌가 하는 생각도 들기는 했는데, 그걸 입 밖에 내자마자 신이 뒤통수를 후려갈겼다. 한바탕 욕설을 퍼붓는 건 덤이었다.

"새꺄, 선작이랑 조회수 늘고 있잖아! 그럼 투베 들어간 거지. 투베가 별거야? 순위는 솔직히 1페이지 안…… 그러니까 20위 안 아니면 중요한 게 아니야. 그냥 투베에 들어가서 선호작, 조회수 늘고 있으면 그걸로 되는 거라고."

그 뒤로 이런 말도 덧붙였는데 정말이지 틀린 말이라고는 단 하나도 없다 보니 뭐라 할 말이 없었다. 그렇지 않나. 왜 그렇게 다들 투베에 들어가려고

기를 쓰겠나. 거기 안에 들어가면 노출이 확 되면서 선호작과 조회수 등이 늘어나기 때문이었다.

"근데 그럼 내일은 월요일이니까 원래대로 올리면 되죠?"

소위 '투베 뽕'이라는 말도 있지 않나. 처음 투베에 진입하면 쫙 유입이 늘어나서 하는 말이었다. 물론 운 좋아서 들어가거나, 조작을 통해 들어간 경우라면 딱히 유입빨이 없어서 별 재미가 없겠지만. 다행히 내 글은 투베에 들고나서 선호작이 마구마구 늘고 있었다. 이대로라면 월요일, 그러니까 평일이 되어도 무리 없이 들어갈 수 있을 거 같았다.

"어휴."

희망에 부풀어 있으려니 신이 한숨을 내쉬었다. 처음엔 잘못 들었나 싶었다. 지금 다 잘되어 가고 있지 않나. 심지어 이렇게 두근두근하고 있는 상황에서도 하루 하나 이상 집필도 하고 있었다. 하지만 고개를 돌려 보니, 신은 정확히 나를 보며 한숨을 쉬고 있었다. 정말이지 한심해 죽겠다는 얼굴을 하고서였다. 억울했다.

"왜요? 왜 그래요?"

"너 지금 취해 있지? 투베 뽕에?"

"그건 그래요. 근데 그럼 안 돼요? 이게 뭐 술도 아니고……. 깨야 하나?"

"깨면 안 되지."

"네?"

"정확히 말하면 투베에서 내려오면 안 되지."

"오."

투베에서 내려오지 않는다라. 뭔가 챔피언 느낌이 났다. 왕좌에서 내려오지 않는 강자의 느낌이라고 해야 할까?

"150위 주제에 챔피언은 무슨 놈의 챔피언이야."

"아 왜 갑자기 생각은 읽고 그래요."

"이상한 생각을 하니까 참기가 어렵잖아."

"하려던 얘기는 뭔데요."

"아, 그래."

신이 신다워야 할 거 아닌가. 꼬투리나 잡고 말이야. 아무튼, 이대로 두었다가는 내내 쓸데없는 소리나 할 게 뻔했다. 해서 아까 하려던 말이나 하라고 했다. 그러자 신은 고개를 냅다 끄덕이더니 입을 열었다. 하여간 다루기 쉬운 사람 아니, 신이었다.

"투베에서 내려오면 안 된다고 했지?"

"네, 그랬죠. 근데 그게 되나요?"

"보통은 잘 안 되지."

"뭐야."

"끝까지 들어 새꺄. 한국말은 끝까지 들어야 한다는 거 몰라?"

"아, 알았어요."

뭐가 또 있는 모양이었다. 신의 조언이나 팁 그리고 꼼수는 과연 신의 그것이라는 느낌이 있을 만큼 꽤 효과가 있지 않았나. 때문에 나는 나도 모르게 자세를 고쳐 앉았다. 뼈가 되고 살이 되는 말이 나올 거라 기대하면서였다.

"이때는 계산을 치밀하게 해야 해. 일단 너 비축분 얼마나 있지?"

"열 개 넘죠."

"좋아. 그리고 선호작은 얼마야?"

"선호작…… 이제 150이요."

"150. 음."

"왜 그런 표정이에요? 사람 불안하게."

"아냐, 아냐."

신은 누가 봐도 나라 잃은 것 같은 얼굴을 하고 있던 주제에 손사래를 쳤다. 그래서 어쩐지 더 불안해졌지만 신이 곧장 다른 얘기를 꺼내서 내 불안을 해소할 길은 없어져 버리고야 말았다.

"자, 일단 너 선호작이 지금 막 늘고 있는 상황이라서 정확하지는 않은데…….. 일단 글 올리고 6시간쯤 되면 조회수가 선호작만큼 되거든? 이건 좋아. 그럼 나머지 시간 동안 또 선호작만큼의 조회수가 쌓일 수 있거든. 24시간 조회수가 선호작 2배 정도 되면 아주 좋아. 성장하고 있다는 뜻이라. 아무튼, 지금 중요한 건 그게 아니라 네 선호작만큼 조회수가 쌓이는 데 6시간이 걸린다는 거야."

"음……. 뭐가 중요하다는 건지 잘 모르겠는데요?"

"기대도 안 했어. 그러니까 그냥 들어, 인마."

"네."

모르는 게 맞기는 한데, 너무 기대도 안 했다고 하니까 괜히 섭섭해졌다. 그래서 입을 뾰로통하게 내밀었더니 기다렸다는 듯 신의 손이 내 입술을 후려쳤다.

"왜……?"

"로맨틱 드라마 주인공 같은 얼굴 하지 마. 죽이고 싶어져."

"허."

"아무튼, 아까 내가 그랬지? 네가 가진 선호작만큼 조회수가 쌓이는 데 6시간 걸린다고."

"네."

"그리고 평일 문피아 투베 컷이 보통 100에서 150 사이야. 즉 최소로 가면 100은 넘겨야 하고, 안전하게 가려면 150은 넘겨야 투베에 들어간다는 거지. 이때 선택지가 두 개로 갈려."

신은 손가락 두 개를 폈다. 그리곤 계속해서 말을 이어 나갔다.

"일단 비축분이 별로 없다. 그럼 지금 너 오늘 밤, 그러니까 일요일 밤 10시에 올릴 거잖아?"

"네."

"내일은 2시간 당겨. 8시에 올리는 거야."

"네? 왜요?"

"선호작만큼 쌓이는데 6시간이긴 한데, 보통 2시간이면 그 절반 정도는 쌓이거든? 그럼 오늘 올라간 게 24시간이 되어서 투베 집계에서 사라질 때, 내일 8시에 올린 애 조회수가 거의 100 가까이는 되겠지? 그럼 턱걸이는 할 거야. 설령 안 되더라도 곧 투베에 진입하겠지. 중요한 건 투베에 들어가 있지 않은 시간을 줄이는 거니까 비축분이 없으면 이렇게라도 해야 해."

"오……. 그럼 저는요? 저는 비축분 꽤 있잖아요?"

내 말에 신은 긍정의 뜻으로 고개를 끄덕여 주었다. 나를 마주하고서는 실로 드물게 씨익 웃어 주기까지 했다.

"그래. 비축분이 있으면 옵션이 크게 늘어. 제일 강력한 건 지금처럼 12시간마다 올리는 건데……. 사실 그렇게 하면 매일 2개가 올라가는 거라 소모가 너무 커. 게다가 조회수가 늘어나는 건 투베에 들어가 있는 시간도 시간인데, 그냥 작품이 형성되고 나서의 시간도 중요하거든?"

맞는 말이었다. 입소문이라는 게 있지 않나. 그리고 독자에게는 시간이 필요한 법이었다. 이 작품에 빠지고 또 주인공을 비롯한 등장인물과 정이 들기 위해서 필수적이었다.

"근데 하루에 두 개씩 올리면 절대적인 시간이 부족해져. 물론 유료를 아주 늦게 갈 거라면 모르겠지만…… 이게 마냥 좋은 건 아니라……. 이건 좀 나중에 유료 임박했을 때 얘기해 주도록 하고. 그래서 너처럼 비축분이 충분한 상황이라면 3시간을 당기는 걸 추천해. 예를 들면 내일은 오후 7시, 그다음 날은 오후 4시, 그다음 오후 1시, 오전 10시, 오전 7시가 되는 거지. 오전 7시는 금요일이지? 다음 날은 뭐지?"

"주말이요, 오."

"그럼 오후 10시에 또 박아 버려. 그때쯤 되면 네 선작도 확 늘어 있을 텐데, 이렇게 부스터를 달아 주면 순위가 뜨겠지."

"오……."

"이제 알겠어? 왜 초반에는 비축분을 쌓는 게 중요하다고 했는지?"

한산이가의 실전 TIP

투베에서 안 내려오는 방법

투베에 한번 오르고 나면, 투베에서 내려오는 순간 일종의 박탈감이 느껴질 겁니다. 갑자기 선호작도 안 오르고, 조회수도 안 오르고. 나 혼자 시간이 멈춘 느낌이 들죠. 무서운 건 이게 느낌이 아니라 실제라는 점입니다.

오히려 주말에 투베에 들었다가 평일에는 못 들게 되면 작품의 지표가 망가지게 됩니다. 비단 작가 기분만 잡치는 게 아닙니다. 요새는 독자들도 작품의 지표를 보고 읽을지 말지를 고르는 사람이 많습니다. 그 말은 곧 작품이 나락으로 간다는 뜻이죠. 그래서 평일에서 어떻게든 남아 있기 위해 몇 시간씩이라도 겹쳐서 연재하는 것이 유리합니다.

32

누구보다 작가가 냉정해야 해

신의 팁은 과연 위력이 대단했다. 어느 정도였냐고 한다면 지난 일주일 동안 단 1분도 투베 밖으로 나갔던 적이 없었을 지경이었다. 다시 말하면 내 글이 계속해서 투베의 수혜를 입어 왔다는 얘기였다. 밖에 있을 땐 상상할 수 없을 정도로 많은 유입량을 약속받을 수 있었다.

"근데 지표가 별로네."

하지만 마냥 기분이 좋지만은 않았다. 방금 신이 초치는 얼굴로 말한 것처럼 지표가 영 별로라서 그랬다.

"일단 일주일이나 지났는데 아직도 100위를 탭하고 있어."

"흠. 유입의 문제일까요?"

"유입? 1화 조회수 얼마냐."

"4천 넘었죠."

"2화는?"

"같은 날 올렸으니까요. 얘도 4천 넘죠."

"근데 최신화는 얼마지?"

"600 될까 말까……."

유입 탓을 하고 싶었다. 제목과 표지가 문제란 소리 아닌가. 하지만 신의 질문에 답하다 보니 저절로 알 수 있었다. 유입은 충분했다.

"선호작은 얼마지?"

"600이요."

"1화…… 아니, 2화 조회수와 비교해도 7분의 1밖에 안 되잖아. 이러면 안 돼."

"아니, 언제는 제 거 괜찮다고 했으면서?"

"그건 지난주까지 얘기였지. 투베에 들 만한 소설이었단 소리야. 하지만 이 위로 치고 올라가는 건 무리 같은데."

"아니, 아직…… 시간이……."

1, 2화 조회수에 비해서 선호작이 좀 적다는 건 인정해야 했다. 대개의 인기작은 1화 또는 2화 조회수 대비 선호작 수가 4대1 또는 3 대 1까지 이르지 않던가. 물론 아주 마니악한 작품 같은 경우라면 얘기가 좀 달라질 수도 있는데, 그건 정말 소수의 이야기였다. 그리고 그런 경우라 해도 내 글처럼 7대1까지 떨어지지는 않았다.

"아냐. 이제 결정해야 해."

"뭘요?"

"연재 중지."

"아니, 제가 이렇게까지 노력했는데요?"

"노력했지. 근데 그게 중요한가? 독자들이 재밌어하느냐가 전부야. 1시간

만에 휘갈겨 쓰더라도 그게 재밌으면 장땡이라고."

"그…… 그래도."

"일단 내가 네 지표를 읊어 줄게. 이상적인 수치랑 잘 비교해 보라고."

아무래도 신은 오늘 작정하고 온 모양이었다. 어쩐지 평일엔 별말 없이 사라지더니만. 심지어 내가 글 쓰는 게 좀 느려졌음에도 그랬다. 운수 좋은 날 느낌이라고 해야 하나? 하여간 싸했더랬다.

"일단 조회수 대비 선작은 아까 말했고. 24시간 조회수는…… 선호작 수랑 비슷한 수준이야. 좀 있으면 역전되게 생겼어. 성장이 벌써 끝나간다는 얘기지. 심지어 연독률도 개판이야. 30% 수준이라고. 어떻게 계산하는지는 알지?"

"아, 알죠."

"이거 안 돼. 더구나…… 너 문제가 이것만이 아냐."

"네? 또 있어요?"

"또 있지. 너 요새 한 화 쓰는 데 시간 얼마나 걸려?"

"어…….."

최근 느려진다 싶기는 했다. 초반 부분엔 하루에 2개도 거뜬했던 거 같은데 지금은 정말 하루 종일 글에만 매달려 있음에도 불구하고 하나 쓰는 게 고작이었다. 그나마도 내용이 마음에 드는 것도 아니었다. 꾸역꾸역 쓴다는 느낌이 강했다.

"오래 걸리지? 내가 보니까…… 진짜 집중해서 써도 10시간은 걸리는 거 같은데. 앉아 있는 시간까지 하면 그보다 더 많고 말이야."

"음."

"근데 그만큼 재밌냐고 하면 그것도 아냐. 초반부 흡입력이……. 여기 15

화를 기점으로 해서 뚝 떨어졌어. 실제로 여기서 선호작 이탈도 많았지."

"여기를 고칠까요?"

"고쳐? 어떻게?"

"음……. 여기부터 전개가 좀 엇나간 느낌이긴 하잖아요."

글쓰기가 힘들었다. 방금 내가 말한 것처럼 전개가 엇나가서 그런 건가 싶을 정도로 힘들었다. 그렇다고 해서 포기하고 싶지는 않았다. 방금 신이 말한 것처럼 15화까지는 썩 괜찮았으니까. 그때는 투베 순위도 지금보다 높았다. 진짜로 뭔가 될 것 같았다는 얘기였다.

"그 뒤로 싹 고치겠다고?"

"네."

"다시 말하면, 리메이크를 하고 싶다 이 말이지? 이거 다 고치면서 연재하는 건 의미가 없잖아. 전개 방향을 틀어야 할 텐데."

"아, 네. 공지 띄우고…… 기다려 달라고 하면 안 될까요?"

"뭐, 그런 일이 아주 없는 건 아니지."

신의 말대로였다. 리메이크 공지를 직접 본 것만 해도 여러 번이지 않나. 무엇보다 내 글은 15화 이후로만 어떻게 고쳐 주면 확 비상할 수 있을 거 같았다. 신도 그렇게 생각할 거라 믿었다.

하지만 신은 이내 고개를 가로저었다. 질문 하나를 던지면서였다.

"리메이크가 보통 어떨 때 이루어진다고 생각하나?"

"네? 지금처럼…… 전개가 틀어졌을 때?"

"아니, 너 말고. 보통 영화나 음악이 리메이크되는 거 말야. 어떤 경우야?"

"아……. 엄청 대박이 났을 때요."

"그래, 그게 아닌데 뭔 리메이크야?"

"근데 하는 경우 있잖아요. 기성들도."

아까 말했듯 내가 직접 목도한 리메이크만 해도 여러 번이었다. 기성들도 예외는 아니었다.

"그래서 성공하디?"

"어……."

하지만 리메이크가 성공했던 건 별로 본 기억이 없었다. 아니, 적어도 내게 는 없었다.

"네 말대로 틀어진 전개를 바로 잡는다고 하자. 근데 이거 어떻게 바로 잡 을 건데? 15화까지 그랬던 것처럼 내 조언대로 할 거야? 내가 언제까지 있을 줄 알고?"

"제가 보고……. 독자들 바람대로……."

"그게 지금 될까? 너 이거 쓴 지 얼마나 됐다고? 그 사이에 실력이 늘었으면 얼마나 늘었다고."

"아니, 그래도……."

"네가 무슨 생각하고 있는지는 잘 알아. 첫 작품은 아니겠지만 그래도 이 만큼 노력해서 쓴 건 처음이겠지? 누구에게나 처음은 각별한 법이지."

신은 전에 없이 다정한 얼굴로 내 어깨를 두드려 주었다. 아프게 두드린 것 도 아니고 정말 위로하는 느낌이 들었다. 그래서 더 슬펐다. 진짜 진심으로 얘기하는 것일 테니까.

"하지만 명심해야 해. 네 글의 목적은 네 만족에 있지 않아. 상업 소설은 많 은 사람들에게 읽힐 때 비로소 가치가 생기는 거야. 벌써부터 너무 소중하게 여기지 말라고. 사업도 그렇잖아? 지금까지 매몰한 비용이 아까워서 뻔히 안 될 것 같은 아이템에 매달리다 보면 인생 조지는 거라고. 이것도 같아. 네 작품은 네 자식이 아냐. 비즈니스 파트너 내지는 그저 하나의 아이템일 뿐이라고."

"음⋯⋯."

"이건 접어야 해. 사실 처음부터 이런 형식의 글은 네 문체나 네 성향에 잘 맞지도 않았어."

"네? 아니 언제는⋯⋯."

"너처럼 고집 센 놈은 한번 깨져 봐야 알거든. 어때? 최선을 다했지? 근데 안 됐지? 네가 쓰고 싶은 글은 네가 아직 쓸 수 있는 역량이 없는 거야. 그게 문제라고."

★ ★ ★

한산이가의 실전 TIP

버려야 한다면 얼른 버려라. 최대한 빠르게.

열심히 노력했는데 소설이 별로일 수 있습니다. 작가가 주관적으로 느끼는 작품의 재미나 가치를 얘기하는 것이 아닙니다. 그저 작품의 지표를 얘기하는 겁니다. 사실 작가가 작품에 대해 느끼는 애정은 전혀 중요하지 않기 때문입니다.

냉정하게 느껴질 수도 있지만, 작품은 작가의 자식 같은 존재가 아닙니다. 그저 비즈니스 대상이라고 생각하는 것이 좋습니다. 안 되는 작품을 붙잡고 있는 시간에 빨리 다음 작품으로 넘어가야 한다는 얘기입니다. 저도 이게 처음부터 쉽지는 않았습니다. 하지만 이제는 숨 쉬듯 작품을 쓰고 포기하고 있습니다. 신기하게 그러다 보면 이거다 싶은 작품이 나오더군요.

33

잘 쓸 수 있는 장르부터 고민해 봐

깨져 봐야 안다라. 가슴 아픈 말이었지만 인정할 것은 인정해야 했다.

'이제는 알겠어. 난……'

내가 쓰는 판타지는 어딘지 모르게 어설프기만 했다. 초반부는 매끄럽게 잘 빠졌다고 하지만, 그건 신의 말대로 썼기 때문일 터였다. 나 혼자 전개를 이끌어 나간 15화 이후로는 무너졌다는 말로는 설명이 부족했다.

'어울리지 않는 옷 같아.'

내가 꿈꾸는 판타지는 결국, 내가 어렸을 때 읽었던 판타지 소설을 지향하고 있었다. 그게 무슨 문제인가 싶을 수도 있을 텐데, 요즘엔 십 년이면 강산이 변한다는 말도 고루하게 느껴지는 시대이지 않나. 10년이 아니라 1년만 지나도 대세가 획획 변한다. 그때 대중들이 원하던 이야기와 지금 대중들이 원하는 이야기가 같기를 바란다면 그건 일종의 망상이었다.

"자자, 자기반성은 이제 그만하고."

한없는 우울함에 빠져들려는 찰나, 신이 입을 열었다. 손뼉을 한번 짝 치고 서였다. 덕분인지 뭔지 몰라도 정신이 좀 들었다. 그러고 보니 벌써 연재 중단 공지를 쓴 후였다.

　　└● 아쉬워요.
　　└● 이제야 얘기 진행할 거 같은데…….
　　└● 그래, 몇 화 전부터 좀 이상하긴 했음.
　　└● 리메이크하려나?

　중단 공지까지는 이미 여러 번 써 본 전력이 있었다. 그렇다고 해서 별다른 느낌이 없는 건 아니었다. 중대한 차이가 하나 있었다. 새 글 알람이 떠서 온 독자들이 댓글을 달고 있었다. 그중엔 선플도 있었고, 냉정한 댓글도 있었다.
　"어…… 댓글이…….."
　"이전보다는 싹수가 보인 거야. 어떻게 봐도 실력이 늘었잖아? 그동안 계속 난 가능성이 있는 작가라고 생각했겠지만 이제야 겨우 독자들에게도 가능성이 있어 보이기 시작한 거라고 보면 돼."
　"그럼…… 희망이 있는 건가요?"
　"일단 내 말을 듣고 지금까지 노력한 것만으로도 희망은 있지. 단, 앞으로도 계속 글을 쓴다는 가정하에 말이야. 어떡할래? 이번에 열심히 한 거, 그랬는데도 안 된 거 둘 다 인정이야."
　신은 대견하다는 얼굴로 나를 바라보았다. 그리곤 바로 말을 이어 나가는 대신 좀 기다렸다. 드문 일이었다. 신이 딱히 정답이 없는 일임에도 불구하고 기다린다는 건. 하지만 나는 망설임 없이 답했다.

"당연히 계속 써야죠. 이제야 늘었다는데……."

"그래, 그래야 내 신도라고 할 수 있지."

"신도요?"

"난 제자를 신도라고 부르는 주의야."

"뭔 주의가 그렇게 멋대로예요?"

"하여간, 이제부터 중요하니까 잘 들어. 잘 듣고 생각 잘해서 답하라고."

"어……."

말도 안 되는 말을 하더니만 바로 말을 돌렸다. 치사하다는 생각이 들었지만 뭐라고 할 수도 없었다. 신이 중요한 얘기라는데 여기서 뭘 더 어쩐단 말인가.

"이번에 판타지 썼잖아. 또 판타지 쓸 거야?"

"네? 음. 당연히 판타지 쓰려고 했는데……. 그렇게 말하니까 또 이게."

"잘 생각해 봐. 꼭 써야 하는 이유가 있어?"

"이유라……. 이유. 음."

"전에 장르 엄청 많다고 했잖아. 그 많은 장르 중에 판타지를 고른 이유가 있을 거 아냐."

"으음."

신은 당연히 심사숙고해서 고른 거지? 뭐 이런 얼굴을 하고 있었다. 그걸 보고 있자니 좀 민망해졌다. 딱히 이유랄 게 없어서였다. 그저 웹소설을 써야지 했을 때 판타지가 생각나서가 다였다. 읽어 본 게 그게 다이기도 했고.

'그래도 그렇게 말하면 안 될 거 같은데……?'

뭐라 말해야 되나 싶었다. 고민에 고민을 거듭하고 있으려니 다행인지 뭔지 신이 먼저 입을 열었다. 사실 아까부터 입술 달싹거리고 있는 게 지금은 내 대답보다는 자기가 말하고 싶은 게 더 큰 것 같기는 했다.

"내가 봤을 때 네 문체가 좀 건조하거든? 화려하지도 않고……."

"욕하는 거?"

"아니, 네 문체가 그렇다고. 이게 판타지처럼 누구나 없는 세계라고 인식하는 세계관을 그려나갈 땐…… 아주 잘 쓰는 사람이 아니면 단점이 될 수도 있어. 근데 현대 판타지처럼 배경이 현대라면 오히려 더 그럴싸하게 느껴질 수도 있어."

"으음……. 현대 판타지라……."

"재밌게 읽은 건 있지?"

"사실 뭐 한산이가 건 다 봤죠. 그중에서 재미있는 것도 있었고. 《재벌집 막내아들》도 재밌게 봤고……. 근데 저는 특별한 경험 같은 게 있진 않은데요?"

현판 좋은 거야 알고 있었다. 판타지 장르처럼 크게 터지는 경우는 드물지만, 일정 수준 이상 팔리는 작품 수가 적다 보니 연독은 판타지 장르에 비해 유리하지 않나. 하지만 진입 장벽이 있었다. 현실 배경을 비틀어서 써야 하다 보니, 디테일이 들어가야 하는데 요새는 한산이가같이 현직에 있는 놈들이 자꾸 글을 써 재끼다 보니 현업이 아닌 입장에서는 아무래도 쓰기가 좀 망설여졌다.

"도저히 못 쓰겠어?"

"그…… 네, 자신이 없어요."

사실 이렇게 말하면 신이 날 푸시할 줄 알았다. 계속 글을 쓰겠다고 했는데 판타지는 아니라고 하고, 현판을 꺼냈으니 당연한 일 아니겠나. 하지만 신은 어깨를 으쓱해 보이곤 바로 딴 얘기로 돌입했다.

"꼭 특별한 경험이 있다고 잘 쓰는 건 아니긴 한데……. 사실 잘 보면 오히려 군대나 회사물 같이 공통된 경험에 대한 소설이 더 잘 팔리기도 하거든? 근데 자신이 없다면 뭐. 넘어가. 다음은…… 무협, 무협은 어때."

"무협……. 읽는 건 좋아합니다. 《화산귀환》이나 《광마회귀》, 《무림서부》, 《절대검감》, 《나노마신》 등등."

"아, 완전 탑이네. 그런 걸 꿈꾸는 건 아니지?"

"꿈도 못 꿔요?"

"어."

"와."

"아니, 꿈은 자유지. 근데 어렵지. 무협도 일종의 전문직물 같은 분야라서. 장르 관련 지식이 좀 있어야 쓸 수 있잖아? 오히려 판타지보다는 이쪽이 더 진입 장벽이 높다고 할 수 있지."

"으음……."

생각해 보니 그렇긴 했다. 무협에 나오는 무공 이름, 혈도 이름, 단체 이름, 말투 등등 하나하나가 진지하게 써 보려고 하니까 순식간에 진입 장벽이 되어 버렸다. 이걸 물 흐르듯 쓸 수 있을까? 신의 말대로 판타지가 나을 것 같았다.

"표정만 봐도 안 될 거 같고. 자, 그럼…… 다음. 음 그래, 너 왜 이거 안 써?"

"네?"

"너 사학과 나왔잖아. 그럼 대체 역사물 쓰는 게 제일 좋지 않아?"

"아…… 대체 역사요."

웹소설이 인기를 끌기 시작하면서 장르는 점점 더 세분화되어 가고 있었다. 새롭게 등장하는 장르들도 많았는데 그중 하나가 대체 역사물이었다. 아니, 새롭다고 하기엔 이전에도 있기는 했다. 북벌이나, 남벌과 같은 형태로. 하지만 지금처럼 활발하게 나오지는 않았더랬다.

"생각은 해 봤죠. 근데…… 이거……. 제가 역사를 잘 알다 보니까 오히려 좀…….

"다큐가 돼? 너무 아는 분야라?"

"네."

"배부른 소리 같은데? 그걸 좀 비틀어 보면 얘기가 나오지 않겠어? 네가 제일 잘 아는 분야잖아. 아무리 공부를 안 했어도 전공자랑 아닌 사람은 다르지."

"음……."

"일단 고민 해 봐. 내가 봤을 때 너는 그럴싸한 거짓말을 쓸 때 제일 잘 쓸 거 같아. 그러자면 배경이 현대거나 이미 있던 과거를 비튼 것이 유리하겠지."

"으음. 알겠어요."

"똑딱똑딱."

"어, 지금 여기서 바로?"

"어. 당연하지. 벌써 얼마를 허비했는데 또 시간 낭비를 해? 바로 결정 내리고 오늘부터 다시 써야지."

★ ★ ★

한산이가의 실전 TIP

쓰고 싶은 장르보다는 쓸 수 있는 장르를 선택하라.

실패하기 전에 하면 더 좋을 고민이지만, 사실 실패하기 전까지는 내가 뭘 잘하는지 못하는지 알기가 어렵습니다. 엄밀히 말하면 내가 뭘 못 쓰는지 인정하기가 어렵죠. 예를 들어 나는 판타지가 쓰고 싶은데, 판타지만 썼다 하면 망하는 작가가 있습니다. 대표적으로 한산이가가 그렇습니다. 다른 장르는 꽤 잘 쓰는 편인데 판타지는 이러니 환장할 노릇이라고 생각해야 할까요? 아닙니다. 벌어지는 현상에 대해서는 일단 받아들이는 태도가 중요합니다.

일단 못 쓰는 장르는 두고, 잘 쓸 수 있는 장르가 무엇인지 고민해 봐야 합니다. 쓰고 싶은 장르가 아니라 쓸 수 있는 장르를 써야 한다는 얘기입니다. 대개는 내 경험과 지식과 연관된 분야가 유리한데 절대적인 기준은 아닙니다. 다시 말하면 쉬운 일이 아니란 얘기입니다. 그러나 중요한 고민이니만큼 반드시 한번 짚고 넘어가시기를 바랍니다.

34

쓰고 싶은 거 말고 쓸 수 있는 걸 써·1

나는 실로 오랜만에 장르명을 쭉 늘어놓았다. 내가 쓴 글의 장르가 대체 무엇인지 파악하기 위해 늘어놓았을 때랑 느낌은 전혀 달랐다. 그땐 억지로 끼워 맞추려고 노력했다면, 지금은 이번에 내가 쓸 장르가 무엇인지 고민하기 위함이었다.

'더럽게 많네.'

그러다 보니 전에는 최대한 가까워 보이는 장르만 적어 놨었더랬다. 하지만 이번엔 의미 있는 장르명을 다 써 놓았다. 더럽게 많다는 감상이 과장이 아니었다.

'판타지, 퓨전 판타지, 현대 판타지, 무협, 대체 역사, 스포츠, SF, 미스터리, 추리, 스릴러…….'

로맨스나 로맨스 판타지 또는 BL 등과 같은 여성향을 제외했음에도 이랬다. 심지어 이것들은 그저 대분류였다. 안으로 들어가면 훨씬 더 많았다.

'일단 비주류 장르는 제외하자.'

신은 뭐를 잘 쓸 수 있을지보다는 먼저 뭐를 못 쓸지부터 고르라고 했다. 선택지가 한두 개일 때는 몰라도, 너무 많을 때는 소거법이 훨씬 유리할 거라고 하면서. 솔직히 뭐가 그리 다를까 싶기는 한데, 그래도 따라 보기로 했다.

그 결과, SF, 미스터리, 추리, 스릴러는 지우기로 했다. 난 도저히 못 쓰겠다, 이런 건 아닌데. 지금껏 저 장르에서 히트 쳤다는 얘기는 한 번도 들어 본 적이 없었다. 옛날 같으면 그래도 난 다르지 않을까 따위의 쓸데없는 생각을 했겠지만. 이제는 나름 철이 들었다. 기성도 못 하는 걸 내가 할 수 있을 리는 없었다.

'판타지가 왕도긴 한데……. 이번에 해 보니까 안 되고. 무협도…… 여전히 좋은 장르지만……. 진입 장벽이 있어.'

남성향 소설을 묶어서 말할 때, 여전히 판무라고 하지 않나. 판타지, 무협이 그만큼 중심을 차지하고 있다는 뜻이었다. 그중에서도 판타지는 대세 중의 대세라고 할 수 있었다. 그만큼 경쟁자도 많지만 한번 위로 올라가면 천장이 없다는 게 장점이었다. 여기서 천장이란 인기를 뜻하기도 했고, 또 그 인기를 통해 벌어들일 수 있는 소득을 의미하기도 했다.

심지어 요새는 노블 코믹스, 즉 소설을 원작으로 하는 웹툰이 엄청나게 많이 쏟아져 나오고 있지 않나. 그렇다 보니 자연히 각색, 드로잉, 채색, 배경 등을 따로 맡는 웹툰 팀이 많아지고 있었다. 이게 활성화되기 전까지는 판타지 소설은 웹툰이 되기 어렵다는 게 정설이었다. 갑옷, 성과 같이 작화에 걸림돌이 될 만한 게 워낙 많아서였다. 하지만 이젠 그러한 장애물도 사라져 버렸다.

무협은 한때 망한 장르 취급을 받은 적도 있었다. 너무 오래되고, 너무 정형화된 서사만 나오다 보니 나왔던 소린데, 지금 그런 소리 했다간 어디 가서 뺨 맞을 가능성이 컸다. 당장 네이버나 문피아만 가 봐도 기라성 같은 무협이 많지 않나. 그러면서 동시에 작품 수는 판타지에 비해 무척 적어서 주목받을 가능성은 컸다. 쓸 수 있는 사람이 적다는 뜻인데, 아쉽게도 난 거기에 해당하진 않았다.

'그럼 역시 현대 판타지, 대체 역사, 스포츠인데…….'

우선 신이 강력히 추천했던 대체 역사물부터 보자면, 말 그대로 원래 있던 역사를 비튼 소설을 말했다. 물론 삼국지물도 있는데, 이건 나랑은 크게 관계없는 일이니 넘어가는 게 좋을 듯했다.

하여간 대체 역사는 그 특성상 독자들이 원래 잘 아는 역사 시기를 건드릴수록 유리했다. 물론 잘못 건드리면 이미 역사 지식이 엄청나게 쌓인 독자들에게 호되게 당하겠지만, 익숙한 사건과 인물을 비틀 때 오는 즐거움은 독자들로 하여금 해당 소설을 계속 읽을 수 있게 하는 힘이 있었다. 필연적으로 대다수의 대체 역사물은 우리나라 역사, 그중에서도 조선을 다루고 있었다. 또 같은 이유로 어느 정도 애국심을 고취시키는 방향의 전개를 틀어 가는 게 좋았다.

'원래는 이게 천장이 확실했던 장르인데……. 그게 깨졌지.'

한때 대체 역사물은 기본적으로 붙는 독자들이 있지만 한계가 명확하다는 평을 들었더랬다. 역사라는 게 소수의 마니아 외에는 딱히 관심을 두지 않는 장르라서 그랬다. 하지만 《블랙기업조선》이나 《폭군 고종》 그리고 여기에 끼기엔 많이 미흡하지만 나름 의학과 대체 역사를 뒤섞었던 《닥터, 조선 가다》 등으로 인해 독자들이 많이 유입된 후로는 잘 쓰기만 하면 상상조차 하기 힘들 정도로 많은 인기를 누릴 수 있었다.

'그래, 내가 이걸 왜 안 썼어? 스포츠보다는 훨씬 잘 쓸 수 있을 거 같은데.'

스포츠는 야구, 축구 등의 운동선수 또는 감독, 구단주를 주인공으로 하는 소설을 말했다. 왜 저 두 개만 말했냐면 다른 운동을 소재로 한 소설 중 성공한 소설은 손에 꼽을 수 있을 만큼 희귀해서 그랬다. 이미 도가 튼 사람이거나 또는 선출이라면 몰라도 일반 신인 작가가 도전하기엔 저 둘 중에서도 야구가 더 좋았다. 축구보다 경기 내용을 글로 풀어나가기에 야구가 훨씬 수월해서 그랬다. 물론 그건 야구를 어느 정도 잘 안다는 가정하에 일이었다. 나에게는 해당 사항이 없었다.

'하지만 난 야구는 잘 몰라. 역시 대체 역사물일까? 현판은…… 아, 자신 없는데.'

현대 판타지는 거기서 또 몇 가지 장르로 나뉘었다. 크게 나누면 헌터물, 직업물, 재벌물, 소설 빙의물, 게임 빙의물, 아포칼립스물 정도일까? 여기서 또 변주를 어떻게 주나에 따라 한없이 세분화되기는 하겠지만 일단 이 중에서 관심이 가는 건 아무래도 헌터물이었다.

'헌터물……. 한때 모른 장르의 왕도였지.'

한때 그랬다는 건 지금은 아니라는 뜻이었다. 《전지적 독자 시점》을 기점으로 해서 좀 죽은 느낌이라고 해야 할까? 하지만 그렇다고 해서 이젠 잘 팔리는 헌터물이 없냐고 하면 그건 또 아니었다. 웹소설 계가 다 그렇듯 잘 쓰면 되었다. 다만 비교 대상이 꽤 많다는 것이 단점이었다.

'직업물도 하, 이게. 왜 의사랑 변호사들이 글까지 쓰냐고. 적폐 놈들. 특히 한산이가 놈.'

직업물도 집필 난이도가 급상승한 장르 중 하나였다. 현직에 있던 놈들이 뛰어드니 말 다 한 셈이었다. 의사, 변호사만이 아니라 회계사, 전직 경찰 등

엄청난 사람들이 죄 뛰어들고 있었다. 그중에서 회사원 물이나 군대물이라면 나도 쓸 수 있겠지만, 누구나 다 해 본 경험 아닌가 하는 생각이 발목을 잡았다.

'그래도 신 말을 들어 보면 오히려 흔한 직업을 다룬 게…… 유리할 수 있을 거 같긴 한데. 아니면 역시 대체 역사일까? 하 씨, 나 모르겠네.'

정신을 차리고 보니 직업물과 대체 역사물을 제외하고는 싹 지운 상태였다. 확실히 소거법이 도움이 되긴 한 모양이었다. 이제는 둘 중 하나만 고르면 되니까. 물론 이 생각도 아주 잠시뿐이었다. 둘 중 하나를 고르는 일이 더럽게도 어려웠다.

"잘했네. 자, 그럼 이제는 더 잘 쓸 수 있을 거 같은 걸 고르자."

그렇게 고민을 거듭하고 있으려니 신이 나타났다. 소거법과는 정반대되는 얘기를 하면서였다.

★ ★ ★

한산이가의 실전 TIP

웹소설은 장르별 특징이 뚜렷하다.

어떤 글을 쓸까 생각할 때, 장르를 늘어놓고 하는 고민이 의외로 도움이 될 때가 많습니다. 흔히 웹소설이라고 하면 하나로 묶어서 생각하는데, 실제로는 장르마다 천차만별이기에 그렇습니다.

예를 들어 현대 판타지는 배경이 현대이다 보니 작가가 보다 디테일한 지점을 짚어 주면 좋습니다. 대신 누구나 알 법한 요소에 대해서는 설명이나 묘사를 생략해도 좋죠. 제약 사항이 좀 있는데, 전반적인 극의 설정이나 전개가 현실성이 떨어지면 안 됩니다. 캐릭터도 너무 현실과 동떨어지지 않게 잘 설계해야 합니다. 가령 현판인데 적이 있으면 다 죽이는 캐릭터가 나온다면 설득이 어렵다는 얘기입니다.

그에 반해 판타지나 무협은 현존하지 않는 세계관에 관한 이야기입니다. 때문에 현판에 비하면 작가가 자유롭습니다. 그런데 그만큼 어렵습니다. 이미 있는 세계관이 아닌, 새로운 세계관에 독자를 몰입시킨다는 것이 쉬울 리가 없죠. 특히 설정이나 묘사가 촘촘하게 들어가야 하는 지점들이 있습니다. 대강 뭉개는 작가라면 이러한 지점에서 실패를 맛보기 쉽습니다.

35

쓰고 싶은 거 말고 쓸 수 있는 걸 써 · 2

둘 중 하난데 여전히 쓰고 싶은 게 아니라 더 잘 쓸 수 있는 걸 고르라고 하다니. 나는 어쩐지 조금 섭섭한 마음이 들어 신을 돌아보았다. 노골적으로 티를 내면서 바라보고 있는데, 그럼에도 신은 그저 뚱한 얼굴을 유지하고 있었다.

"대체 역사야 아니면 현판 직업물이야. 어 잘 쓸 수 있는 걸 골라 봐."

"어, 음……."

방금 했던 말을 한 번 더 반복하면서였다.

어지간하면 이쯤 되면 내가 받아들이겠는데, 이번엔 반발심이 들었다.

여기까지 오는데 나도 꽤 노력했기에 그랬다.

"근데 둘 다 어지간히 잘 쓸 수 있을 거 같아서 고른 거긴 한데. 그럼 더 쓰고 싶은 거 쓰면 안 돼요?"

"더 쓰고 싶은 게 뭔데."

"사실 여전히 판타지가 좀 쓰고 싶어서요."

"아아."

그에 반해 신은 판타지라는 단어를 듣자마자 지겹단 얼굴이 되고야 말았다. 남은 절실한데 저런 반응이라니. 섭섭했지만, 그나마 다행인 것은 그래도 입을 틀어막지는 않았다는 점이었다. 덕분에 나는 하고자 했던 말을 그대로 이어 나갈 수 있었다.

"근데 판타지는 제가 잘 못 쓰는 거 같아요. 그렇잖아요? 이번엔 진짜 노력했는데 안 됐잖아요."

"그래, 그렇지. 그럼 안 써야지?"

"그래도 이게…… 아무래도 완전히 포기는 안 돼서요. 하여간 들어 봐요, 좀. 저한테 다 생각이 있다니까요?"

"그래, 그 생각이란 거 어디 한번 풀어 봐라."

암만 봐도 신은 탐탁지 않아 보였다. 하지만 여전히 입은 틀어막지 않았다.

"잘 봐요. 제가 사학과 나왔죠. 솔직히 1학년 때 이미 아, 나랑은 안 맞는 과다. 뭐 이런 생각도 했고……. 선배들도 역사 관련한 일보다는 다른 일 하는 걸 보면서 전공 공부는 열심히 안 했지만 그래도 역사를 좋아하긴 했거든요? 지금도 그래요. 그래서 제가 일반인들보다는 훨씬 잘 안다고 자부합니다."

"그래, 그러니까 대체 역사 쓰라고."

"아니, 근데…… 그렇게만 재미가 없어요. 이미 많잖아요. 그래서 조선으로 돌아가는데 거기가 판타지 조선인 거예요. 역사의 변곡점을 판타지로 넣는 거죠. 어? 막 어? 왜구인데 오크야. 어때요. 상상만 해도 재밌잖아요."

"흐음."

"게다가 이렇게 하면 대체 역사만 보던 독자들도 보고, 판타지만 보던 독자들도 보니까 독자 풀이 두 배. 와, 지렸다."

"지리고 싶나, 새끼가."

나는 자신만만한 얼굴이 되어 신을 바라보았다. 그리고 신은 그런 나에게 주먹을 보여 주었다. 지리고 싶냐는 말을 하면서였는데, 뜻이 모호했음에도 불구하고 공포에 질릴 만한 분위기가 순식간에 조성되었다.

"일단 대체 역사 독자 풀하고 판타지 독자 풀은 몇 배 차이나. 그리고 보통 그렇게 장르를 섞잖아? 어지간히 잘 쓰지 않는 이상에는 인마, 교집합이 돼."

"네?"

"아, 문과지. 대체 역사랑 판타지 둘 다 보던 독자들만 남는다고. 너랑 정확히 똑같은 생각을 했던 기성 작가가 있거든? 누굴 거 같냐?"

"어…… 설마."

"그래, 한산이가야."

"와 또산이가래. 아니, 진짜 그 인간이랑 뭐 지분 관계라도 있어요?"

"이건 욕이야. 욕."

"아."

욕이라면 납득할 수 있었다. 나도 한산이가 글을 재밌게 본 게 있기는 하지만, 사실 필력만 놓고 봤을 때 상위권에 위치할 만한 작가는 아니지 않나. 뭐 이런 생각을 하고 있으려니 신이 왜인지 모르게 무섭게 노려봐서 그만두었다.

"그 인간이 판타지랑 무협 마니아거든? 의학물은 원래 잘 안 봐."

"근데 의학물만 그렇게 써요?"

"그런 거 같지? 근데 알게 모르게 다른 장르 시도한 거 엄청 많아. 한 7개 정도 썼다가 연중 했을걸. 그중에 아예 안 올린 것도 있고."

"헐……. 7개? 생각보다 많은데요?"

"어. 특징이 1질 완결하고 나면 자기가 원래 쓰고 싶어 했던 거를 써. 근데 그게 한 번도 된 적이 없거든? 그래서 다시 의학물을 썼던 거야. 그러다 진짜 미친 척하고 모험을 한 게 있는데, 그게 바로 '의느님을 믿습니까'야."

"그건 모르겠네……. 그런 소설도 있나."

정말 처음 들어 보는 이름이었다. 해서 고개를 갸웃거리고 있으려니, 신이 어딘지 모르게 씁쓸한 표정이 된 채 말을 이어 나갔다.

"한산이가 소설 중에 초창기 작도 아닌데 처참하게 망해 버린 소설이 있어. 막상 한산이가 팬 중에는 그걸 최고로 꼽는 사람도 많은데, 성적은 망했어. 왜 그럴까?"

"일단 제목이 뭘 말하는 건지 모르겠는데요. 의느님을 왜 믿어요. 종교물이야?"

"어, 놀랍게도 종교물이야."

"헐."

"그리고 너랑 똑같은 시도를 했어. 아무리 해도 판타지만 해서는 안 되니까 의학물을 섞은 거야. 그러니까…… 판타지 의학 종교물이랄까?"

"뭔 잡탕이에요. 개밥을 만들었네."

"말이 심하네. 팬들은 좋아한다니까? 근데 명백한 단점이 있어. 독자들이 교집합이 돼. 직업물도 보고, 판타지도 보는 사람만 보는 거야."

"아……."

독자의 교집합이라니. 오늘 처음 들은 말인데 되게 무서운 말이란 생각이 들었다.

"한산이가 장점이 직접 저지른 실수는 두 번 다시 잘 안 저지르거든. 그래서 교집합은 시도를 안 해, 더 이상."

"오……. 하긴 그 양반 소설 성적이 점점 좋아지기는 했죠. 절대 천재 스타일은 아니지."

"그리고 자기 역량 평가가 잘 되는 인간이야. 그래서 절대 메인 작품으로는 의학물 외에 다른 걸 안 건드려. 의학물 쓰면서 도전해 보는 정도?"

"아니 근데…… 7질이나 썼는데 아직도 다른 장르는 못 쓰는 거예요?"

"실력이 늘기도 하는데, 7질을 쓰면서 현판 직업물로 문체가 점점 더 굳어지기도 하거든. 아마 의학물 말고 다른 걸 쓰려면 같은 현판 내에서 의사물이 아닌 다른 장으로 점핑해야 할 거야. 그러다 보면 저변이 넓어지겠지."

"그렇군."

7질을 쓰고 있는 작가라면 어딜 가도 기성 타이틀 정도는 거머쥘 수 있는 인간 아니겠나. 한데 그런 사람조차 쓰고 싶은 거 말고 쓸 수 있는 걸 쓰고 있다는 사실이 머리를 쿵쿵 두드렸다.

"그게 한산이가라는 작가가 가진 재능의 한계이기도 해. 문체가 단순하거든? 묘사도 약하고. 그렇다 보니 원래 있는 세계는 두루뭉술 넘어갈 수 있지만, 판타지처럼 실재하지 않는 세계에 대한 묘사는 약할 수밖에 없지."

"저랑 비슷하네요?"

"그런 면에 있어서는 그래. 한 가지 차이가 있다면……. 그 사람은 일찌감치 한계를 인정하고 쓸 수 있는 걸 쓰고 있다는 것이고, 넌 여전히 꿈을 꾸고 있다는 거지. 자, 이제 깰 시간이 됐어. 둘 중 더 잘 쓸 수 있는 걸 골라."

"아……. 그럼 아무래도 직업물이 나을 거 같아요. 역사는 지금 쓰면 다큐 될 듯."

"그래, 오케이. 그럼 직업물로 정하자고."

한산이가의 실전 TIP

장르별 특징. 현대 판타지와 대체 역사도 괜찮다.

장르를 고민할 때 고려해야 할 것은 또 있습니다. 바로 장르별 시장 특성입니다. 일단 제일 대중적인 장르는 판타지, 무협입니다. 천장이 없다고 하는데, 이 두 장르에서 최고 인기작이 되면 정말 끝없이 위로 올라갈 수 있습니다. 단점이라면 그만큼 작품이 너무 많다는 겁니다. 천장이 아니라, 심해에 내려갈 수도 있다는 얘기입니다.

현판은 그에 비하면 시장이 좀 작지만 점점 성장하는 장르입니다. 또 이미 설정이나 전개가 현실성 있게 갈 수밖에 없는 장르다 보니 무리수를 두거나 할 여지가 적습니다. 때문에 폭발력은 판타지나 무협에 비해 한 수 처지지만 유지는 잘 됩니다.

대체 역사나 스포츠는 앞서 말한 장르보다 훨씬 풀이 좁습니다. 사실 현판 안에 들어가기도 하고 판타지 안에 들어가기도 하죠. 게다가 플랫폼별로 독자층 차이도 심합니다. 이렇게 말하면 단점만 있는 거 같지만 장점도 있습니다. 우선 쓰는 사람이 적어서 경쟁이 덜합니다. 그리고 충성 독자층이 많아서, 신인에게는 오히려 유리할 수도 있습니다. 게다가 《폭군 고종》이나 《블랙기업조선》과 같은 기라성 같은 대체 역사물의 등장으로 인해 시장도 커지고 있습니다. 스포츠도 이블라인 작가를 필두로 성장하고 있죠.

36

본인의 욕망을 투영해 봐

직업물을 쓰기로 했다. 배경은 현대. 이만하면 많이 정한 거 같은데, 여전히 걸림돌은 많았다.

"뭔 직업으로 할 건데?"

"어……."

"아니다. 질문을 바꿀게. 너 지금까지 뭐 뭐 해 봤어."

"아."

질문을 조금 바꾸니까 답하기가 훨씬 수월해졌다. 회사원, 아르바이트, 군인 그리고 작가까지 해 봐야 선택지가 네 개뿐이지 않나. 해서 냅다 말을 했더니, 신의 얼굴이 왜인지 모르게 조금 어두워졌다.

"왜 그래요?"

"아니, 아냐. 그래. 아르바이트는 빼자고. 작가도."

"작가도요? 작가물 꽤 잘나갔었는데?"

"어, 그랬지. 근데 웹소설 작가물은 지금 잘나가는 게 있니?"

"음……."

아예 이름이 떠오르지 않는 건 아니었다. 몇 가지 있었다. 빅 라이프라거나 하는 것들. 하지만 벌써 몇 년 전 소설이었다. 트렌드가 휙휙 바뀌는 웹소설에서 몇 년 전이면 상고 시대라고 봐도 무방했으니까. 당시엔 충분히 시장에 먹혔을 만한 글이라 해도 지금은 아예 투베에 들지 못하는 수도 있다는 얘기였다.

"드라마 작가물은 여전히 잘나가. 환상을 자극하는 느낌이 있거든. 근데 너 그쪽 계약이나 진행 어떻게 되는지 아는 거 있어?"

"전혀 없죠."

"촬영은 어떻게 되는지 알아?"

"모르죠."

"안 되겠지."

"네."

말을 듣고 보니 작가도 지우는 게 옳아 보였다. 그렇다면 남은 건 달랑 두 개뿐이었다. 회사원과 군대.

"회사는 무슨 회사 다녔어?"

"제약 회사요."

"음, 뭐 했는데? 연구?"

"아뇨, 영업."

"아, 영업."

"군대는 안 물어봐요?"

"아, 나 군대 얘기 별로 안 좋아해서. 근데 일단 물어는 볼게. 뭐 했는데."

"급양병이요."

"아······."

신은 급양병이라는 단어를 몇 번인가 되뇌더니 고개를 가로저었다. 벌써 《취사병 전설이 되다》라는 웹소설이 있다는 말을 덧붙이면서였다. 내가 생각해도 같은 소재로 쓴다면 도저히 그거보다 잘 쓸 수 있을 거 같진 않았다.

"뭐 다른 추억은 없지? 군대 가서 훈련이 빡셌다거나."

"급양병 엄청 힘들거든요?"

"그러니까 그거 말고."

"그건 없죠."

"그래, 그럼 회사원으로 가자. 영업으로. 제약 회사 영업 사원이 주인공인 웹소설 기억나는 거 없지?"

"아, 네. 없는 거 같아요."

"좋아."

다행인 것은 그나마 혼자 머리를 굴리진 않아도 되는 상황이라는 점이었다. 이게 맞는 방향인지는 모르겠지만 하여간 뭔가 진행은 빨랐다. 그렇게 나는 차기작 장르를 완전히 결정할 수 있었다.

현대 판타지, 직업물, 제약 회사 영업 사원물.

사실 별것 아닌 일일 수도 있는데, 나로서는 꽤 큰 산 하나를 넘은 느낌이었다. 어쩐지 잘 쓸 수 있다는 자신감이 막 든다고 해야 할까? 하여간 제약 회사 영업 사원 하면서 많은 경험을 해봤던 것은 사실이지 않나.

"근데 너 그거 왜 관뒀어? 처음부터 소설에 뜻이 있었던 거야? 아니면······."

희망찬 얼굴을 하고 있으려니 신이 바로 기분 잡치는 소리를 해 댔다.

"왜 인상을 써."

"멀쩡히 다니던 회사를…… 소설 쓰려고 관뒀겠어요. 소설이 쓰고 싶었다면 회사 다니면서 겸업을 했겠지."

"아, 그럼?"

"건강 나빠져서 관뒀어요. 제가 담당하던 병원 중에 완전 진상 원장님 한 분 계셔서……. 억지로 술 대작하다가."

"좋은데?"

"네?"

거기서 멈추려나 했는데 자꾸 선을 넘었다. 남 건강이 나빠졌다는데 잘됐다니. 이게 할 소리란 말인가. 사람이 아니란 건 알고 있었지만, 하여간 배신감이 뼛속 깊이 들었다. 그러나 신은 뻔뻔하기 그지없는 얼굴을 하고 있었다.

"실패한 경험이 있으면 더 좋아. 소설 속 주인공이 그 실패를 극복하게 해 주면 되잖아?"

"아…….."

"직업적으로 이루고자 했던 꿈은 있어?"

"있죠. 언젠가는 나도 큰돈 벌어서 제약 회사 차리고 싶었지."

"허황된 꿈이네."

"자꾸 이럴래요?"

"근데 그래서 오히려 더 좋아. 소설에서는 이룰 수 있거든."

"오."

자꾸 화가 났다가 오 하니까 정신이 나간 것처럼 보일 수도 있겠단 생각이 들었다. 하지만 이런 나를 이해해 줘야 할 것이 하나 있었다. 나는 바로 얼마

전 심혈을 기울여 쓴 소설을 연중 한 상태라는 것이었다. 그만큼 멘탈이 취약해져 있었고, 신의 말에 이리저리 휘둘릴 수밖에 없었다.

"자, 그럼 도입은 어떻게 할래. 1, 2, 3화가 엄청 중요하다는 건 이제 충분히 알고 있을 텐데, 한번 짜 봐."

"음……. 쓰라고요?"

"바로 써? 뭐 그런 사람도 있긴 한데……. 보통은 그래도 초반부 플롯은 짜 둬야지. 네가 뭐 천재냐? 아니면 이쪽 장르 많이 써서 도가 텄어?"

"아, 그럼……. 좋아. 1화는 주인공의 능력을 살짝 보여 줘서 기대감을 끌어낼까요?"

"좋아 좋아, 기대감 좋아. 그럼 어떤 능력?"

주인공의 능력이라. 난감할 거 같았는데, 생각보다 쉬웠다. '내가 영업 사원 하면서 이런 능력이 있다면 얼마나 좋을까.'란 생각을 한두 번 해 본 게 아니어서 그랬다.

"술을 아무리 먹어도 끄떡없는 능력?"

"아, 그건 좀."

"그럼 상대의 호감을 끌어낼 수 있는 능력?"

"아까보다는 나은데……. 두루뭉술해. 보다 자세하게."

"뭔 말인지 모르겠는데요?"

자세하게 말하라고 해 놓고 정작 자신은 두루뭉술하게 말하는 건 대체 뭔 화법이란 말인가. 뚱한 얼굴을 하고 있으려니 신이 허허 웃으며 일단 뒤통수를 후려갈겼다.

"억."

"정확히 어떻게 상대의 호감을 끌어낼 건데. 그걸 능력화시켜 봐."

"으음……?"

"아니, 이 새끼는. 영업 사원 하다가 회사 세우고 싶었다면서? 그럼 노력 어지간히 했던 거 아냐?"

"아니, 뭐……. 그것도 다 옛날 일이죠, 이제. 희미해졌지."

"와……."

"또 때리지 말고요. 좋은 생각 있으면 털어놔 보시던가."

"후우."

신은 잠시 부들부들 떨다가 이내 입을 열었다. 하여간 시키면 다 할 거면 되게 툴툴대는 편이었다. 이런 게 츤데레라는 걸까?

"상대 호감을 얻어내는 데 제일 효과적인 게 뭐냐? 게임 해 보면 알잖아. 뭐 해?"

"선물……?"

"그래. 근데 뭔 선물을 줘야 해?"

"상대가 원하는 걸 줘야죠."

"그래. 주인공이 그럼 인마 상대가 원하는 걸 알 수 있다면 어떻겠어?"

"오. 그럼 영업 사원으로는 좋은데요? 오?"

"그래, 그게 네 욕망이랑도 맞아?"

"그런 거 같아요."

"같은 거야? 아니면 확실히 같아."

"확실히 같아요. 이 방향이면 저도 잘 쓸 수 있습니다."

"오케이, 고고."

웹소설의 신

한산이가의 실전 TIP

내가 해 본 직업을 주인공의 직업으로 선택하면
인물의 욕망을 파악하기 쉽다.

웹소설을 왜 볼까요? 재미가 있어서입니다. 그렇다면 작가는 이 재미가 어디에서 오는가를 끊임없이 고민해야 합니다. 답은 다양할 수 있습니다. 캐릭터의 매력이 될 수도 있고, 캐릭터끼리의 티키타카일 수도 있고 또 전개 자체의 흥미를 들 수 있을 겁니다.

하지만 무엇보다 우선시되어야 할 것은 욕망의 투영과 충족입니다. 간단하게 말해 모든 판타지, 무협, 현판의 서사는 결국, 성공의 서사입니다. 주인공이 실패하는 웹소설은 없습니다. 왜 그럴까요? 누구도 실패를 욕망하는 사람은 없어서 그렇습니다.

다시 말하면 보다 보편적인 욕망을, 또 리얼한 욕망을 투영하고 이를 만족시키는 소설이 아무래도 더 많이 읽힐 수밖에 없다는 겁니다.

자신의 직업을 베이스로 한 직업물이 그래도 더 쉽게 성공하는 이유는 디테일한 묘사가 가능해서이기도 하겠지만, 오히려 보다 그럴싸한 욕망을 투영하고 충족시키고 있어서라고 저는 생각합니다.

37

회빙환을 왜 그렇게들 쓸까? · 1

모든 것이 다 정해진 느낌이었다. 이제 이대로 쭉 써 내려만 가면 될 것 같은 그런 느낌이라고 해야 할까? 무엇보다 신도 나를 꽤나 믿는다는 얼굴로 바라보고 있었다. 심지어 빨리 보고 싶다고 하면서 이번에는 일주일 뒤가 아니라 바로 다음 날 오겠다고 했다.

'좋아, 이렇게 되면 힘을 낼 수밖에 없잖아?'

나는 일단 베스트란에 있는 현판물, 그중에서도 직업물을 골라 읽기 시작했다. 내용도 내용이었지만 얼마 전 신이 조언해 준 대로 댓글과 추천 수, 그리고 조회수의 변화도 잘 생각해가면서 읽었다. 확실히 회사원 물에서는 감초처럼 등장해야 하는 장면이 있다는 느낌도 받았고, 굳이 넣을 필요 없겠단 장면도 알 것 같았다. 다만 한 가지 마음에 안 드는 것이 있다면 바로 시작점이었다.

'굳이 회귀로 시작할 필요가 있나? 이런 능력이 있는데……?'

어떻게 된 게 다들 미리 만나서 약속이라도 했는지 죄 회귀를 하고 있었다. 딱히 개연성은 없었다. 회귀라는 게 말이 안 되는 것이니 회귀에 개연성을 부여하는 건 어려운 일 아니겠나. 물론 그게 몰입에 방해를 주거나 하진 않았다. 어차피 판타지물에서 회귀는 이제 따로 설명이 필요 없을 정도로 널리 받아들여지고 있는 개념이었으니까.

'나는 능력 각성하면서 가자.'

하지만 대세에 따르기는 싫었다. 차별점을 주어야 한다는 생각이 들어서였다. 이전처럼 내가 기성들보다 더 잘 쓸 수 있을 거 같아서는 결코 아니었다. 이제 나도 그간의 고생을 통해 많이 성장한 참 아니던가. 오히려 내가 다르게 가고자 하는 건 전혀 다른 이유에서였다.

'후발 주자로서 뭔가 차별점을 줘야지.'

내가 저들보다 못하고, 또 늦었으니 더 노력해야 한다는 의미에서의 차별점이었다. 와, 내가 이런 생각을 다 하게 되다니. 스스로가 뿌듯해서 견디기가 어려울 지경이었다. 그렇게 2화까지 뚝딱 완성하고는 스스로를 칭찬한다는 느낌으로 머리를 쓰다듬고 있으려니 신이 나타났다.

"내일 나타난다고 하시고서는?"

"불안해서."

"믿는다면서요."

"믿는데, 불안해. 뭔 말인지 알겠어?"

"아뇨, 전혀."

"그래, 나도 이해를 바라고 한 말은 아냐. 아무튼, 봐봐."

말은 이렇게 했지만 사실 나도 내심 반갑기는 했다. 혼자 고시원 방에 틀어박혀, 벽만 보고 글 쓰는 게 쉬울 리가 없지 않나. 몇 번 글을 내 본 기성 작가라면 또 모르겠지만, 내겐 피드백이 절실한 상황이었다. 아니, 사실 정확히 말하자면 피드백을 가장한 칭찬을 원했다.

"흐음."

신은 내가 다급하게 건넨 글을 쭉 읽어 내려갔다. 2화라고 해 봐야 1화는 거의 프롤로그 형식이었기에 그리 오래 걸릴 거 같진 않았다. 하나 신은 어떤 지점에서 인상을 찌푸린 채 좀처럼 아래로 내려가질 못하고 있었다.

"왜, 왜 그래요?"

"주인공의 목적이…… 명확하게 나오질 않는데?"

"네? 아니, 1, 2화 밖에 없으니까 그렇죠."

"1, 2화라 그렇죠 라니. 그런 핑계는 대면 안 되지. 독자들이 널 뭘 믿고 뒤에까지 볼 거라고 굳게 믿는 거야?"

"어……. 그럼 넣어야 하는데."

"그래, 넣어야지. 능력 생기는 건 좋다 이거야. 근데 이 능력을 가지고 어디에 쓸 건지가 명확하지 않아. 주인공의 욕망이 안 보여."

"흐음. 어디에 끼워 넣지?"

"끼워 넣어? 이게 덤이냐? 어찌 보면 제일 중요한 건데?"

신의 입에서 튀어나온 건, 당연한 일일지도 모르겠지만 칭찬은 아니었다. 오히려 신랄한 비판이었는데, 딱히 따로 할 말이 없었다. 질문을 듣다 보니 점점 궁색해지고만 있었다.

"그렇네요? 이게 어쩌지."

"굳이 능력 각성만 넣은 이유가 있어?"

"음……. 그게 다들 회귀하는 느낌이라 저는 좀 다르게 가려고요. 빙의나 환생도 좀…… 너무 자주 쓰이는 거 같고요. 아, 오해는 하지 마시고요. 제가 뭐 건방진 생각을 하진 않았고…… 제가 후발 주자니까 차별점을 주고 싶어서요."

"차별점이라."

"네. 차별점."

"회귀를 왜 쓴다고 생각하는 건데?"

"네? 어……."

그러고 보니 회귀가 진짜 많이 쓰이는 장치라는 건 알고 있는데, 이걸 도대체 왜 이렇게까지 많이 쓰는지는 별로 고민해 본 적이 없었다. 심지어 저번 판타지를 쓸 때 회귀물을 썼음에도 그랬다. 솔직히 고백하자면, 당시에는 남들이 다 쓰니까 나도 쓰자는 심정이었다.

"이 새끼."

"아니, 왜요. 회귀. 어? 시간을 돌아간다. 이런 거 아닙니까?"

"그래, 그래서?"

"미래를 아는 게 엄청난 이점이죠. 어, 그래, 맞아. 이점이야 그게. 그래서 쓰는 거죠."

"단지 그거뿐이야. 그럼 그냥 예언할 수 있는 능력을 하나 알게 된 건데?"

"어……."

난 나도 모르게 그러네 라고 할 뻔했으나, 그래도 잘 참았다. 물론 속내는 이미 다 들킨 마당이었다.

"잘 봐. 회귀를 보통 어떤 상황에서 하디?"

"절망적인 상황이요."

"그래. 정확히 말하면, 전생의 욕망이 좌절되었을 때 회귀를 하지."

"아."

"그 말은 곧 독자들이 주인공의 이루지 못했던 욕망이 무엇인지 회귀하는 순간 바로 알게 되지. 그리고 그 과정에서 무언가 능력을 각성했다? 그럼 독자들은 아 이 새끼가 이 능력으로 전생에 이루지 못했던 욕망을 이루기 위해 노력하겠구나! 전개가 이렇게 되겠구나! 딱 알게 돼. 아주 명확한 가이드라인이 생기는 거야."

"아⋯⋯. 오. 그렇네요? 억."

신은 연신 고개를 끄덕이고 있던 내 콧잔등을 슬쩍 쳤다. 뒤통수보다는 덜 아팠지만, 예상치 못했던 펀치라서 그런지 별이 왔다 갔다 하는 기분이었다.

"그렇네요가 뭐야, 새끼가. 하여간, 잘 봐. 회귀를 시키면 아까 네가 말한 대로 미래를 안다는 아주 강력한 이점도 있지만, 독자들에게 욕망을 바로 인식시킬 수 있다는 이점도 있는 거야. 사실 초보 작가들에게 회귀가 유리한 건 전자보다도 후자 때문이야. 원래 어떤 욕망이나, 목적을 각인시키는 것이 되게 어려운 일이거든. 근데 회귀는 잘못 써도 이게 바로 보여."

"아하⋯⋯. 그럼 저도 회귀를 시킬까요?"

"근데 그럼 능력이 두 개가 되잖아. 그리고 미래를 알고 있다는 것이 네가 지금 구상하던 전개에 지대한 영향을 미칠걸. 사실 이것보다 강력한 능력이 없잖아? 이미 회귀물은 그른 거야."

"아⋯⋯ 음."

"그러니까 너는 1화에 뭘 해야 해? 능력 각성보다는 그냥 욕망의 좌절을 그리라고. 그리고 좌절의 순간에 회귀가 아니라 능력 각성을 시켜."

"아하!"

웹소설의 신

★ ★ ★
한산이가의 실전 TIP

회빙환이 지겹다고 생각되겠지만, 그만큼 장점이 있다.

회빙환이라는 말은 들어 보셨을 겁니다. 주로 헤비 독자들 사이에서 조롱의 의미로 쓰이죠. 또 회빙환이냐? 그걸 보다 보면 신인 작가로서는 회빙환은 마치 금기시해야 할 단어처럼 느껴질 수도 있습니다. 그러나 베스트란을 보면 여전히 회빙환은 인기입니다. 오히려 무조건 써야 되는 거 아닌가 하고 느끼기 쉽죠.

그러나 중요한 것은 회귀나 빙의, 환생과 같은 장치가 무엇인지 이해하고 적재적소에 써먹는 겁니다. 우선 회귀는 인간의 기본 욕망과 맞닿아 있습니다. 아, 어제로 돌아가고 싶다, 작년으로 돌아가고 싶다 하는 생각을 가볍게라도 안 해 본 사람이 얼마나 될까요. 거기서 일단 가산점을 먹고 들어갑니다. 보다 깊숙이 들어가면, 회귀는 미래를 속속들이 아는 능력을 주인공에게 부여하는 장치입니다. 성공 서사에 있어 이보다 강력한 도구는 드물겠죠.

38

회빙환을 왜 그렇게들 쓸까? · 2

신의 말을 종합해 보면 결국, 회빙환 즉 회귀, 빙의, 환생도 하나의 도구일 뿐 대세는 아니란 얘기가 되었다. 허나 그렇다 해도 한 가지 의문은 남았다.

"대체 왜 그렇게들 쓰냐고? 회귀는 방금 말해 줬잖아. 회귀하는 순간 가장 강한 능력도 얻고, 주인공의 목적도 생기고."

"그냥 그것만 있어요? 그렇다고 하기엔……."

"너무 많이 쓴다고?"

"네."

"그건 그렇지. 근데 잘 보면…… 그냥 회귀가 대세라서 집어넣는 경우도 있어. 굳이 이 소설에서 회귀까지 할 필요가 있었나 싶은 게 한두 개가 아니지."

"오."

이제 하도 신하고 오래 봤더니만 신의 표정이 읽힐 지경이었다. 이 표정은 틀림없이 꿀잼 스토리 풀려고 할 때 짓는 표정이었다. 아래턱 씰룩대는 게 딱 그랬다.

"좀 더 자세히 말해 줄게. 일단 회귀부터."

"네네."

예상했던 대로 신은 본격적으로 입을 털어대기 시작했다. 사실 회귀에 대해서는 아까 충분히 들은 거 같단 생각도 들었지만, 입 닥치고 있기로 했다. 괜히 그랬다가 팁을 하나라도 놓치게 되면 내 손해니까.

"원래 회귀는 되게 전형적이었어. 배경이 현판이든, 무협이든, 판타지든 간에 하여간 아무것도 아니던 시절이지만 미래를 바꿀 수 있는 시절로 돌아오는 거. 그거 하나였다고."

"지금도 그게 다 아니에요?"

"너 진짜 안 보는구나. 《SSS급 자살 헌터》 몰라?"

"아."

"그건 회귀가 짧잖아. 그래서 짧은 회귀, 긴 회귀로 나뉘게 됐어. 그래봐야 여전히 긴 회귀가 대세고, 짧은 회귀는 활용하기가 어려워서 잘 안 쓰이긴 해."

《SSS급 자살 헌터》. 일명 《스자헌》. 신드롬을 일으켰을 정도로 어마어마한 소설 중 하나이지 않나. 하지만 이날 이때껏 저걸 분석해 볼 생각은 해 본 적이 없었다.

"들어 보니 그렇네요."

"새로운 시도를 하면서 동시에 그걸 잘하면 시초가 되지. 《스자헌》이 한 가지 예야. 근데 어지간하면 그냥 긴 회귀로 가. 짧은 회귀는 어려워. 자칫하면 루프물이 되는데, 루프물 알지? 보통 작가도 헷갈려서 망하기 십상이야."

"네네."

"전체적인 얼개는 얘기했는데…… 그래도 장르별 대표작 하나씩은 알려 주는 게 좋겠지."

"네, 읽어 볼게요. 일단 《스자헌》?"

"아니, 새꺄. 그건 따라 할 생각하지 말라니까 어렵다고."

"네."

새끼, 새끼 할 때는 그저 입을 다무는 게 최고였다. 안 그러면 더 심한 욕이 따라올 테니까. 게다가 신은 말이 많은 편이라, 잠자코 있다 보면 알아서 다른 주제로 넘어갈 게 뻔했다.

"일단 현판. 직업물에서는 《메디컬 환생》. 이것도 의사가 쓴 거 알지? 한산이가랑 동년배라고 하던데, 잘 쓰더라."

"왜 씁쓸한 얼굴이에요?"

"그리고…… 그냥 현판에서는 역시 《재벌집 막내아들》이지."

"그렇군요."

소위 킹벌집 킹내아들이라고 불리는 작품이지 않나. 나도 끝까지 다 봤는데, 너무 재밌어서 화난 건 그게 처음이었다. 일단 재벌물의 시초가 된 작품이니 대표작으로 뽑히는 것도 무리는 아니겠다 싶었다.

"무협은 워낙 많은데……. 《환생천마》랑 《광마회귀》, 《환생천마》가 좀 더 정서가 범용적이고 광마는…… 마니악한데, 둘 다 잘 썼어."

"오호."

"판타지는 《멸망한 가문의 회귀자》. 괜찮지."

"오."

"취향에 맞으면 다 읽어도 되는데, 분석을 위해서라면 굳이 그럴 거 없어. 50화 정도면 돼. 어떻게 분석하는지는 알려 줬지?"

"네."

웹소설의 신

"좋아."

신은 고개를 끄덕이고는 손가락을 두 개 펼쳤다.

"두 번째로는 빙의. 다른 인물의 몸으로 들어가는 거지? 이러면 어떤 장점이 있을까?"

"음……."

"일단 이건 회귀물하고는 주인공의 특성이 좀 달라. 뭐가 다를 거 같냐?"

"어……."

생각을 해 봤어야 알지 않겠나. 신은 은근히 기대한다는 얼굴을 하고 있었지만, 아무리 시간을 끌어 봐야 떠오르는 건 없었다. 마침내 신도 기대를 접었는지 한숨을 쉬고는 말을 이었다.

"잘 생각해 봐라. 빙의는 원래의 내가 다른 사람 몸에 들어가는 거 아냐. 근데 그 내가 판타지가 됐든 무협이 됐든 간에 주인공이 되어야 하잖아. 그럼 어째야 해?"

"아. 잘나야 되나?"

"그래. 보통 이런 경우 주인공이 뭐 하나라도 장점이 있어야 해. 그걸 간과하고 아무 주인공이나 설정하고 빙의를 하게 되면 실패하기 마련이야. 뭐……. 요새는 몇 가지 비틀어 버린 소설도 있긴 한데, 그건 이따가 따로 설명해 줄게."

"네."

"자, 일단 주인공은 잘났어. 그럼 빙의의 대상이 되는, 원래 몸의 주인은 어때야 이게 도드라질까?"

"못나야?"

"그렇지."

신은 후후 웃으며 말을 이었다. 나만 정든 게 아니라 신도 정이 든 모양이었다. 지금 이 대답은 대화의 흐름만 읽어도 할 수 있는 질문이었는데도 과하게 좋아하는 걸 보면 알 수 있었다.

"그래서 빙의물은 보통 망나니물이지. 한심했던 원래 주인의 몸을 차지하고 달라진 모습을 보여 주면 주변에서 놀라는 반응만으로도 에피소드 쭉쭉 나오잖아. 거기에 무시하던 놈들까지 짓밟아 주면 더 좋고."

"오호."

"여기서 대표적인 작품은 《망나니 1 왕자가 됐다》, 정도가 있겠네. 교과서처럼 전개가 진행되니까 잘 봐봐."

"알겠어요."

플랫폼을 가리지 않고 터졌던 작품이지 않나. 특히 네이버 시리즈에서는 별다른 플모를 받지 않았음에도 불구하고 어지간한 독점작보다 성적이 잘 나오는 기염을 토했던, 일종의 레전드 작품이라 할 수 있었다.

"그 외에 현대인을 판타지나 무협에 빙의시키면 공감을 끌어내기가 쉬워. 《방랑 기사로 살아가는 법》이 있지."

"아하. 그렇네요. 사고방식이나 이런 거……."

"그래, 그리고 내가 아까 최근엔 비틀어서 빙의시키는 것들이 있다고 했지?"

"네."

"사실 요새는 이쪽이 제일 뜨거워. 주로 게임 속 등장인물로 빙의를 하게 되는데, 이렇게 하면 빙의 대상이 되는 몸에 재능을 마음대로 부여해 줄 수가 있지. 주인공이어도 좋고, 아예 악당이어도 좋아. 오히려 스토리를 잘 짤 수 있다면 원래 악당이었던 캐릭터 안에 들어가는 것도 괜찮겠지. 여기까지 말했는데 떠오르는 작품 없냐?"

웹소설의 신

"음."

말하는 본새로 봐서는 뭔가 엄청 터진 작품이 있는 모양이었다. 하지만 나는 정말로 떠오르는 게 없었다. 변명거리는 있었다. 최근 나는 내 글 쓰느라 바빴다. 이건 정말이었다.

"《악당은 살고 싶다》 몰라?"

"오. 들어 봤어요."

"《약 먹는 천재 마법사》는?"

"오, 그것도."

"응, 읽어. 사실 《악당은 살고 싶다》는 좀 어려운데…….《약 먹는 천재 마법사》는 분석 해 봐. 잘 썼어. 우선 주인공의 재능을 극대화하면서 동시에 치명적인 약점을 부여하는 방식을 개연성 있게 아주 잘 썼어. 그 덕에 스토리가 지루할 틈이 없지."

"알겠어요."

신은 고개를 끄덕이면서 손가락 세 개를 쫙 폈다. 환생이라고 말하면서였다.

"환생. 다른 생으로 다시 살아나는 거지?"

"네."

"이거랑 회귀랑 뭐가 다를까?"

"음……."

"회귀는 인마, 무조건 과거로만 가잖아. 그거에 반해 환생은 어때. 미래로 갈 수 있지?"

"아하……. 근데 그럼 환생 자체는 뭔 능력이 있어요?"

"좋아, 아주 좋은 질문이야."

신은 그래도 가르침을 허투루 받는 건 아니라고 중얼거리더니 흐뭇한 표정을 지어 보였다. 심지어 내 어깨도 몇 번 두드려 주었다. 그만큼 좋은 질문이었던 모양이었다.

"엄밀히 말하면 환생은 능력이 없지. 그렇다면 회귀보다는 빙의랑 가까워져야 해. 아까 빙의는 주인공의 능력이 중요하다고 했지? 환생도 마찬가지야."

"오호."

"근데 여기선 주인공의 전생이 주인공의 현생에도 영향을 미칠 수 있다는 것이 아주 중요해."

"무슨 말인지?"

"일단 질문을 바꿔 보지. 왜 환생을 할까?"

"음."

예전 같았으면 이런 질문에 대해 답을 하지 못했을 터였다. 별다른 고민이 없었으니까. 하지만 이젠 달랐다.

"전생에 실패해서요."

"그래! 실패한 거야. 그럼 한이 있겠지. 그걸 현생에서 푸는 거야. 더 깊숙이 가려면…… 전생의 실패가 현생에 미친 악영향들도 하나하나 풀어 가면서 말이지."

"오……."

"뭔가 알 듯 말 듯 할 텐데, 그냥 말로 해서는 어려워. 대표작을 풀어 주지."

"어서요."

"판타지는《빌어먹을 환생》."

"오호."

"무협은 《화산귀환》. 둘 다 전생의 영향을 진짜 잘 풀었어. 인간관계가 됐든 은원이 됐든 뭐가 됐든 말이야."

"저 뭔가 알 거 같습니다."

"누가 가르쳤는데. 당연하지."

★ ★ ★
한산이가의 실전 TIP

회빙환은 각각의 장단점이 있다. 처음이라면 회귀를 사용하라.

빙의는 어떨까요? 모든 빙의물이 그렇지는 않겠지만, 성공한 빙의물은 우월한 객체가 열등한 객체에 빙의하는 것으로 시작하는 경우가 많습니다. 이것만으로도 아주 강력한 장치가 생깁니다. 우선 주변 인물들은 주인공이 여전히 열등하다고 여기고 무시합니다. 그러나 독자는 알죠. 이제 그렇지 않다는 것을. 벌써 카타르시스가 오죠? 초반부 재미는 이 장치만으로도 어느 정도 확보할 수 있습니다.

환생은 빙의와 사실 비슷한 지점이 있습니다. 우월한 객체가 열등한 객체로 환생하게 하면 우선 방금 언급한 장치를 만들 수 있죠. 차이가 있다면, 적당한 시간차를 두고 환생을 시킨 경우 전생의 언급을 통해 감동이나 재미를 줄 수 있다는 점이겠죠. 또는 전생과 현생의 환경 차이를 재미의 요소로 가져갈 수도 있습니다. 장치가 되게 많아서 좋아 보이겠지만, 쓰기는 셋 중 제일 어렵습니다. 처음엔 단순하면서도 강력한 툴인 회귀를 쓰는 것을 추천합니다.

39

현대 판타지의 정석적인 초반 구성·1

회빙환에 대해서는 알았다. 좋은 시간이었다. 하지만 내 글은 전혀 관계가 없었기 때문에, 정말이지 기분만 잠깐 좋다 말았단 얘기였다. 내 불만을 읽었는지, 신은 바로 옆자리에 엉덩이를 붙이고 앉았다.

"자, 그럼 얼개를 짜 주지."

"전에도 그랬는데 안 됐잖아요?"

"원래 내 강점은 현판에 있지."

"아니, 근데 왜 판타지를……?"

"혹시나 싶었어. 하여간 봐봐."

신은 새 창을 띄우더니, 1이란 글씨를 썼다.

"누가 봐도 1화지?"

"어, 그래요. 뭐."

"지금까지 여러 말을 했는데, 1화에는 뭐가 나와야 될 거 같냐."

"능력의 각성?"

"그전에는?"

"어…… 아, 실패."

"그래. 물론 반드시 이래야 한다는 건 아냐. 실제로 어떤 한 소재를 다루는 데 익숙해진 작가들은 굳이 이 정석을 안 따라가기도 해. 하지만 너는 따르는 게 좋지."

신은 내 뼈를 지속적으로 후려갈기면서 1 옆에 실패란 단어와 각성이라는 단어를 써넣었다. 이렇게만 쓰면 좀 뜬금없어 보인다는 걸 자기도 아는지 부연 설명도 했다.

"꼭 실패가 아니더라도, 현 상황이 그렇게 만족스럽지 않다. 개선시키고 싶다는 의지를 보여 줘. 그리고 그럴 수 있을 것 같은 능력을 각성해. 가령…… 《A.I. 닥터》를 볼까."

"또 산이가네요?"

"이 사람이 현판은 잘 써. 따라가 보는 것도 좋아."

"음."

그래, 현판을 잘 쓰는지 어쩌는지는 모르겠지만. 하여간 성적을 내는 작가긴 하지 않나. 한 번쯤 들어 봄 직하단 생각이 들었다.

"일단 1화에서 어찌 되냐. 주인공은 그냥 많고 많은 내과 예비 1년 차 중 하나지?"

"아……. 그렇죠?"

"근데 1화에서 A.I.의 능력과 가능성을 보여 주고는 마지막에 결합한다는 것을 암시하지. 이렇게 되면 어때."

"아. 잘 되겠다는 기대감이……?"

"그래. 그리고 3화에서 인공지능과 결합이 완성된 것을 보여 주지. 독자들이 품었던 기대감을 충족시키는 동시에 또 다른 기대감을 품게 해. 네 소설 쪽으로 가자면 3화에 주인공이 능력이 정확히 얼마나 대단할 것인지를 보여 주는 셈이야. 근데 그걸로 끝이 아냐."

"끝이 아녜요?"

"당연하지. 주인공이 얼마나 잘났는지 보여 주는 건, 웹소설에서 제일 중요한 거라고."

신은 그렇게 말하면서 4, 5, 6을 연달아 적어 나갔다.

"어려운 진단을 해내는 장면인데. 요약하면 결국, 주인공의 능력에 대한 확인이야. 아, 이 능력이 정말 대단하구나. 이걸 독자들이 알게 한 거지."

"으음."

"근데 여기서 그것만 한 게 아니야. 또 뭘 했을까?"

"전혀 모르겠는데요?"

"그 진단이 어려웠다는 걸, 주인공이 해낸 게 대단하다는 걸 독자들이 어떻게 알게 했지?"

"어……. 아, 담당 교수가…… 인정했어요."

"좋아. 높은 사람이 주인공을 인정한 거야. 엄밀히 말하면 벌써 승진하거나 병원 내에서의 위치가 바뀐 건 아니지만 여기서 또 금방 그렇게 될 수도 있다는 기대감을 제시한 거지."

"아하."

어쩐지. 글발에 비해 성적이 좋은 거 같더라니. 아무 생각 없이 글을 쓰는 게 아닌 모양이었다. 모든 회차가 다 짜임새 있게 어우러져서 배치된 느낌이라고 할까? 심지어 이게 끝이 아니었다.

"7, 8, 9. 여기서는 이전까지 주인공의 능력을 끊임없이 의심하던 인물 중 하나가 완전히 인정하는 쪽으로 돌아서. 근데 그게 내과 과장이야. 그럼 어떻게 돼?"

"승진이 더 빨라지겠구나 싶죠."

"그래. 게다가 그 과정에서의 진단 과정. 그러니까 주인공의 능력 발휘 장면도 짜임새 있게 잘 넣었지. 그러면서도 윗사람이긴 한데 과장보다는 훨씬 낮은 인물들과의 갈등도 넣었어. 이렇게 되면 어떤 장점이 있지?"

"독자들이…… 아무리 갈등이 심해져도 어차피 위에 사람이 뒤를 봐주면 되겠구나 싶죠."

"그래, 갈등이 있어 재미가 생기는데 동시에 안심할 수 있어. 여러 장치가 다 들어가 있는 거야."

그저 사건 전개만 정신없이 돌아가는 게 아니라 그 안에서 다른 등장인물 간의 관계 정립도 이루어 나가고 있었다. 장치라는 말보다는 톱니바퀴 같은 느낌이었다. 딱딱 맞아떨어지는 듯한 느낌이랄까.

"그리고 10~13화에서 제일 높은 사람이 주인공을 좋게 보기 시작하지. 원장이 말야. 그 와중에 오해도 쌓아 놨어. 고아인 주인공이 원장 아들이 아닌가 하는 식으로 헛소문이 퍼졌지."

"착각 계인가요?"

"그래. 착각물은 잘 쓰면 늘 재미 요소가 돼. 이 작품에서는 A.I. 바루다와 주인공이 대화하는 장면을 남들이 볼 때는 혼자 중얼거리는 장면으로 보이게 만든 것 하나랑 원장이 그거 때문에 사고 칠까 무서워서 잘해 주는 걸 아들이나 다른 친인척 관계로 보이게 만드는 것을 개그 요소로 썼어. 결과를 보면 알겠지만, 잘 먹혔지."

"그렇네요. 오……. 그래서 여전히 잘되나."

"원래 인물 관계도가 좋으면 연독률 유지하기에 좋아. 게다가 이 작품에서는 주인공과 딱 붙어 다니는 A.I. 바루다와의 케미도 좋지. 티키타카를 끊임없이 연출할 수 있잖아. 심지어 주인공이 설정상 혼자 있어야 하는 곳에서조차 가능해."

"머리 잘 썼네요."

인공지능이라는 소재는 사실 어찌 보면 굉장히 뻔해진 지 오래였다. 알파고가 바둑에서 두각을 나타낸 이래 이미 웹소설에서는 대중적인 소재가 되었으니까. 그 말은 곧 소재 하나만으로는 인기를 얻기 어렵다는 얘기가 되는데, 듣고 보니 이 작품은 그 소재를 잘 써먹기 위해 이런저런 장치를 많이 넣은 셈이었다. 처음으로 한산이가를 인정해야겠단 생각이 들 지경이었다.

"근데 단점도 있어. 뭘까?"

"단점이요? 지금까지 말한 것만 보면……."

"사건 전개, 구성, 주변 인물 설계까지 다 좋아. 근데 치명적인 단점이 하나 있어."

"음……. 아. 아."

"알겠어?"

"주인공이 좀 흐릿한데요? 인공지능이 단순히 능력 각성 형태가 아니라 빙의 형태가 되다 보니……. 주인공이 약간은 끌려가는 느낌도 들어요."

"오, 그래. 맞아. 전작의 백강혁하고 이 작품 주인공인 이수혁을 비교해 보면 딱 나와. 누가 더 매력적이냐?"

"백강혁이죠. 모든 걸 다 몰아줬는데."

"그래. 그에 비하면 이수혁은 좀 밍숭맹숭해. 물론 작품이 진행되면서 당연히 캐릭터를 획득하긴 하지만…… 초반에는 약하지. 이것까지 신경 써서 썼다면 더 잘됐을 거야."

"그렇군요."

'이만큼 잘된 작품에도 문제점이 있기는 하구나.' 하는 생각이 들었다. 신은 그런 내 어깨를 툭툭 두드려 주었다.

"다행이라고 여길 만한 일이야. 그만큼 독자들이 너그럽다는 뜻이거든. 완벽한 작품이 있다면 좋겠지만, 없다면 그 안에서 만족할 만한 작품을 찾는다고. 그러니까 차기작은 노력하되 너무 마음 무겁게 먹지 말고 가 보자고. 알았어?"

"아, 네. 알겠습니다."

40

현대 판타지의 정석적인 초반 구성 · 2

현관의 무언가를 깨달은 느낌이었다. 통달했다고나 할까? 처음엔 분명 그
랬다. 하지만 시간이 아주 조금 흘렀을 뿐인데 벌써부터 찝찝하단 생각이 무
럭무럭 밀고 올라왔다.

"근데 이건 의사물이잖아요. 넓게 봐도 전문직물."

"그게 뭐."

"저는 직업물이면서 동시에 약간…… 회사물이라 경영이나 뭐 이런 것도 나
와야 하는데. 그냥 현관물은 뭐 없어요?"

"아, 음, 음……."

신은 막 가려던 참인지 좀 귀찮단 얼굴을 하고 있었다. 그러나 명색이 가르
치는 신이라 그런지 제자가 된 사람의 청을 매몰차게 거절하지는 못했다. 결
국, 신은 마뜩잖은 얼굴을 하고 있음에도 불구하고 일단 자리에 뭉개고 앉았
다.

"에이……."

"아니, 그렇게 싫어요?"

"그런 건 아니고. 그래, 한번 보자. 음……. 요새 걸 봐야지?"

"그럼 좋죠."

신은 손가락을 까딱까딱하다가 이내 소설 하나를 띄웠다. 나도 아는 이름이었다. 《빌런의 경제학》. 어찌나 잘 썼는지 200화가 넘었는데도 유료 연독률이 아주 준수했다. 초반의 흡입력이야 두말할 것도 없었다.

'그래, 이게 한산이가 글보다야 훨 낫지. 범용성도 있고.'

만족스러운 미소가 나온 것은 당연한 일이었다. 신은 어쩐지 그런 나를 좀 화난단 얼굴로 째려봤지만, 뭐 어쩌겠는가. 나는 지금 적어도 학생의 자세를 취하고 있었다.

"일단 보자……. 프롤로그는 솔직히 없어도 그만, 있어도 그만이라고 생각해. 넘어가고. 1화를 보면…… 시작이 주인공이 무언가 빼앗기는 장면이거든. 내가 그랬지. 웹소설의 주인공은 실패하면 안 돼. 그런데 딱 한 번 그게 허용될 때가 있어."

"처음?"

"그래. 시작하는 장면에서는 실패해도 돼. 물론 실패가 그냥 실패로만 끝나면 소설도 실패하게 되겠지만. 쭉 보면 마지막에서는 뭔가 엄청난 걸 빼앗겼는데, 사실 주인공에게는 그까짓 거 얼마든지 만회할 수 있다는 단서를 주지. 이 소설이 대단한 게, 1화에서 바로 줘."

"오호."

"독자들로 하여금 아하, 우리 주인공이 허투루 당하고 있는 게 아니로구먼. 뭐 이런 생각을 할 수 있게 해 준다는 거야. 보다 안심하고 다음 화를 볼 수 있지.”

안심. 독자들을 안심시킨다는 개념을 나는 한 번도 생각해 본 적이 없었다. 하지만 《A.I. 닥터》에서도 그렇고 여기서도 그렇고 이 단어가 계속 나오지 않나.

'나도 안심시키면서 간다.'

나는 다시금 그 단어를 되새기면서 신을 바라보았다. 신은 한창 떠들고 있었다.

“2, 3화에서 계속 주인공한테 소중한 무언가를 빼앗은 놈들이 와서 깝죽거리는 게 나와. 근데 통쾌하지 못해. 찝찝함을 느껴. 왜? 주인공이 너무 담담해. 이렇게 되면 상대 등장인물들이야 찝찝해하겠지만, 독자들은 어떠냐. 신나지.”

“신나죠. 저만 해도 벌써 좀 신나는데요?”

“왜?”

“어……. 나중에 밟아 버릴 거니까? 아. 이게.”

“그래. 사람은 원래 밟는 그 순간보다 밟을 거 같은 순간에 더 즐거워지거든. 이걸 2, 3화에 벌써 줬어. 미친 작가야, 이 사람.”

신은 어휴 어휴 하면서 감탄을 하더니만 다시 입을 열었다. 암만 봐도 또 읽을 생각이 간절해 보였으나, 지금은 신으로서의 본분을 다하기 위해 애쓰는 듯한 모양새였다.

“게다가 3화 마지막에 미국에 있는 친구하고 연결이 되지. 이렇게 되면 뭔가 개연성까지 확보가 돼. 아무리 그래도 우리나라에서 우리나라 재벌을 이겨 먹는 건 말이 안 되잖아. 아무리 기술이 있다고 해도…… 안 되지. 근데 미국이라면? 어때?”

"뭔가 될 거 같아요. 아메리칸드림? 근데 거기라고 대기업의 횡포가 없을까요?"

"알 게 뭐야. 너도 잘 모르겠잖아. 미지의 땅이라고. 그럼 좀 숨통이 트여. 아무리 현판이 현실 때문에 제약이 많다고 해도……. 외국으로 무대가 바뀌면 살짝 작가가 현실을 비틀만 한 틈새가 넓어진다고."

"와……. 이 작가 미쳤네?"

그런 거까지 다 계산했다고? 천재인가? 한산이가 열심히 사는 작가라면 드림 보트는 그 위에 날아다니는 천상계인 느낌이었다. 일단 구성이 그랬다.

"그리고 4, 5, 6화에서 투자가 이루어지는데, 이게 기연이야. 여기서 뭐 좀 시니컬한 사람들은 '판타지네! 개연성이 없네.' 이럴 수도 있는데……. 장르가 뭐라고?"

"현대 판타지요."

"그래. 이거 애초에 판타지야. 그 정도도 이해 못 해 주는 독자는 드물어. 실제로 지표를 봐. 이탈이 거의 없지."

"그렇네요."

"이 정도는 허용해 준다 이 말이지. 하여간 기연을 얻었지. 그다음 7, 8화에서 보면…… 주인공이 더 똑똑해진 행보를 보여. 제목처럼 빌런의 싹을 보여 준다고 해야 할까? 하여간 '앞으로는 절대 1화처럼 당하지 않겠구나.'라는 걸 독자들이 다 확인하게 돼. 심지어 '주인공의 능력이면 일반적인 재벌물과도 궤를 달리하는 전개가 나오겠구나.' 하는 기대감도 심어 주지. 고작해야 세계 최고의 부자가 되는 게 목표가 되면 안 된다고 하잖아."

"다시 봐도 멋지네요, 그 말은."

보통 세계 최고의 부자가 되겠다는 목표가 허황된 목표 아닌가. 대다수의

웹소설의 신

주인공이 거기에 매진하는 편이고. 근데 그걸 고작이라고 말할 줄이야. 다시 봐도 미친놈이었다. 그야말로 빌런에 딱 들어맞는달까?

"그리고 9, 10, 11화에 보면 다시 한국으로 돌아가. 왜 갈까?"

"모르겠어요, 사실. 미국에 그냥 짱박히면 안 되나?"

"그럼 안 되지. 금의환향이라는 말 모르냐? 아무리 성공해도 원래 날 아는 사람들 앞에서 으스대야 의미가 생기는 법이라고. 여기서도 딱 봐라. 뭔가 일이 벌어질 조짐이 벌어지자마자, 누굴 만나."

"아……. 주인공 업적 강탈했던 큰아버지랑 그 아들."

"그래. 의미심장한 말 날려 주지? 근데 그것만 보여 줬어?"

"11화 마지막에 보면 아주 어려운 논문을 그냥 이해해 버리죠. 능력이 향상됐어요."

"그래. 정확히 말하면 주인공의 능력이 이런 것도 가능하다는 걸 보여 주는 거야. 독자들에게 기대감을 딱 심어 주는 부분이지."

딱딱 맞아떨어지게 구성했구나. 역시 이번 작도 허투루 구성해서는 안 되겠단 생각이 들었다. 문제는 그걸로 끝이 아니란 점이었다.

"그리고 12, 13화에 이르러서야 주인공의 능력이 정확히 무엇을 말하는지 알려 줘. 이게 되게 복잡하거든? 그래서 이때까지 미룬 거야. 처음부터 이런 거 설명하고 그러면 독자들이 안 참아 주거든. 근데 벌써 11화까지 봐서 주인공한테 정이 들었잖아. 능력에 대한 호기심도 생겼고. 그럼 들어 주지. 실제로 이때부터는 아예 연독이 안 깎여 나가."

"와……."

"그리고 14, 15화에 대략적인 소설의 목표도 은근슬쩍 보여 줘. 고작 돈 버는 게 목표가 되어선 안 된다고 했었는데, 과연 그럴 만했었구먼. 뭐 이런 생각이 들게 해 준다고. 어때? 이렇게 구성하면 돼."

"쉽다는 생각은 전혀 안 드네요."

"그게 쉬우면 개나 소나 대박 치게? 하지만 이러한 구성과 설계를 알고 쓰는 거랑 그냥 냅다 쓰는 거랑은 좀 다르지. 자신이 좀 더 생기긴 했지?"

"네. 그럼 일단 이번 작 시작해 볼게요."